ウツボカズラの夢

乃南アサ
Asa Nonami

双葉社

ウツボカズラの夢

装丁　松昭教

プロローグ

1

初めてその家の前に立ったときには、かなりびっくりした。

——すごい。

東京に来たこと自体は、べつに初めてではない。小さい頃から、何かというとお母さんが連れてきてくれたし、特に高校生になってからは、学校が休みのときを選んで、友だち同士で来たこともあった。コンサートやイベントのついでに買い物をしたり、ディズニーランドに行ったことだってある。ガイドブックも持っている。だから、特に原宿や渋谷、それからお台場辺りなら、ある程度は自由に歩き回れる自信もあった。

だけど、まさか渋谷から歩ける距離に、こんな静かな住宅街が広がっているなんて思わなかった。東京の、それもど真ん中っていったら、ビルだらけに決まってる。ごちゃごちゃしていて、うるさくて、人も車もひっきりなしに行き来して。そんなところに人が住むとしたって、アパートやマンションばかりに違いないと思ってた。それなのに、真っ直ぐに延びる道には人通りもなくて、両脇には高くて長い塀とか、大きく育っている植木とかが続いていた。それらの向こうにはお屋敷と呼んでも良いような豪邸ばかりが立ち並んでいる。それだけだって、まるっきり意外というか、かなりの驚きだ。その上、こんな高級住宅街の中に目指す家があるなんて、そう簡単に信じられるわけがない。

ここへの地図は、二、三日前にファックスされてきていた。片隅に住所と電話番号と、「気をつけていらっしゃい。尚子」というメッセージが書き込まれている地図を頼りに歩いて、やっとたどり着いた家の前に立った途端、私は思わず「へえっ」と声に出して言っていた。

どう見たって、金持ちの家に違いなかった。建物の前には、広々とした煉瓦敷きの駐車スペースらしいものが広がって、モザイクみたいな感じに、ところどころに芝生の緑が顔を覗かせている。そこと庭との境には真っ白いフェンスがあって、一定の間隔を置いて可愛らしい花の咲いているポットが掛けられていた。同じく真っ白な門の向こうにはやはり煉瓦敷きの歩道がS字型にうねりながら奥に延びて、二、三段くらい高くなっている先に、玄関らしい木製のドアが二つ、左右対称に並んでいるという具合だ。

——こんな金持ちの親戚がいたんだ。

最初の驚きに加えて、正直なところ、私は呆れ始めてもいた。「そんなの、あり?」と思った。

私の家は、ものすごく、というわけでもないけれど、どちらかといえば貧乏な方だと思う。二月に死んだお母さんの口癖といったら、「そんなお金がどこにあると思うの」だったし、私は物心つく頃から、いつもいつも、その台詞を聞いて育った。そのお母さんが入院した後は、今度はお父さんが「金があればなあ」と繰り返すようになった。

親戚だって、どれも似たようなものだ。どこの家もそれなりに一生懸命に働いていると思うのに、勤め先が倒産したり、交通事故に巻き込まれたり、他人の借金の保証人になったり、それから詐欺にあったりと、何かしらの不幸に見舞われて、どうもうまくいかない。田舎だから、家だけはまあまあ大きいけど、大きいばかりで冬は寒くてたまらないとか、住みづらいとか、顔を合わせる度に、皆でそんなことばかり言いあっている。要するに、運がない家系なのだ。

だから、これから世話になる家にしたところで、似たり寄ったりだろうと思ってた。小さい頃から何度上京することがあったって、一度だって訪ねたことのない家だ。それどころか、存在すら知らなかった。だから、思っていた。きっとわざわざ訪ねて行く価値もない、「ひどい」家に決まっている。相手の方だって、これまで一度もうちに来たことがないのは、そんな余裕もないくらい、貧乏で、生活に追われているのだろうと。どうせ、うちの親戚なのだから、そんな程度だろうと。都会の、汚い空気の中で、あえぐように暮らしている家に違いないと勝手に想像していた。

手に持ったファックス用紙を何度も見て、もう一度、住所と表札の名前を確かめる。門柱には め込まれた銀色のプレートには、間違いなく「ＫＡＳＨＩＭＡＤＡ」と書かれていた。私は、故郷からずっと引っ張ってきたコロコロ付きの旅行鞄からようやく手を離して、インターホンの前に立った。ボタンは二つ。だけど、表札は一つなんだから、多分、どっちでも良いのだろう。試しに右側のボタンを押してみると、ピンポーンという音が響いた。こんにちは。未芙由です。こんにちは。長野の斉藤未芙由です――わずかに心臓が高鳴ってきた。挨拶だけはちゃんとするようにと、出がけにお父さんに言われたことを思い出していた。よろしくお願いします。お世話になります――。

だが、いくら待っても応答がない。庭の向こうに見えるドアが開かれることもなかった。もう一度、押してみたが同じだ。私は一つ深呼吸をして、今度は左側のボタンを押してみることにした。やはり、同じピンポーンという音が聞こえてきた。こんにちは。未芙由です。今、着きました――。誰かの声が応答したら、その声は必ず「あら」とか「まあまあ」とか言って、明るく「いらっしゃい」と続けてくれるものだと信じていた。

「どちらさま」

ところが、門柱にはめ込まれたインターホンから聞こえてきたのは、ひんやりした低い声だった。さんざん練習していたのに、私はつい口ごもってしまった。

「あの――私――」

「セールスなら、お断りですから」

「ち、違うんです」

「宗教も、結構よ」

「違います、違います」

「じゃあ、なに」

「み、未芙由です」

「何ですって？」

「中野の未芙由、です」

「中野？　中野の、何？」

　顔が、かっかと熱くなった。頭が真っ白になりそうだ。それでも私は必死で、「あの」「あの」と繰り返した。

「ですから、ご用件は？」

「ここ、あの――鹿島田さんの」

「さようでございますが」

「あの――おばさんは――」

「おばさんって――お宅、どなた」

「み、未芙由です。斉藤未芙由です。あの、長野の中野の――」

「長野？　中野？　斉藤さん？　何のこと言ってるの。どういうご用件？」

「あの、今、着いて――おばさんは、いませんか」

　何だか泣きたくなってきた。私は、おばさんをお願いしますと必死で繰り返した。やはり、最初だけ誰かについて来てもらった方が良かったのだろうか、または迎えに来てもらった方が。子どもじゃないんだから、一人で平気、大丈夫だと言い張ったのが間違いだっただろうか——色々な思いがいっぺんに頭の中を駆けめぐった。つい数時間前、二度と帰らないつもりで出てきた家が、もう泣きたいくらいに懐かしく思えた。

「あの——」

気がつくと、インターホンの向こうからは、もう何も聞こえなくなっていた。私は本気で焦った。ついさっき、こんな金持ちの親戚がいたと知ったときの、まるで空に舞い上がりそうだった気分から、いっぺんに地面に叩きつけられたみたいに感じた。

——どうしよう。

今日、私が来ることを知らないわけないのに。ドキドキしながらも、もう一度ボタンを押す。すると今度は門の向こうに並んで見えるドアの、左側が開いた。白髪のお婆さんが、ぎゅうっと睨みつけるような顔でこちらを見ている。私は慌てて頭を下げた。

「あの、私、斉藤未芙由です」

一瞬のうちに、やっぱり東京のお婆さんは違うと思った。何たって、黒い地に、きらきら光るラメが織り込んである洋服を着ているからだ。それに、すごく目立つ色の口紅。ドアの隙間から半分だけ姿を見せて、お婆さんはインターホンから聞こえてきたのと同じ声で「何なの、あなた」と言った。あからさまに迷惑そうな、まるで野良猫か何かでも見るような目つきだった。

「長野の斉藤未芙由です。長野の、中野の」

白髪のお婆さんは険しい顔のまま、ようやく玄関から出て、二、三段だけの石段を下り、私の近くまでやってきた。近くから見ると、眉毛も茶色く描いている。さらにイヤリングも光っていた。お洒落だ。さすがに。

「その意味が分からないのよ。長野の、中野のとか、ミフユとかって、一体何のこと。どういうことですか」

「あ、だから――長野県中野市から来た、斉藤未芙由です――と、いいます」

「長野の中野？　そういう場所があるの？　まあ、いいわ。そこの斉藤さんが、私どもにどういうご用件で？」

「――ここ、鹿島田尚子さんの家じゃ、ないんですか」

言いながら、私は握りしめていたファックス用紙を門の隙間から示した。お婆さんは、しかめっ面のままでファックス用紙に目を落として、ますます難しい顔になった。そして、ぎょろりとこちらを見る。

「ちょっとうかがいますけど、あなたと鹿島田尚子とは、どういうご関係？」

「母が――あの――二カ月前に亡くなったんですけど、従姉妹同士だって」

きらきら光る服とはまるで似合わない怖い顔のまま、お婆さんは「従姉妹？」と首を傾げる。

「要するにあなたは、鹿島田尚子の、その亡くなった従姉妹の方の、娘さんということ？」

ようやく話が通じてきた。私はすがるような思いで何度も頷いた。お婆さんは、まだ疑い深げな表情のまま、上から下まで、私のことをじろりと見た上で、「でもね」と口を開いた。

「うちは、違いますの。鹿島田尚子にご用だったら、そっちの、右側のインターホンを鳴らしてちょうだいな」

「鳴らしたんです、けど——誰も出なくて」

お婆さんの眉間の皺が深くなった。そんなに怒られるようなことを言っただろうか。

「留守？　だって、今日あなたが来るって、知ってるんじゃないの？」

「その、はずなんですけど」

お婆さんはいよいよ不機嫌そうな顔になって、いかにも苛立ったように辺りを見回している。

「だったらねえ、あなた、出直してきてくださらない？　留守じゃ、仕方がないんだから」

「——いつですか」

「ですから、鹿島田尚子が帰る頃でも見計らって」

「いつ、帰ってくるんですか」

「知りませんよ、そんなこと」

「それまで私、どこにいればいいんですか」

するとお婆さんはひどく驚いたような顔つきになって、「どこって」と呟き、喫茶店でも何でも良いではないかと言う。

「ほら、あるでしょう、あなたみたいな人たちがよく入るお店が。ハンバーガーのお店とか、ドーナツ屋さんとか」

私は慌ててぶるぶると首を振った。こんな荷物を引っ張って、また渋谷の駅前まで戻るのは嫌だし、出直してきても、また「おまえなんか知らない」と言われてしまったら、私は本当に行き場を失う。

「あの――お婆さんは、誰ですか」

思い切って尋ねると、お婆さんは首をひねるようにしながら「何ですって」とこちらを見上げてくる。

「あ、つまり――この家の人じゃあ、ないんですか」

「この家の者ですよ」

「だったら、あのう――待たせてもらえないでしょうか」

「あなたを？　家に入れろっていうの？　どこのウマの骨かも分からない子を？」

「――ウマの骨じゃ、ありません。長野の斉藤未芙由です」

お婆さんは低く唸るような声を出した。それから、急に表情を変えて私に時刻を聞いてきた。腕時計を見て三時十分過ぎだと教えてやると、今度は「ああ、もう」と苛々したように呟き、もう一度、私をぎゅうっと睨みつけた上で、両手をすり合わせるようにする。一生懸命に何か考えている様子だ。

「しょうがないわねえ、もう」

「あのう――」

「とにかくお入りなさい。ほら、早く。時間がないのよ」

お婆さんは、やっと門を開けてくれた。手をぱたぱたさせて私を招き入れる。私は焦って荷物をぶつけながら、必死でお婆さんの後を追った。

重そうな木のドアから一歩、家の中に入ると、壁に油絵が飾られて、やたらと長い振り子を持つ時計が置かれている、何だか重苦しい雰囲気の玄関ホールがあった。空気そのものが「しーん」としているような中で、鈍い金色の振り子だけが、ゆるん、ゆるん、と左右に揺れている。右側の壁にはドアがあったが、その前にスリッパラックが置かれていた。お婆さんは、せかせかとした足取りで自分だけスリッパを引っかけると、私には、その場で待つようにと言った。

「そこ、動かないでよ。今、電話で確かめますから」

ぱたぱたとスリッパの音が遠ざかる。しばらくすると、家の奥から「もしもし」という声が聞こえてきた。

「あなた、今、どこにいるの」

さっき、私と話していたときとはまた少し違う、甲高い声だ。

「そんなことじゃ、ありませんよ。お客様が見えてるのよ、あなたを訪ねて。長野の斉藤ミフユさんって」

どうやら、尚子おばさんと連絡が取れたらしい。だが、安堵のため息をつく間もなく「何ですって」という、吐き捨てるような声が聞こえてきた。

「だから、あなたっていう人は——冗談じゃありませんよっ」

離れた場所で聞いていても、思わず身を縮めたくなるような声だった。私は、ゆるん、ゆるんと揺れている時計の振り子だけを見つめていた。

「私だって出かけるの、これから。ええ？　お父さん？　出かけてますよ——どうして？　そんな子を一人で家に置いてなんて、行けるはずがないじゃないのっ。あなたの血筋か何か知らないけど、私にとっては、単なる赤の他人でしょうっ」

ようやく気づいていた。要するに私は完璧に「招かれざる客」なのではないかということに。そうだ。どうも、話がうますぎると思った。シンデレラじゃあるまいし。そんな幸運が、私に舞い降りてくるはずなんかなかったのに。

お母さんが死んだと思ったら、お父さんはすぐに再婚したいと言い出した。お母さんの生命の火が、日に日に小さくなっていく間に、お父さんはもう次の人生のことを考えて、準備に入っていたのだ。私はひどくショックを受けた。腹が立って仕方がなかった。確かに、両親の仲が良くないことは、前々から分かっていた。お母さんは、自分に生活力さえあれば、お父さんと離婚したいといつも言っていた。そんな矢先に病気が見つかったのだ。

——こんな、何もないところに来てくれるっていうんだ。第一、お父さんだって、助けが欲しいんだよ。

相手は、小布施の、お土産屋さんで働いている人だということだった。歳は二十六。二十六！お父さんは、もう五十なのに。その上、お腹にはお父さんの子どもまでいると聞いて、私は、勝手にしろと思った。それから、途方に暮れた。じゃあ、私は？　私は、どうしたらいいっていうわけ？　何しろ、お母さんの入院費がかかったし、看病もしなければならなかったから、私は受験も何もかもを諦めていた。まともな就職先も見つけられなかった。お母さんが死んで、高校を卒業したら、結局、どこにも行き場がなくなっていたのだ。

これまで会ったこともない親戚が東京にいると聞かされたのは、お母さんの四十九日と納骨が済んで、今月に入ってからのことだ。お父さんたちの結婚式には出たそうだが、それっきり、つき合いの途絶えていた人が、こんな時期になってから、ひょっこりお香典を送ってきた。同封されていた手紙には、お母さんが亡くなったと知って、とてもショックだということと、「困ったことがあったら力になりたい」という言葉が添えられていた。お父さんは、お礼の電話をかけたついでに、私のことを喋ったらしい。すると、お母さんとは「子どもの頃は姉妹のように仲が良かった」というおばさんは、電話口に私を呼び出して、言ってくれた。

「未芙由ちゃんっていうのね？　お父さんから事情は聞いたけど、ねえ、何だったら、しばらく、こっちで暮らしてみる？　その気があるんだったら」

私は、飛び上がるほど嬉しかった。やっぱり、死んだお母さんが守ってくれているのだと思った。私は「行きます」と即答した。まだ小学生の弟だけが、「本当に行っちゃうの」と淋しそうな顔をしたが、ヤツはもう、お父さんの後妻になる女と、それなりに仲良くやっていた。結局、邪魔なのは私だけだったのだ。

「甘いことは考えないことだ。向こうは、おまえを家政婦代わりか、そうじゃなけりゃあ店員代わりか何かに使うつもりかも知れないんだから。何をやってるかも分からん家なんだぞ」

あっという間にまとまった話に、お父さんは多少、不満そうだった。だけど私は、それでも良かった。東京に、しかもただで住まわせてもらえるだけで、今よりはずっと幸せになれると信じたからだ。誰が、こんな田舎で我慢だけして暮らすもんか。二十六の女となんか家族になれるもんか。私は、故郷を捨てる決心をした。

そうやって家を出てきて、しかも実際に訪ねてみれば、貧乏な家でも何でもなく、こんな豪邸だったなんて――。

よく考えてみれば、あまりにも出来すぎた話ではないか。普通、あり得ない。見知らぬ家の玄関先に立ちつくしたまま、私は改めて腹が立ってきていた。自分の馬鹿さ加減や、お母さんが守ってくれていないことや、何よりも、お父さんに。

――大人のくせに。父親のくせに。

二十六の女の色気に目がくらんで、実の娘を、あっさり放り出すなんて。父親として、ちゃんと確かめてもくれないなんて。あんまりだ。いくら自分だけ幸せになりたいからって。

「だから、あなたが決めて、あなたの責任でやることなんでしょう？　だったら自分で全部なさいよ。どうぞ、ご自由に――駄目だったら。四時に、お友だちと待ち合わせをしてるんだもの。そうよ。四時半開演ですからね」

家の奥からは、まだお婆さんの声が聞こえている。どうやら、何かを観に行くらしかった。ああ、だから、あんなきらきらの服を着ているのかと、やっと分かった。いくら東京の人だって、普段着にしては派手すぎる。と、なると、私は、どうしたら良いのだろう。やはり、どこかで時間をつぶすより仕方がないのだろうか。時間さえつぶしていれば、尚子おばさんという人は、本当に私を受け容れてくれるんだろうか。

いいや、分からない。何しろ、こんな恐ろしいお婆さんが一緒にいる家だ。おばさんにその気があったって、お婆さんが承知しなかったら、どうしようもないのかも知れない。

——ここが駄目だとしたら。

中野に帰る？　すごすごと？　もう、味方でもなければ、私を守ってくれるとも思えない家へ？　そんなの嫌に決まっていた。二度と帰らないと誓ってから、まだ半日しかたっていない。こうなったら急いで、住み込みで働ける場所でも探すより仕方がない。でも、どうやって？　あ、高校の同級生で上京した友だちがいたはずなのに、名簿も何もかも置いてきてしまっていた。頼れる相手は誰もいない。手持ちの現金は、お父さんから渡された三万円だけ。三万円で、何日くらい生き延びれるものだろうか——それでも頼るところが見つからなかったら、どうなるんだろう？　ウリで食いつなぐ？　風俗？　まさか。そんなの嫌だ。もう、ほとんど泣き出したい気分で、必死であれこれ考えていたら、「それで、いいのね？」という声が聞こえてきた。

「だったら、そういたしますけれど。その代わり、何かあったって、私は知りませんからね。全部、あなたが自分の責任で、やることなんだから」

話し声が聞こえなくなったと思ったら、お婆さんが戻ってきた。さっきよりも顔が赤くなって、さらに怖い顔になっている。

「あのね」

靴脱ぎに立っている私よりも一段高いところにいるのに、それでも私の視線より低い位置から、お婆さんは、じろりと私を見た。

「入って、待っていてちょうだいって」

私は、お婆さんの赤い顔を見つめた。

「嫁がそう言うんなら、そうするより、仕方がないでしょうからね」

「――嫁」

「鹿島田尚子は、うちの嫁です。お分かり？　つまり、私は、尚子の夫の、母親」

自分の胸元を押さえるようにして、お婆さんは、ふう、と息を吐く。

「まあ、何をどうしようと、勝手にすればいいことだけど。どうせ、人の言うことなんか聞く人じゃないんだから。とにかく、ちょっと待ってて」

一度、家の奥に引っ込んだお婆さんは、今度は眼鏡をかけて、鍵の束をジャラジャラいわせながら戻ってきた。私のことは見向きもせずに、真ん前にスリッパラックの置かれているドアの前に立つ。

「本当に、何から何まで段取りの悪い」

お婆さんはブツブツ言いながら鍵を捜している。私は密かに「ははあ」と思っていた。外から見えた二つの玄関ドアと、そういえば二つのインターホンも、一軒の家を二つに仕切っている証拠。そしてこのドアが、内側で通じるドアに違いなかった。けれど、そんなドアの前にスリッパラックなんか置いていたら、と思っている間に、お婆さんは一つの鍵を捜し出して、鍵穴に差し込んだ。かちり、と音がする。お婆さんがドアノブに手をかける。見えていないんだろうか、この大きなスリッパラックをどかさなきゃ――と思う間もなく、お婆さんの口から「やっぱり」という呟きが洩れた。いくらドアをがちゃがちゃやっても、開かないのだ。お婆さんは、ふん、と鼻を鳴らしながら、ようやくこちらを見た。

「時間がないっていうのに。まったく。あなた、こっち来て」

お婆さんは、さらに苛々した顔つきでサンダルを引っかけ、私と一緒に玄関を出て、今度はすぐ隣のドアの前に立った。また、鍵の束をジャラジャラさせる。

「いいこと？　中に入ったら、内側から鍵をかけてちょうだい。上と、下。二カ所。ちゃんと音がするまで。私、ここにいて、音が聞こえるのを確かめますからね。それで、誰かが帰ってくるまで、絶対に出かけたりしないのよ、いいこと？　鍵がないんだから。勝手に出て行かれたら、戸締まりも出来なくて大変なことになるんだから。分かった？　それだけ、出来るわね？」

黙って頷いている間に、お婆さんは二つの鍵を使ってドアを開けた。同じデザインのドアなのに、開かれた途端、まるで違う世界が広がっていた。靴脱ぎの広さだけは、隣のお婆さんの住まいと同じだが、その右手には上へ続く階段が延びている。タイル敷きの靴脱ぎには何種類もの靴だけでなく、ゴルフバッグとか、スケートボードとか、様々なものが置かれていて、下駄箱の上には、花瓶の周囲に花びらを散らしたポピーが茎だけになって挿さっていた。さっきお婆さんが自分の家の方からガチャガチャいわせたドアの前には、宅配便の段ボール箱がいくつも積み上げられている。

「これで、よくもまあ、人を呼ぶ気になんて、なるものだわ」

埃と汗の混ざり合ったような匂いのする空間を見回して、お婆さんはさらに険しい顔になった。本当に、本当に、怖い顔をする。

「このまま二階に上がればいいのよ。だけども、いい？　あんまり勝手に、色々といじり回らないことよ」

「――しません、そんなこと」

お婆さんは、また下からじろりと私を見て、それから顎で「入れ」と示した。私は、全財産が入っているコロコロ付きの鞄を引っ張って、家の中に入った。途端に、背後でばたん、とドアが閉められる。意外なほど薄暗くなったことに、つい息を呑みそうになっていると、ドアの向こうから「早く、鍵をかけなさい」という声が聞こえた。

2

尚子おばさんが帰ってきたのは、外が暗くなり始めた頃だ。親戚とはいえ、まだ顔も知らない人の家に一人で上がり込んで、何をしていれば良いのかも分からないまま、ぼんやりとテレビを見ていた私は、階下で物音がしただけで、弾かれたように立ち上がった。正直なところ、かなり散らかっているといって良いリビングダイニングを横切って、階段の上から玄関を覗くと、ちょうど、両手に買い物袋を提げた人が、下からこちらを見上げていた。

「何だ、いるの」

ジーパンに明るい色のカットソー。セミロングの髪は落ち着いた茶色。

「外から見たら暗いから、いないのかと思っちゃった」

軽快な足取りで階段を駆け上がってくるその女性のために、私は後ずさるようにして隙間を作った。階段を上りきり、まずは部屋の電気をつけると、彼女はそのまま、こちらを見ることもせずにダイニングテーブルの上に買い物袋を置く。それから、ふう、と一つため息をついて、初めて私の方を見た。若い、と思った。三十六、七、いや、七、八くらいだろうか。

「未芙由ちゃん」

彼女は小首を傾げるようにして私の顔を覗き込み、それから、くすりと笑う。

「ごめんね、待たせて。うっかりしてたんだ」

「――尚子、おばさん？」

「そうそう。私が尚子おばさんです」

本当は、かなり腹が立っていた。救いの手を差し伸べてくれたと思ったからこそ、頼って上京してきたというのに、それを放ったらかしにして出かけるなんて、どういう人なのだと思っていた。無責任すぎる。あんまりだ。なのに、こんなにもあっさり「ごめんね」などと言われたら、拍子抜けする。

「大分、やられた？」

「――やられたって」

するとおばさんは、鼻のつけ根のあたりをくしゃりとさせて、階下を指さす。私は「ああ」と頷いた。

「──わりと」

にやり、とおばさんは笑う。それから一人で頷いて、少し得意そうな顔で私を見た。

「気にすることなんかないからね。昔っから、ああなんだから」

私の家にもお祖母ちゃんがいた。私が小学五年生のときに死んだが、元気だった頃は、お母さんはよくいじめられていた。あの頃、お母さんは何かあるとよく言っていた。ねえ未芙由、将来お嫁にいくときには、お姑さんのいない相手を選ぶことだよ。最低でも、一緒に暮らさないで済む家をね──私はお祖母ちゃんが好きだった。お祖母ちゃんも、私のことは可愛がってくれていた。けれど、お母さんがそう言うときは、私は心のどこかで、お祖母ちゃんに謝りながらも、うん、分かったと答えることにしていた。

「まあ、一つ屋根の下に住んでるっていったって、関係ないからさ。まるっきり。シカトしてれば、いいよ」

お母さんの従妹だというから、年代も同じくらいかと思っていたが、尚子おばさんは外見だけでなく、喋り方も若い。私は、さっきまで胸の中で渦巻いていた怒りが、少しずつ解けていくのを感じていた。むしろ、こんなおばさんで良かったと、胸を撫で下ろしたい気分だった。

出来るだけ我慢するつもりで来たけれど、それでも堅苦しい人だったら困るというのが、私の本音だった。小言ばかりというのでは、あまりに窮屈だ。いばり散らされたら腹が立つ。だけど、尚子おばさんは、そんなふうには見えなかった。買い物してきたらしい荷物を袋から取り出して冷蔵庫などにしまう間も、「ほんと、うざいお祖母ちゃんなんだよね」などと喋り続ける様子は、ちょっとした、年上の友だちみたいな感じだ。

「それにしてもさあ、マジで、びっくりしたわよ。幸ちゃんね、あんたのお母さんが、まさか、こんなに早く亡くなるなんて、思ってもみなかったもん。癌だったんだって？　いつから？」

「最初に分かったのは去年の春頃だったんだけど」

「何よ、じゃあ、たった一年で？　ちょっと、ちゃんと定期検診とか、してたのかなあ」

「——して、なかったんです」

おばさんは「やっぱり」と呟き、憂鬱そうに眉をひそめた。

「まだ若いからねえ、早いのよね、一旦そうなると。だけどさあ、私、今年も年賀状もらったんだよ」

「病院で、書いてたんです」

おばさんは、「そうだったんだ」と、少しだけ悲しそうな顔になった。

「仲良しだったのよ、幸ちゃんと私。子どもの頃は夏休みとか、よく遊んでもらったし、宿題なんか手伝ってもらったことも、あったしね」

けれど高校生のときに、父親の転勤で東京に来ることになって、以来、あまりつき合いがなくなったと尚子おばさんは言った。その父親という人と、私のお母さんのお母さんが姉弟だったのだそうだ。つまり、お母さん側のお祖母ちゃんということになるが、私はほとんど馴染みがない。離れた土地に住んでいたし、うちにお祖母ちゃんがいたせいもあるだろうか。

「幾つだった？」

「四十八」

お肉のパックを持ったまま、尚子おばさんは宙を見上げて「そうか」と呟く。

「私と四つ違いだったんだから――そうだよ、四十八か。その歳でっていうのは、やっぱりコクだよねえ」

つまり、尚子おばさんは四十四ということになる。私は、そっちの方に驚いてしまっていた。三十代だろうとばかり思ったのに、まさか、四十四なんて。若い。

「じゃあ、未芙由ちゃんも、色々と苦労したんだね」

何も答えられなかった。

いつの頃からか、私は少し壊れてる。感じることと顔の表情がつながらなかったり、思っていることと出てくる言葉が違っていたりする。心も頭も、つなぎ目が全部、少しずつずれてしまっている感じだ。だから、どんな顔をすると「苦労しました」という表情になるのか、どんなときにそういう顔をするのが正しいことなのかが、よく分からない。

「さて、と。どうする？」

ぼんやりしていると、おばさんがまたこっちを見た。私は反射的に、「はい」と頷いた。

「はい、じゃなくてさ、どうしようかって。晩ご飯。お腹空いてるでしょう？」

そういうことか。お腹は、空いていた。確かに。けれど、どうしようかと聞かれても、どう答えるのが良いのか分からない。

「面倒だから、食べに出ちゃう?」

おばさんは、特に考える様子もなく、そう言った。心のどこかで「やった」という声がした。でも、「なんで」という声もした。私は、やっぱり黙っていた。

「本当なら歓迎会とかいってさ、盛大にしてあげなきゃいけないんだけど。本当、ごめんなさいなんだけど、うっかりしちゃってたから、材料もろくなもんがないのよ」

おばさんは椅子に腰掛けて、「ああ、やれやれ」と頰杖をついた。そういうところは年齢相応に見える。

「それに、私もさ、今日は何だか疲れちゃったし。そうしようよ、ねえ? 何が好き? 食べたいもん、ある?」

「あの、他の人たちとか、いないんですか」

「他の人?」

「——家族の人たち」

おばさんは、ものすごく面白い話を聞いたみたいに目を大きく見開いて「いるわよ、もちろん」と頷いた。

「そうだ、ちゃんと説明しなきゃね。ここの家は、おばさんと、おばさんのダンナさんと、長男と長女。四人家族ね」

指を折りながらおばさんは話し始めた。正確に言えば、階下にダンナさんの両親も住んでいるから、六人家族ということになるらしい。

「ダンナさんは、お勤めでしょ、もちろん。で、帰りはいつも十時は過ぎるわけよ。接待とか色々あるから、十二時過ぎることも珍しくないしね。だから、晩ご飯は家では食べないのね」

朝食にしてもヨーグルトだけと決めているので、買い忘れさえしなければ大丈夫なのだそうだ。ずい分、手のかからないダンナさんだ。うちのお父さんは、朝からちゃんとご飯を食べなければ、仕事にも身が入らないと言う。お弁当も持って行く。週に一、二日は帰りが遅くなるけど、夕ご飯だって、きっちり食べる。お酒も飲むから、おかずも沢山必要だ。お母さんはよく、「私は飯炊き女だわ」と言っていた。

二十一歳になる長男は、何やらアルバイトをしながら好きなことをしているため、生活のリズムは分からない。いつ帰ってくるのかも分からないし、いつ起きるのかも知らない。気がつけば、何日も帰ってこないこともある。従って、彼の食事の支度も、しないことにしていると、おばさんは言った。

「で、長女がこの春から高校生になったのね。これでやっと、お受験から解放されたってわけ」

高校生になってダイエットに目覚めたその子は、父親と共に、朝食はヨーグルトだけになったという。しかも、ようやく受験から解放されて今は羽根をのばしている最中とかで、予備校のない日でも、学校帰りにそのまま遊びに行ってしまうことも珍しくないらしい。

「で、私も色々と出かけてることの方が多いもんだから、結局、家で一人で晩ご飯っていうことも、そんなには、ないんだ」

へえ、と頷きながら、私の中には猛烈に不安がこみ上げてきていた。では、私は明日からどうすれば良いのだろう。今のところ、私には出かける場所もなければ用事もない。と、なると、ここにいて、一人で作ったり、買ってきたりして、勝手に食べろということだろうか。朝はともかく、昼も、夜も。食費は——どうなるのだろう。

「もう皆、子どもじゃないからね、それぞれ自由なのよ。うちって、そういう家なんだ。いいでしょ、気楽で」

窓の外が本当の闇になった。昨日の今頃、私はまだ自分の家にいて、古ぼけた狭い台所で、晩ご飯の支度をしていた。茶の間からは、弟が見ているテレビの音が聞こえていた。お母さんが入院してからというもの、それが私にとっての夕方だった。

「今日は、こうして二人なんだから、作ったっていいんだけどね。一応は買い物もしてきたし。だけど、何か、面倒になっちゃったから、ね？　やっぱり外で食べようよ。どう？　回転寿司とか、行ってみる気、ある？」

私が頷くのを確かめて、おばさんは「よし」と立ち上がる。そのまますぐに出かけようとする後ろ姿に、私は「あの」と声をかけた。

「荷物、どこに置けばいいですか」

実は、一人で留守番をしている間に、ひと通りの〝探検〟は済ませていた。だから、大体の家族構成も分かっていた。この家には、おばさんたち夫婦の部屋と、長男、長女の部屋が一つずつある。それから、ダンナさんの使う部屋なのか、書斎っぽい部屋。いわゆるお座敷みたいな、唯一、畳敷きの部屋。洗濯物が山積みになっていて、アイロン台やミシンが出しっぱなしになっている小さな部屋。それから、物置というか何というか、要らないものがごちゃごちゃと放り込まれている部屋。私が使わせてもらえそうなのは、その物置か、畳敷きの部屋しかなさそうだった。だが、「あ、そうそう」と手を叩いたおばさんは、私を手招きしながら、廊下の突き当たりにあるドアに向かった。さっき見たときは鍵がかかっていたドアだ。

「未芙由ちゃんの部屋はねえ」

ジーパンのポケットを探り、キーホルダーを取り出しながら、おばさんは、にっこり笑った。

「下なんだ」

思わず「えっ」と言ったまま、息を呑んでしまった。下といったら、あのお婆ちゃんと一緒ということではないか。さっき、お婆ちゃんなんか関係ないと言ったくせに。下のことなんか、気にするなと言ったくせに。私は、パンチでもくらったような気分で、ドアの鍵を開けるおばさんの後ろ姿を見ていた。やっぱり、うまい話にはウラがある。ちょっと喜ぶと、すぐにこれだ。

「ほら、下の二人はさ、そのうち死ぬわけじゃない？　だからね、そのときのために、この階段も作ってあるわけ」

おばさんはドアを開けるとパチン、と照明のスイッチを入れてから、「ほらね」と私に奥を覗かせる。なるほど、階下へ通じる階段があった。

「大体、年寄り二人だけで、こっちと同じ広さを使う必要なんて、ないわけじゃない？　だから、下にも私たちが使えるスペースを確保したわけよ、当然でしょう？」

「――それは、まあ」

「お祖母ちゃんは未だにそれを根に持ってる感じなんだけどね。そんなの、関係ないし。とにかく、今は鍵も掛かってるし、向こうからは開けられないようにしてあるから、心配はご無用。お祖母ちゃんたちに干渉される心配はないからね」

極秘の作戦でも知らせるみたいに、おばさんはにんまり笑う。そして、「静かにね」と言いながら、先に立って階段を下り始めた。私はコロコロのついた鞄を抱えるようにして、えっちら、おっちら、後に従った。上ったり下りたり、妙な家だ。

「音にだけは敏感なのよ。どんどんやったりすると、すぐに文句言ってくるからさ」

「でも、今日は出かけてるんじゃあ――」

おばさんは階段の途中でくるりと振り返り、「そうだった、そうだった」と肩をすくめた。

「だけどねえ、あなどれないわけよ、これが。もう一人、お祖父ちゃんがいるからね。多分、そろそろ帰ってる頃じゃないかな。こっちもなかなかの、くせ者だからさ」

途中で二度曲がる階段を下りきった先に廊下があって、またドアが二つ並んでいた。その手前のドアを、今度は鍵を使わずに、おばさんが開ける。パチン、という音がして、電灯の明かりの下に六畳ほどの、何もない空間が広がった。

「どっちがいい？　ここと、隣。広さも造りも、まるで一緒。アノ人たちが死んだらさ、ここをぶち抜きにして、新しい部屋にしようとか、思ってるんだけどね」

壁も天井も白い部屋だった。フローリングの床の片隅に、布団だけが積まれている。「無印良品で買ってきたのよ」とおばさんは笑った。私は、念のために奥の部屋も見せてもらった上で、奥の方を選ぶことにした。おばさんは「オッケー」と気軽に頷き、隣室に置いてあった布団を運んでくると、得意そうに笑った。

「何もないのは、おばさんの思いやりだと思ってね。だって、好みも何も分からないし、この先、どうなるかも分からないわけだから。下手なもの、買いそろえられないじゃない？」

おばさんは、笑顔のままで「それで」と私の顔を覗き込んできた。

「どれくらい、いると思ってればいい？」

今日は何回驚いているか分からないが、この質問には、心底びっくりした。先のことなんか、分かるわけなかった。私はとにかく家を出て、ここに「住める」と思ってきたのだ。もう帰る家はない。だから、住むからには、ずっとだと。

「お父さんは、一カ月もいれば満足するんじゃないかって言ってたけどねえ」

「――一カ月？　だけ？」

自分でも顔色が変わるのが分かった。赤くなったのか、青くなったのかは分からない。だけど、脳味噌のあたりが、すうっとなった。

「あの――あの、一カ月たったら、私、出ていかなきゃならないんですか」

壁も天井も白い部屋は、妙に声が響く。私は部屋の中央に立ちつくして、半ば呆然とおばさんを見た。おばさんも、どこか不思議そうな顔で私を見返してくる。

「だって、そのう――」

「一カ月たったら、私、どこに行けばいいんでしょうか」

「どこにって――ちょっと、未芙由ちゃん」

「明日からでも、仕事とか、あの、一生懸命探しますけど、でも、寮があるようなところに、そんなすぐ就職出来るか分かんないし、アパートとか、借りるとしたら、お金だってかかるし――お父さんから、私、三万円しかもらってこなかったし――そのぅ、お金が貯まるまで――私、どうしたら」

気がつくと、真っ白な視界がぼやけて、涙が頬を伝っていた。どうして泣いているのか、よく分からない。悲しいわけじゃないと思うのに。やっぱり私は少し、壊れている。

「未芙由ちゃん、あんた、こっちで働くの？　最初から、そういうつもりだったの？　あれえ、何よ、それ。お父さんから聞いてたのと、違うんだけど」

おばさんは慌てた顔をしていた。目を何度もぱちぱちさせながら、「泣かないでよ、もう」と私の肩に手を置いて、顔を覗き込んでくる。こんな顔、見られたくなかった。

「お父さんはさ、あんたが落ち込んでて、お母さんの看病とかで疲れ果ててもいると思うから、少しの間、羽根をのばさせてやりたいって――」

「――嘘です、そんなの」

「嘘じゃないってば。その間にね、家に大工さんも入れて、お台所とか、少しきれいにするつもりだって。アレだって？　言い方はアレだけど、お母さんの保険金が、入ったんでしょう？　あ、これから入るって言ってたんだったっけかな」

ああ、一体全体、今日は何回びっくりしなければならない日なんだろうか。私は何度も鼻水をすすり上げながら、おばさんを見なければならなかった。家に大工？　お母さんの保険金？　何、それ。何もかも、初めて聞く話ばっかりだ。頭の中に渦巻きが出来ている感じがする。もう駄目、このまま布団を被って寝てしまいたいくらいだ。

「――知りません。私、何も」

それだけ言うのが、やっとだった。ずい分、長い間、沈黙が流れたと思う。私は、今こそ本当の独りぼっちになったのだという思いをかみしめながら、だらだらと涙を流し続けていた。おばさんが、傍にいる。何をしているのか知らないけど、私の視界には、この世でたった一人しかいない、頼るしか仕方のない人のジーパンが見えていた。

「とにかくさ」

やがて、おばさんの声が聞こえた。それから、私の背中に手が添えられる。並んで立つと、この家のお祖母ちゃんほどじゃないけれど、やっぱり尚子おばさんの方が私より小柄だ。

「ご飯、食べにいこうよ。そこで少し、落ち着いて話そう、ね？　私も、未芙由ちゃんのこと何も知らないわけだしさ、お互いにもう少し、相手のことを知り合わなきゃ」

もっともな意見だ。私はひたすら頷いた。そして、おばさんに促されるまま部屋を出て、階段を上がり、部屋を突っ切って、また階段を下りた。ごちゃごちゃと靴の散らばる玄関で自分の靴を捜し出し、ようやく外に出ると、そこには捨ててきた故郷とはまるで違う匂いが広がっていた。

第一章

1

三本目の煙草を吸い終えた頃、ようやく彼の姿が見えた。煙の立ちこめる店内に驚いたのか、一瞬顔をしかめて、その濁った空気の奥に杏子の姿を発見すると、わずかに慌てた様子で、混雑する客の間をすり抜けるようにしてやってくる。

「悪い。大分、待たせたかな」

椅子を引いて、そのまま向かいの席に腰掛けようとする彼を見上げて、杏子は「雄ちゃん」と呼びかけた。店内はほぼ満席に近い状態で、煙草の煙と同様に、人の声も充満している。この程度の距離でも、少し大きめの声を出さないと相手が聞き取りづらいと思えるほどだ。名前を呼ばれて、鹿島田雄太郎の目が杏子に向けられた。

「この店、セルフサービスだから。自分で好きなもの、買ってきて」

雄太郎は初めて気づいたように「あ、そうか」と店内をきょろきょろ見回して、それから改めてテーブルに目を落とす。

「君は？　それ、もう飲んじゃったろう？」

「じゃあ、頼もうっかな。カフェラテ」

雄太郎は軽く頷いて、テーブルから離れていく。杏子は頬杖をついたまま、その後ろ姿を眺めていた。似たようなスーツ姿の男ばかりが溢れている店内で、彼の姿は完全に周囲に埋没してしまう。髪型も、背格好も、何一つとして、特に目立つということがない。こうして遠目に見ていると、彼が杏子にとって、ある意味で特別な存在であるという、その理由そのものさえ、分からなくなるほどだ。

「それにしても、ひどい煙だ。具合が悪くなりそうだよ」

やがて二人分の飲み物をトレーにのせて運んできた彼は、改めて椅子に腰掛けると、いかにも不快そうに眉をひそめて、やれやれといった表情で辺りを見回した。杏子は「でしょう？」と微かに笑って見せながら、新しい煙草に火を点けた。

「自分で吸ってても、そう思うもんね。ここの空気は、ひどすぎるって。分煙どころか、全席喫煙オーケーの店なんて、今どき滅多にないんじゃない？」

「そんなところに、よく人を呼びつけるな」

彼は自分のコーヒーにたっぷりのミルクと砂糖を溶かし込みながら、口元を歪める。

「僕を肺ガンにしたいの」

「一回くらい、こんなところに来たからって、すぐにガンになんか、なるわけないじゃない」

「だけど、杏子といる限りは、僕は年中、間接喫煙してるわけだし」

「じゃあ、それでガンになったら、どうする？　私を訴える？」

わざと悪戯っぽい表情を作って雄太郎の顔を覗き込む。彼はコーヒーをすすりながら「そうだな」と呟いた。

「訴えない代わりに、つきっきりで看病してもらおうかな」

「本気で言ってる？　本気で？」

念を押すようにさらに聞き返した。すると、雄太郎の瞳が微かに揺れる。気弱さと開き直りの半分ずつ。いや、そこに後ろめたさと不遜さも加わるかも知れない。本気で考えてもいないくせに。いつだって、口先だけ。

「こういうお店だからこそ、かえって人目につかないと思って選んだんだからね。これでも気を使ってんの」

「人目にって。その割に、窓際じゃないか」

「しょうがないでしょう、他に空いてなかったんだから」

嫌なところを突く。事実、杏子が来たときには、店はがらがらに空いていた。ただ、窓際に座りたかっただけだ。変に勘がいいんだから。男のくせに。

喉元まで出かかった言葉をぐっと呑み込み、杏子は温かいカフェラテに口をつけた。いけない。

今日は変に突っかかったりして、相手の機嫌を損ねてはまずい。そのことを忘れてはいけない。

　窓の外では、初夏を思わせる陽射しの下を右へ左へと、絶えることなく人の流れが続いていた。こうして眺めていると何となく不思議になる。というか、感心してしまう。よくもまあ、これだけ大勢の人間に、ちゃんと行く場所があって、何かしらの用事があるものだ。会う相手がいて、話す内容がある。こなすべき仕事があって、相応の代償を得ている。ちゃんと。ここはオフィス街のど真ん中だった。用のない人間が、ただぶらぶらと散歩がてらに来るような街ではない。

「こっち向けよ」

　雄太郎に呼ばれ、密かに深呼吸をしてから、杏子はゆっくり首を巡らせた。彼は、コーヒーカップを口元に運んでいる。

「用件に入ろう」

「もちろん。それで？」

「まあ、気に入るかどうかは、分からないがね」

　こちらを一瞥した後で、彼は背広の内ポケットから茶色い封筒を取り出した。杏子は、ぱっと笑顔を作って身を乗り出した。

「あったんですか？　本当に？　わあ、すごいわ。やっぱり、お願いしてよかった。それで？　どういう職場ですか？」

　すると彼は、半ば呆れたような笑みを浮かべた。

「現金なんだからな。こんなときだけ、丁寧語になるし」

杏子は「だって」と、今度は上目遣いになって、少しばかり膨れっ面になって見せる。

「お願い事をしてる身ですもの。それに、感謝の気持ちを表すときには、言葉遣いだって丁寧になるに決まってるじゃないですか」

「本当に、そう思ってるか？」

「当たり前じゃないですか！　こんなことなら、やっぱりもっと早くからお願いするんだったって、後悔してるって、何回も言ってるでしょう？　下手に意地を張った自分が馬鹿だったと思ってるって」

雄太郎の表情が柔らかくなった。彼は、こちらが下手に出るのが好きだ。

「まあ、実はさ、そんなに感謝してもらえる職場かどうかは、分からないんだけどね」

杏子は「どれどれ」と手を出した。

「見せてください」

それでも彼は、封筒を持ったまま、勿体をつけたような顔をするばかりだ。もともと彼には、こういうところがある。別段、勿体をつけるつもりはないのだろうが、今ひとつ行動がはっきりしない。何をするにも「どうしようかな」というのが癖だった。杏子は彼のこういう部分が嫌いだった。苛々する。焦れったくなる。大の男が、と思うのだ。馬鹿じゃないの。はっきりしなさいよ、と。だが今ここで、そういう苛立ちを見せてはいけない。それも、よく分かっているつもりだ。何しろ、拗ねると面倒な相手だ。こんなところで急に居直られたり、へそを曲げたりされたのではたまらない。

「お願いします。代理ってば」

苛立つ代わりに、彼が嫌う呼び方をしてやった。案の定、雄太郎は敏感に反応した。目の端に微かな不快感を漂わせて、唇が一瞬、くにゃりと歪みかかる。それには気づかないふりをして、杏子はにこにこと笑いながら「はい」と手を差し出した。彼はようやく、諦めたようにその手に封筒をのせてくれた。中には四つに折りたたまれている数枚の白い紙が入っている。

「社団法人・日本立体駐輪場推進協議会——へえ。こんなところがあるんですか」

彼は面白くもなさそうな表情で、眉の辺りだけを動かす。その顔をちらりと見てから、杏子は資料に視線を走らせた。組織の概要・目的・設立年月日・組織図・活動状況。興味はないけれど、一応は把握しなければならない。何しろ、杏子の新しい職場になるのだから。

要するに、都市部の大きな問題になりつつある放置自転車の問題を解決するために、特に駅周辺などの狭い土地を利用して、大容量の立体駐輪場設置を普及させることに努め、さらに安全かつ確実に運用されるように監視することを目的として作られた団体ということらしい。規模は大きくない。

「何か——地味ですねえ」

ひと通り目を通したところで、杏子はわずかに口を尖らせた。どうせなら、もっと楽しそうな響きのところが良かった。

「そう言うなよ。これでも結構、苦労して探したんだから」

彼はわずかに面目なさそうな、一方ではやはり不遜さをちらつかせる顔つきで口元を歪めた。

「見つからないより、ましだろう?」

「もちろんです」

杏子は気分を入れ替え、改めて彼の方にわずかに身を乗り出して「それで」と小首を傾げて見せた。

「何年間ですか?」

「一応、二年だって。だけど、具体的な話は直接、聞いた方がいいよ。とりあえず四時までに履歴書を持って訪ねていけば、会ってもらえるようにはしてあるから。ああ、持ってきただろうな、履歴書」

「今日? これから?」

杏子は慌てて、さっき買ったばかりの履歴書をバッグから取り出した。途端に彼は不機嫌そうな顔になる。

「何だ、まだ書いてないのか」

「だって、今日すぐに面接してもらえるなんて、言ってくれなかったじゃないですか」

「急に、そういうことになったんだから、仕方がないじゃないか」

「こんな格好で?」

彼は「十分じゃないか」と言った。だが杏子は情けない表情を作って、自分の服装を点検する真似をした。実際は、手持ちの通勤着のうちの一着を着てきているのだから、特にみっともないとも思ってはいない。けれど突然、閃いた。

「せっかく代理が見つけてきてくださった職場でしょう？　ねえ、もしも私の印象が悪かったら、代理のイメージダウンにつながらないですか？」

「印象なんか悪くないって。べつに」

「そんなことないです。だってこれ、もう五年以上も着てる服だし。見る人が見れば、古びてるってすぐに分かっちゃう」

「そうかなあ」

「ちょっと。私、真剣なんですから」

杏子が真正面から身を乗り出して見つめても、雄太郎は張り合いのない顔で、ただ首を傾げているばかりだ。杏子は、悲しげな表情を作って目を伏せた。

「どうせ、思ってるんでしょう。若くもないくせにって」

上目遣いに雄太郎の表情を窺う。彼は口をへの字に曲げたまま、黙ってこちらを見ていた。

「二十代でもないのに、そんな程度でごまかそうとしても無駄だって」

「思ってるわけ、ないじゃないか」

「うそ。思ってる」

「思ってない」

「思ってる」

「変わりゃあ、しないじゃないか、二十代と。どこも」

「――本当？」

あまり長く拗ねてみせるのが得策でないことは、よく承知していた。雄太郎には、あっさりしているというか、見切りをつけるのが早い部分がある。少しでも気に入らないことがあったり、不愉快な気分が続くと、彼はすぐに「じゃあ、いい」とか「もう、やめにしよう」と言い出すのだ。その一方、機嫌を直すのには時間と手間がかかるときている。要するに、扱いが難しい男だった。杏子は、自分では一番愛らしく見えると思っている表情を作って、「雄ちゃん」と、また呼び方を変えた。

「新しいスーツ。ねえ？」

「今日のために？　これから？」

「大急ぎで履歴書、書いちゃうから。お願い。ね？」

言うが早いか、杏子はもう履歴書が入っているパッケージを破り始めた。

「ペン貸して」

コーヒーカップを雄太郎の方に押しやってテーブルが濡れていないかを確かめた上で、履歴書を開きながら言うと、目の前にすっと銀色のペンが差し出されてきた。杏子は、にっこり笑いながら彼を見た。

「急いで書くからね」

「それで、どこで買うの」

「ここからなら、やっぱり銀座が近いんじゃない？」

彼はしばらくの間、何か言いたそうな目で杏子を見ていたが、やがて諦めたように大きくため息をついて頷いた。交渉成立。

「ただし、それが再就職祝いだからな」

それなら、スーツに合うブラウスも買わせるまでのことだ。うまくいけばバッグも。杏子は、いそいそと履歴書を埋め始めた。

せっかく、この二年間、遠ざかっていられたと思ったら、またこの書類を書く羽目に陥るとは。出来ることならもう二度と、履歴書なんて書かずに済む立場になりたいと思っていたのに。これで最後にしよう、そう自分に言い聞かせて、二年前も今と同じように履歴書を書いたはずなのに。本当に、人生はままならない。

「ねえ、雄ちゃん」

履歴書を書きながら声をかけると、頭上から「うん」という返事が返ってきた。

「私が面接受けてる間、どっかで待っててくれる？」

「駄目だよ。今日は一旦、会社に戻らなきゃ」

「あれ、帰っちゃうの？　じゃあ、夜は？」

「予定が入ってる」

「そうなの？　どこと？」

「今日は――民間と、あと銀行のヤツも来るとか言ってたかな」

ふうん、と頷きながら、杏子は素早く考えを切り替えた。それなら、かえって安心だ。急に呼び出されたりする心配もない。真新しいスーツを着た姿を、秀幸に見せに行こうと思った。そして、彼と二人で就職祝いをしよう。

今日の面接は必ず通る。何しろ、財団法人・未来都市計画センターの、一応は課長代理の肩書きを持つ雄太郎の口利きだ。この世界では、肩書き同士のつき合いと、何ごとをすすめるにも順序立てた形式と手続きが何よりも重んじられることを、杏子はこれまでの二年間で十分に学んでいた。だから今日の面接も、単に形式的なものに過ぎないと分かっている。一応の形式を守りつつ、決して相手の面子をつぶすことのないように最大の注意を払い、さらに何ごとにも角を立てずに、すべてを丸く収めるように努力する。ただし、それは団体間や役所との関係の場合に限られるらしい。これが、相手が民間の企業だったりすると、ときとしてわけもなく高飛車だったり、頑なだったり、また警戒心を丸出しにしたりすることも珍しくはない。

「何だよ、怒ったの。今日のところはスーツで我慢してくれよ。再就職のお祝いっていうのは、また今度、ちゃんとすればいいだろう？」

第一、雄太郎自身が、杏子の採用が決定していることを疑う素振りすら見せていない。どういうやり取りの末に決めてくれたのかは分からないが、とにかく「持ちつ持たれつ」の絶妙なバランスの上で、話は既に決まっているのに違いなかった。

「分かったね？」

杏子の沈黙のわけを、彼は勘違いしたらしい。慌てて、高校の卒業年を指折り数えて考えるふりをしながら、杏子は「うん」と微笑んで見せた。雄太郎は満更でもない顔で「早く、書いちゃいなさい」と言った。

2

「そんで、そのスーツか」

ベッドに寝そべって腕枕をしたまま、わずかに口を尖らせている秀幸の前で、杏子はくるりと回って見せた。

「いいでしょ、なかなか」

「いくら」

「九万八千円」

その途端、秀幸は「まじでっ」と声を上げ、がばっと身体を起こした。そして、改めてしげしげと杏子の全身をくまなく眺め回している。

「ほとんど十万ってことじゃん。そんな、ぶっ高い服を、ぽんと買ってくれちゃうわけか」

杏子は小首を傾げた格好で「まあね」と答える。本当は杏子だって、このスーツを買ってもらえるとは思わなかった。実はこれよりも気に入って、もっと安価なスーツもあったのだ。それをねだるために、最初に少し高めの服が欲しいと言えば、その後、少し値段を下げたものをねだりやすくなる、こちらも譲歩したように見えると思って、この服を選んだ。すると彼は、いともあっさり言った。それで、いいのか、と。

「カードで？」

「まさか。現金に決まってるじゃないよ。カードなんか使ったら、証拠が残っちゃうでしょう？」

「そりゃ、そうだけどさ。じじいって、いつもそんな金、持ち歩いてんの」

心底、驚いたような表情で、秀幸はぽかんと口を開けている。

「どういうじじいなんだ、ったく」

「五十近いおじさんだもん。それくらい、自由になるお金がなくて、どうすんのよ」

案の定、面接はきわめて形式的なものだった。杏子が提出した履歴書にざっと目を通して、最終学歴を確認し、さらにワープロ検定と日商ＰＣ検定がそれぞれ三級であることを口頭でも確かめると、面接を行った四十がらみの男性職員は、「まあ、いいでしょう」と眼鏡の奥からこちらを見た。

「実は、うちでも何年か前までは、自宅から通える方ということで、限定していたんですがね」

言葉のウラに、雄太郎の後押しがあったから、仕方なく採用を承知してやったのだという、やんわりとした嫌みとも、恩着せがましさとも取れるものが感じられた。だが杏子は、わずかに微笑んで頷いただけだった。やりすごす。何ごとも。杏子が得ることになる職は、要するに「簡単な事務」といった程度のものだ。電話をとり、コピーをとり、来客があればお茶を出す。ときどきは簡単な書類の作成や伝票の整理もするかも知れない。要するに、明確な意思表示や、はっきりとした自己主張などは、まったく求められていない。

「まあ、そういう時代でもないし。鹿島田さんも、鶴岡さんの仕事ぶりについては、『安心して任せられます』と保証されてましたんでね」

「あの、鹿島田代理が、ですか？」

杏子は驚いた表情を作ることを忘れなかった。面接をした男は、知らなかったのか、といった顔つきで頷いていた。それにしても、まるで覇気のない、何を考えているかも分からない男だった。明日会っても、もう杏子のことなど忘れてしまっているかも知れない。だが、とにかくこれからは四六時中、顔を合わせることになる相手だ。とりあえず嫌な印象は与えない方が良いに決まっているから、杏子は「ありがとうございます」と、控えめに頭を下げた。

そうして杏子は新しい職を得た。これで少なくとも二年間は、社団法人・日本立体駐輪場推進協議会、略して「駐輪協」の契約職員として、安定した生活を送ることが出来る。その間に今度こそ、人生をはっきりさせようと思っている。二度と履歴書など書かずに済むように。

「すげえよなあ。俺なんか、その歳になったって、愛人にそんなもの、買ってやれるようになれるとは思えないけどな」

「あっ、秀幸って愛人持つつもりなの」

思わず腰に手をあて、杏子はぎゅっと眉根を寄せた。Tシャツにジーパンという、いつもの服装のままでベッドの上にあぐらをかいた秀幸は、口を尖らせたまま軽く小首を傾げている。

「だから、無理だって。愛人って、金がかかんだろう？　そんな金持ちになんか、なれっこねえもん」

「もうっ。どうして、そうやって決めつけちゃうわけ？」

「決めつけるっていうかさ――」

「情けないなあ！」

べつに、本気で愛人を持って欲しいなどと思うはずはない。けれど、最初から無理だと言われてしまうと、それはそれで情けない気持ちになるものだった。

この、六歳年下の恋人を、杏子は杏子なりに、何とか一人前にしたいと思っている。そうなって欲しいと願っている。いつまでも親からの仕送りをあてにして、ぶらぶらしていないで、中途半端な夢ばかり追いかけるのもやめにして、パチスロに精を出すのも好い加減にして、とにかくまともな方法で生活を安定させて欲しい。秀幸がそうなってくれなければ、杏子だって、もう一歩が踏み出せない。一緒に暮らそう、二人で生きていこうと言い出せないではないか。

「まあ、いいや。とにかく今日は、お祝いしようよ。ね？　ご飯食べに行こう」

「杏子のおごり？」

「何が食べたい？」

すると秀幸は、素早く手を伸ばしてきて、杏子の腕を摑み、自分の方に引き寄せる。

「杏子が食べたい」

「ちょっと、皺になっちゃう」

抱き寄せられながら、杏子は真新しいスーツの心配をした。地味だし、デザインだってごくオーソドックスなものだが、さすがに仕立てが良い。それは、試着のときに袖を通した瞬間、すぐに分かった。生地そのものの感触が違う。

「私、お腹が空いてんのよ」

だが秀幸の手は、もう忙しく動いて、杏子の服を脱がせにかかっていた。

「今日は、やってないんだろう？　じじいとは」

「もちろん。接待があるからって、そそくさと帰っていったもん」

目の焦点が合わないほどの近さに、大好きな秀幸の顔がある。少年のような瞳がある。

「じゃあ、いいじゃん」

「じゃあ、って？」

「さすがに、じじいのすぐ後でっていうのは、いくらなんでも、やっぱり俺も、ちょっと抵抗あるからさ」

馬鹿ね、と囁く杏子の唇を、秀幸の唇がふさぐ。乱暴に扱われては困るから、結局、杏子も彼の作業を手伝って、新しいスーツを脱いだ。本当はブラウスと、そしてバッグも買ってもらったのだが、それは言いそびれた。スーツだけでも、このアパートの家賃より高いのだ。ああ、けれど、秀幸だってときとして、このブラウスくらいの金額を、一度のパチスロで使ってしまっているはずだった。

「本当に、しようのない子」

「しようがない？　俺が？　だけど、そういうのが好きなんだよね、杏子は。俺、ちゃんと分かってるんだ」

そんなことはない。杏子は、いつだって、普通の平凡な幸福が欲しいと思っている。けれど今の状況では、秀幸は杏子の求める幸せの、半分も満たす力さえ持っていない。だから、雄太郎が必要なのだ。まだ当分の間、別れられないと思うのだ。秀幸に、過剰な要求をしないためにも。それどころか、多少なりとも秀幸を甘やかしてやるためにも。

「焼肉、食いに行こう」

秀幸の素肌の感覚を味わっている間に、彼が言った。秀幸は焼肉が好きだ。杏子のおごりと決まっているときには、彼は必ず肉を食べたいと言う。いつになったら、彼にステーキやしゃぶしゃぶを食べさせてもらえるのだろうかと、ふと思う。果たして、そんなときは来るのだろうか。

――来てもらわなきゃ。この二年の間に。

それでも駄目だったら、杏子だって少しは考えなければならない。二年後、杏子は三十三になる。もう、あまり時間は残されていないのだ。

「すげえガキに見えるね、そういう格好だと」

二人でよく行く焼肉店に落ち着くと、生ビールで喉を潤し、秀幸がにやにやと笑いながら顎を突き出してきた。真新しいスーツに焼肉の匂いが染みつくのは困るから、杏子は彼のTシャツとジャージを借りていた。簡単にシャワーを浴びたから、化粧もほとんど落ちている。

「どう見ても、社会人に見えねえもんな」

「失礼ね」

「あれ、これが失礼なの？　杏子って可愛いって言ってんだよ。分かる？　杏子ちゃん」

二十五歳の秀幸は、こうやって時折、杏子を子ども扱いする。それが、杏子にはひどく心地好く、嬉しくてならなかった。膨れっ面でも作ろうとは思うのだが、どうしても笑顔になってしまうほどだ。

「とてもじゃないけど、五十近いじじいに貢がせてるようになんて、見えないよ」

「人聞きの悪いこと、言わないでよ。貢がせてなんて、いないじゃない」

「そうかなあ。洋服買ってもらったり、年がら年中うまいもの食わせてもらったり」

「そういうのはね、プレゼントっていうの。貢ぐっていうのとは違うでしょ」

秀幸は「あっそ」と言いながら、網の上の肉を裏返す。じゅう、と煙が上がった。

「ま、お蔭で俺が何もしてやれなくても、杏子にストレスが溜まらないから、ありがたいようなもんだけどね」

「でしょう？　それに、場合によってはさ、秀幸だって、間接的に彼の世話になってるようなもんなんだから」

つい一カ月ほど前も、杏子は雄太郎にブランド物のバッグをねだった。実は、全く同じバッグを既に持っていながら。もったいなくてあまり使っていないから、ほとんど新品同様のままだった。いつも使っていたバッグがいよいよ型も崩れてきたし、四隅の色もはげ落ちて、何となくみっともなくなったから、この際、そのバッグを日常使いにおろそうと決心した。そんなときに、ふと思いついて、雄太郎に同じものをねだったのだ。彼は、やはり渋る様子も見せずに、あっさりと買ってくれた。そして品質保証カードから、専用の布製の袋、箱からリボンまで揃っている状態のまま、そのバッグは質屋へ持ち込まれた。少し古いデザインではあるものの、まったくの新品であることと、人気商品であることから、バッグは意外な高値で買い取ってもらうことが出来た。杏子にとってはラッキーな臨時収入だった。

「そういや、あのときも確か、この店に来たんだよな」

焼けていく傍から肉に箸を伸ばし、旺盛な食欲を見せる秀幸は、一人で納得したように頷いている。それだけではない。実は今、彼が着ているTシャツだって、そのときの収入で杏子が買ってやったものだ。

「何てったっけ？　飛鳥田？」

「鹿島田」

「そうそう。鹿島田。鹿島田のおっさんに、感謝しなきゃ、だよな」

「でしょ」

「どうせなら俺の面倒も見てくれりゃあ、まじ、言うことないんだけどなあ」

その言葉には、箸の先をくわえたまま、杏子は思わず眉をひそめた。

「ちょっと、カノジョの愛人に、自分まで世話になろうっていうの？　それって、ちょっと虫が良すぎない？」

「だって、鹿島田のおっさん、金持ちじゃん」

「金持ちってことは、ないでしょ。ただの団体職員だもん」

「ただの団体職員が、どうしてそんなに金回りがいいんだよ」

そのことは、杏子もたびたび不思議に思うことがある。いくら大きな財団法人の職員だろうと、課長代理だろうと、月々の給料そのものは、ずば抜けて高いわけではないはずだ。しかも、彼には家庭があり、給料はすべて銀行に振り込まれる。それほど自由にできる金があるとは思えない。それでも雄太郎は金回りが良く見える。今日と同様、クレジットカードを使うことはまずなく、常にかなりの額の現金を持ち歩いている。その金が、果たしてどこから出ているものなのか、杏子は知らなかった。別段、知る必要もないことだ。ただ、偶然今のような関係になったとはいえ、意外に「あたり」を摑んだとは思っている。

「実家が金持ちとかね」

「それだって、女房も子どももいるんだろう?」

「当たり前じゃない。だからカードは使わないんだから。証拠を残さないように」

「とにかく、金には困ってないわけだよな。羨ましいよなあ。俺もどっかの団体にもぐり込めないかなあ」

「本気?」

「うそ気」

ふん、と鼻を鳴らして、皮肉な笑みを浮かべながら、秀幸は即座に答えた。分かっている。彼には無理だ。自由を愛し、束縛を嫌う彼には、地味で、判で押したような仕事など続けられるはずがない。単なるアルバイトさえ、なかなか続かない性格なのに。一つの仕事に専念せず、二つくらいを適当に掛け持ちする方が、刺激的で飽きが来ないと公言してはばからないようなタイプだというのに。そんな彼には一般企業はもとより、団体勤務などもっとも向いていないに決まっている。けれど、杏子は期待している。こういうヤツだからこそ、どこかで大きく羽ばたくときが来るのではないかと思っている。何しろ、彼はことあるごとに言っているのだ。俺がこのまんまで終わるヤツだと思うか？　まあ、見てろよ、そのうち、俺を見下していやがった連中を、この足元にひれ伏させてみせるから、と。

「骨付きカルビ、もう一人前いこうよ。あと特上タン塩。で、ビールな」

瞬く間に肉を平らげていく秀幸は、今は毎日、取り立てて何もしていないように見えるが、実は密かに「潮目」が変わるのを待っている。彼が自分の口でそう言ったのだから、間違いない。彼の目の前には、大海原のような可能性が広がっているのだ。その海中に沈む、たった一つの宝箱が見つかる日を、杏子はひたすら待つことにしていた。

「ほら、早く食わないと炭になっちゃうよ」

無邪気に焼肉を頬張る秀幸は、本当に可愛かった。つい、自分が学生の頃か、十代にでも戻ったような気分で、杏子は「うん」と笑った。

3

不思議な毎日だった。

朝が来て、昼になって、夜になる。

ときどきお腹が空いて、何か食べる。お腹が膨れると、すぐに眠くなる。だから布団にもぐり込む。あっという間に眠ってしまう。しばらくすると、ぼんやり目が覚めて、その度に、ああ、もう起きなくちゃ、と思うんだけど、そう思ってる間に、もう、引きずり込まれるように眠ってしまう。何度、目が覚めても同じ。ああ、駄目だ、とは思うのだ。やっぱり何かしなくちゃ、って。もう十分に寝たはずだしって。今日が何曜日なのかも分からなくなった。せめて、起きてテレビでも見ようかな、とか、家の近くを歩いてみようかな、とも思う。だけど本当は何もしたくないことも分かっている。だから、ぼんやりしてる。そのうちに、またすぐ眠ってしまう。あっという間に一日が終わる。

自分でも不思議だった。寝ても寝ても、それでも私は眠くてたまらない。目が覚めて、ここが長野の家じゃないことを確かめて、それから、お母さんは本当に死んじゃったんだろうか、とか、弟は、あの継母と仲良くしてるのかな、とか、ついでに、お父さんのことも思い出すのだが、何もかも現実味がなくて、半分、夢を見ているみたいで、何の感情もともなわなかった。

私はもう高校生じゃないんだな、とも思った。だから、制服を着る必要もなくなった。毎日毎日、学校の帰りに病院に寄って、お母さんの顔を見て、それから買い物をして家に帰って、制服のまま台所に立ったこととかも、もう全部、過去になったんだな、と。

しなきゃならないことが、何もない。着なきゃならない服。持たなきゃならない荷物。開かなきゃならない本。行かなきゃならない場所——。

これも不思議なことだった。

洗濯の仕方が下手だって、お父さんに叱られたこととか、同じ料理ばっかりで飽きちゃったって弟に文句言われたこととか、気がついたら、自分の手がお婆さんの手みたいに荒れてて、すごく悲しくなったこととか。何もかもが過去になったんだ。

授業中に居眠りしてたとき、「可哀想だから」先生が叱らなかったって、ヤッチンに聞かされて、何だか惨めになったこととか、卒業が近くなって、ヤッチンやマミや、それから綾ちゃんまでが髪の毛を染めてきて、やっぱり淋しくなったこととか。雑誌に出てたスイーツのページを見ながら、皆が「上京したら、これ食べにいくんだ」って話してたのを、横目で見てたこととか。資生堂の人が、お化粧教えてくれる日があったこととか。そのことを病院に行ってお母さんに話したら、お母さんがうっすら笑って言ったこととか。

——未芙由はねえ、まだお化粧なんか、しなくていいよ。こんなにつやつやで、綺麗な肌なんだから。

つい昨日のことのように思い出す。何もかも、忘れていない。だけど全部、夢か幻みたいにしか思えない。

お母さんは死んだ。

多分、これは本当のことだ。だから私は、故郷を捨てることになった。いや、捨てられたのは私の方かも知れない。

卒業式のとき、金井先生は言っていた。気持ちが落ち着いたら、今度は自分自身のために生きることを考えなさいって。ヤッチンも言ってくれた。未芙由は偉いよって。お母さんも、きっと未芙由を褒めてるし、見守ってくれてるよって。だから、ヤケなんか起こしちゃ駄目だよって。少し出遅れたと思うかも知れないけど、そんなの、すぐに追いつけるよって。

出遅れた。

でも、出遅れてなかったら、今ごろ私は何をしてたんだろう。

お母さんが元気で、皆と同じような生活を続けていられたら。進学？　やりたいことなんか、ないけど。じゃあ、就職？　あのまま、田舎にいて？　多分、それはないと思う。そうするとやっぱり、私は家を出ることになっていたんだろうか。

何となく、どうでも良かった。今は、何よりも眠いのだ。このまま眠らせてもらえるのなら、一生でも眠っていたかった。それ以外の何をしようにも、かったるくてしょうがなかった。

「よく寝る子だわねえ」

たまに顔を合わせると、尚子おばさんはいつも呆れたように私を見た。そういうときだけ、私は恥ずかしいような、申し訳ないような気分になって下を向いた。

「まあ、疲れがたまってたのかな」

そうだろうか。そういうことなんだろうか。人の家に世話になっていながら、何もしないで寝てばかりというのは、どう考えても格好悪い。それは分かっている。だけど、どうしても眠いのだ。どうしようもなく。

「寝るのは構わないけど、ただし、引きこもりみたいになられたら困るんだからね。お風呂くらい入って、洗濯機の使い方も、この間、ちゃんと教えたでしょう？　だったら、せめて、こざっぱりした格好で、いなさいね」

尚子おばさんは、それ以上は何も言わなかった。もしかすると、おばさんも私に同情しているのかも知れない。お母さんが死んだばかりで、お父さんと後妻には、体よく家を追い出された格好で、お母さんの保険金のことさえ、知らされてなくて、行くところも頼る人もない私を。

哀れまれる。

もう、慣れた。

でも、嫌な気分のものだ。

そんなに私は可哀想なんだろうか。そんなに惨めなんだろうか。

うん。

可哀想だ。かなり。

独りぼっちで。全財産は三万円だけ。彼氏もいないし、友だちも近くにいない。

その上、こんなに眠ってばかりいながらも、私は、内心ではびくびくしていた。そのうちに、おばさんに言われるのではないかと怯えていた。

いつから仕事を探すつもりなの。いつになったら働くの。好い加減に出て行ってくれないかしら――もしも、そう言われたら、そのときはどう返事をすれば良いのか、どう答えるべきなのか、まるで分からなかった。もちろん、考えなければならないことは分かっているけど。

だけど、びくびくしながら、やっぱり私は眠っていた。どうしたって眠いのだから仕方がない。それにしても不思議な話だった。そうやって眠ってばかりいる私に、文句を言ったり、邪魔をしたり、また、眠りを妨げるような存在が、この家にはまるでいないのだ。

お祖父ちゃんとお祖母ちゃんとは、生活が別々だから関係ないにしても、尚子おばさんには、ダンナさんと二人の子どもがいるはずだった。そう聞いている。だが、私が起きるタイミングのせいなのか、家族全員が、いつでも忙しくしているためか、私はいつまでたっても、尚子おばさん以外の誰とも顔を合わせることもなく、また、他の家族に紹介されることもなかった。もちろん、布団の中でまどろんでいるときに、コトコトと生活の音が響いてきたり、または、誰かの話し声らしいものが聞こえたことくらいはある。けれど、それらはいずれもささやかな音でしかなかったし、たとえ誰がいたとしても、尚子おばさんも、また、他の人も、誰一人として眠っている私を起こすことはなく、わざわざこの部屋の前まで来て、声をかけることもなかった。

私は、ただ眠っていた。

おばさんが私のために用意してくれた無印良品の布団は、温かくて安全な、唯一の避難場所だった。布団にもぐり込んでさえいられれば、それで良かった。私は何日も家から出ず、お金も一銭も使わず、尚子おばさんに注意されたにも拘わらず、お風呂さえ、あまり入らなかった。ただ、お腹が空いたと思うときだけ、のろのろと部屋から出ていって、冷蔵庫などをあさった。尚子おばさんの家の冷蔵庫の中には、いつでも本当に色々なものが入っていたし、カップ麺の買い置きもたくさんあった。頭がぼんやりしているせいか、何を食べても、味さえあまり感じない私は、手っ取り早くカップ麺を食べて、それでまた部屋に戻ってしまうことが多かった。

眠って、眠って、それでもまだ眠った。

そうして、ある日、目が覚めた。

これも不思議な、というか、奇妙な感じだった。

実際にパチッと音がしたみたいな感じで、目が覚めたのだ。本当の本当に、「あ、今、目が覚めた」と思ったくらいに。

しばらくの間、布団の中で、私は白い天井を見上げていた。どうせまた、すぐに寝返りをうって目をつぶるに違いない、そうすれば、あっという間に眠くなるだろうと思った。けれど、私は寝返りもうたなかったし、目をつぶろうともしなかった。

——起きなきゃ。もう。

四角い部屋には、家具も何もないままだ。床の上には、私が長野から引っ張ってきたコロコロつきの鞄とか、そこから引っ張り出した着替えとかが並んでいるはずだ。けれど、こうして見上げる世界は、ただの四角い、白一色の世界だった。窓に引かれているカーテンさえアイボリーの無地のもので、お母さんが入院していた病院を思い出させる。そう。まるで病室みたいに味気ない部屋で、私は一体、どれくらいの間、眠っていたんだろう。外はどんな天気で、どんな風が吹いているんだろう。そんなことを、初めて考えた。

――起きて、何かしなきゃ。

布団の中で大きく伸びをする。手足も、背中の筋肉も心地好かった。それに、布団から出た足先が妙に暖かい。私は起きあがり、もう一度、大きく伸びをした。喉が渇いている。それに、首筋の辺りが汗ばんでいて、ぬるぬると気持ちが悪かった。

――何か飲んで。シャワー浴びて。

素足のままで部屋を出て、私以外は誰も使うことのない階段を上がり、目脂《めやに》をこすり落としながら二階のリビングに向かう。そのまま、すっかり自分の家のように、当たり前にダイニングを通り抜けようとして、私は思わず、ぎょっとなった。何か考えるよりも先に「ひゃあっ」というような声を上げてしまったくらいだ。

リビングの、ソファに、人が、いた。

眼鏡をかけた男の人が新聞を広げたまま、黙ってこちらを見ていた。面長の男の人だ。驚いた様子でもなく、かといって、笑うこともせずに、その人はしげしげと私の方を見ている。尚子おばさんのダンナさんに違いなかった。私は咄嗟に悲鳴のようなものを上げたことと、しかも、何十センチか飛び退くように後ずさったことを後悔した。

「あの――」

「君か、長野の子っていうのは」

「あ――はい」

「やっと会えたか」

当たり前過ぎるくらいに、普通の声の人だった。怒っている様子もなければ、楽しそうな感じでもない。聞いたそばから忘れてしまいそうな声だと思った。

「ずい分、よく寝るんだな」

「あの――すみません」

「責めてるわけじゃないから」

「あ――はい。あの、私、長野の中野から来ました――」

「その前に、着替えてきたら。シャワーでも浴びて」

ダンナさんは、もう新聞に目を戻している。私は改めて自分の姿を見下ろした。パジャマ代わりにしているのは、高校時代のジャージだから、そんなにみっともないことはないと思う。だけど、髪もとかさずに起きてきたことは確かだ。第一、自分で垢じみているのを感じるくらいだから、きっと薄汚く見えるに違いない。もしかすると、臭うかも知れない。私は急に恥ずかしくなって、逃げるように自分の部屋に戻った。

4

今日まで一度も洗ったことのなかったシーツと枕カバーを、着ていたジャージや下着と一緒に乾燥機つき洗濯機に放り込み、洗剤や仕上げ剤を入れてスイッチをセットしてから、私はゆっくりシャワーを使った。昨日まで、あんなに眠くて仕方がなかったのが嘘のように、妙に頭がすっきりしている。それどころか、何故か分からないけれど妙に楽しくて、弾むような心持ちにさえなってきた。

――何だか、楽しい。

この家の浴室には、何種類ものシャンプーやトリートメント、ボディソープなどが並んでいる。洗顔料だけでも五種類くらい並んでいるし、ヘアブラシとかひげ剃り、歯ブラシ、他にも細々した物がいっぱいあって、さらにタオル掛けには、色とりどりのタオルから、キラキラ光る素材で出来ているボディスポンジやボディブラシまであって、まるでホームセンターの売り場みたいな賑やかさだ。それらの中から、私は毎回、使ったことのないものを試してみることにしていた。

長野の家の浴室は、暗くて狭くて窓もない、古いタイル張りだった。浴槽は古いステンレスだ。冬は寒くて寒くて、いくら不経済だからと怒られても、お風呂が沸いてからしばらくの間は、浴槽の蓋をはずして、湯気が十分に広がるまで、足を踏み入れる勇気も出ないくらいだった。お風呂マットは少し動いただけで、キュッキュッと耳障りな音を立てたし、石けんの泡でぬるぬる滑った。浴室の壁や四隅はカビで黒ずんでいたし、タイルの壁に掛けられた鏡には、白やうす緑色の変なシミみたいなものが広がっていた。そんな暗い浴室にあったのは、家族共用の石けんと、シャンプー、コンディショナーといった程度だった。垢すりタオルだって、共用だった。もちろん、脱衣所だって狭くて暗くて、汚かった。

だが、この家の、大きな洗面所を兼ねた脱衣所に続く浴室は、窓もあって明るくて、淡いピンク色で統一されており、浴槽は寝そべるような格好でも入れそうなくらいに大きなものだ。少しばかり物が多すぎるとは思うけど、広いんだから、構わない。

今日、私はそれらの中から、既にかなりお気に入りになっているシャンプーとトリートメントを使うことにした。多分、尚子おばさんか、高校一年だという女の子が使っているものだと思う。テレビのコマーシャルでも見たことのない品だったが、試しに使ってみたら、髪がとろん、と柔らかくなって、まるで自分の髪じゃないみたいに気分良く洗えたからだ。きっと高いものに違いない。シャンプー一つで、髪の毛の感触がここまで変わるなんて、私は考えたことさえなかった。こんなところでも、私は自分の家の貧しさと、環境そのものの貧しさを感じる。この家の人たちは、私よりも年下の女の子でさえ、私よりずっと豊かに暮らしているのだと思う。

そういえば、尚子おばさんの子どもたちの名前を、私はまだ知らない。もちろん、私が寝てばかりいたから、そんな話をする暇もなかったのだろう。

頭のてっぺんから、しばらくの間じっとシャワーを浴び続けるうち、何日も眠っている間に私の身体の回りに育ち、全身を覆い始めていた、目に見えない繭のようなものが、少しずつ溶けて流れていくような気がしてきた。「フレッシュオレンジの香り」のボディソープで身体中を泡で包みこみ、それをシャワーで洗い流すときには、自分の皮膚が、初めて外の空気に直に触れたようにさえ感じた。

――もう、帰らないんだ。

全身を洗い上げて、鏡に映る自分を見たとき、私はそう思った。きっともう、帰らない。お母さんのいなくなった故郷には。二度と。帰る場所は、もうない。いや、そんな場所は、もういらなくなった。

「あら、起きたんだ」

久しぶりにジャージ以外の服を着て、改めてリビングに行くと、ダンナさんの姿はもうなくなっていて、代わりに、キッチンの方に尚子おばさんがいた。

「あの、おじ、さんは」

「いるわよ。今、着替えてる。ああ、会ったんだ?」

流しに向かっていたおばさんは、くるりと振り向いた。

「おじさんね、やっと未芙由ちゃんに会えたから、一緒に、ご飯でも食べに行こうって」

「あの――一緒にって」

「だって、あんたったら、せっかく上京してきたっていうのに寝てばっかりで、まともに外出ひとつ、してないでしょう？　だから、パパ――おじさんがね、せっかくだからドライブがてら少し遠出でもして、皆でご飯でも食べようかって」

　尚子おばさんは、いつもより少し浮き浮きして見えた。私は、それでも何だかピンと来なくて「へえ」と答えるのが精一杯だった。おばさんが、「ちょっと」と眉根を寄せて、こちらに近づいてきた。

「何よ、『へえ』って。張り合いがないなあ。今日こそ、未芙由ちゃんの歓迎会をしましょうって、そう言ってんじゃないよ」

「でも、あの――おじさん、仕事は？」

　尚子おばさんは一瞬、呆気にとられたような表情になって、それから今度は口を尖らせて、ふう、と鼻から大きく息を吐き出した。

「これだもん、まったく。毎日毎日、寝てばっかりいるから、あんた、惚けちゃってんだわね。いい？　今日が何日だか分かってる？」

　分からなかった。考えたこともなかった。私は何となく辺りを見回した。そんなことをしたって、日付なんか分かるはずがないことは分かっていたけど。

「じゃあね、こどもの日って、いつ？」

「こどもの日っていったら――五月五日」

「でしょう？　それが、今日。つまり、祭日なわけ。しかもゴールデンウィーク。分かる？」

「あの」

「何よ、もう。まだ分からないの？　うちのダンナさんはお勤めだから、土日と祝日はお休みなのよ。だから、家にいるんじゃないの」

私はしげしげと尚子おばさんを見た。

「もう、五月なんですか？」

今度は、尚子おばさんは尖らせていた口をぽかんと開けて、心底驚いた顔つきになった。私は私で、「そんな馬鹿な」という気持ちがあったから、びっくりしているおばさんの顔を、やっぱり見つめ返していた。

「だって、私がここに来たのって」

「四月よね？　四月のあたま。十日にもなってなかったよね」

「じゃあ、私、それからずっと眠ってたっていうことですか。半月以上も」

尚子おばさんは、「そういうこと」と大きく頷いた。

「一度、病院にでも連れて行こうかって話してたくらいなんだから。あんなに寝てばっかりなのは、どっか悪いんじゃないか、おかしいんじゃないかって」

おばさんの言葉を聞きながら、私は、まだ半分信じられない気持ちで、「えー」と言いながら、その辺を見回した。ふと、さっきダンナさんが読んでいた新聞が目にとまった。リビングのテーブルに戻って新聞を見てみると、なるほど五月五日になっている。

「本当だ――」

「当たり前でしょう？　そんなことで嘘なんか、つくわけないじゃない。まあ、とりあえず、今日はすっきりした顔してるから、いいわ。どこも具合悪いようなこと、ないんでしょうね？」

「大丈夫です」

「じゃあ、支度しなさい。って、言ったって、車で行っちゃうんだし、そのまんまで十分だけどね。私もお化粧直して簡単に着替えるから」

ぱたぱたと、慌ただしい様子で私の前を通り過ぎようとする尚子おばさんに、私はまた「あの」と声をかけた。

「誰と行くんですか」

「だから、私と、パパと」

「あの——子どもさんは」

「子どもさん？」と、尚子おばさんは少し愉快そうな表情になる。

「美緒はね、晩ご飯のときに合流するって。携帯で連絡取り合うことになってるんだ。隆平はね、まあ、いいのよ、放っておけば。ここしばらく帰ってきてないし、五人になっちゃったら、車が窮屈だしさ」

「美緒ちゃんっていうんですか。あと、隆平さん」

尚子おばさんは、さらに笑顔になって、二人の子どもの名前が、どういう漢字を使うのかを教えてくれた。

「名前も知らなかったんだった？　言ってなかったっけ？　まったくねえ。こんな眠り姫だったとはねえ」

「――すみません」

小さく頭を下げながら、「眠り姫」という言われ方が、何となく嬉しかった。そうか。毒リンゴを食べたわけじゃないけれど、私は眠り姫みたいになっていたんだ、と思った。そして、今日、目覚めた。魔法がとけたんだ。

「用意は？　もう、出来た？」

かたん、と音がして、さっきの男の人が現れた。私を見ると、おや、というように、わずかに小首を傾げる。それだけで私は何だか少し恥ずかしくなった。尚子おばさんが、「ちょっと待ってて」と言い置いて、ばたばたと去っていく。私は、ダンナさんに向かって、改めてひょこりと頭を下げた。

「斉藤、未芙由です。あの――長野の、中野から来ました――お世話に、なってます」

上目遣いに相手を見る。ダンナさんは、まだこちらを見ていた。

「意外に背が高いんだな。何センチ」

「一六五、です」

「そうか。じゃあ――」

考えるような顔つきのままで、ダンナさんはさっきと同じ場所に腰を下ろす。私は、黙ってその場に立ちつくしていた。

「うちの子の服を着るっていうわけにも、いかないか。うちのは、小柄だから」

何を言われているのか分からなかった。私は、黙って俯いていた。

「三万円しか持ってないって?」

「――はい」

「着替えは?　どの程度、持ってきたの」

「どの程度って――今、着てるのと、さっき着てたジャージと――」

コロコロのついた鞄の中を思い出しながら、私はもう、恥ずかしくなり始めていた。考えるまでもなく、着替えなんてほとんどない。ジーパンは、これ一本きり。下着だってTシャツだって、それからトレーナーだって、何もかも、取っかえ引っかえ、片方が汚れたらもう片方、というふうに過ごすくらいしか持ってきていない。

「まあ、詳しい話はこれから少しずつ聞いていくとして。要するに、少なからず身の回りの物を揃えないとならないわけだよなあ。君、何か考えてること、あるの」

「考えてるって」

「これから何をするつもりなのか、聞いてるんだ。まさか、ずっと寝て過ごすつもりじゃあ、ないんだろう?」

ついさっき、あんなに幸せな気分だったのに、あっさりどん底に突き落とされた。覚悟はしていたものの、初対面のダンナさんに、こんなにはっきり言われるとは思っていなかった。何か答えなければならないとは思う。だが、言葉が浮かばないのだ。いや、浮かんでいるのかも知れないけれど、それをそのまま、この人に言ってはいけないような気がした。何も考えてません。したいこともありません。行きたい場所もありません、などとは。

「それとも、フリーターとかニートとか、そんなふうに呼ばれるものにでも、なればいいとでも思ってるの？」

「――分かりません」

「分からない？　なんで」

　私は俯いたまま、ソファに座るダンナさんの、膝の辺りを見ていた。

「自分のことじゃないか。君だって、この春で高校を卒業したんだろう？　もう、子どもじゃないよな」

　こうしていると、ダンナさんの顔が思い浮かばなかった。ちらりと視線を動かすと、ちゃんとダンナさんの顔がある。ああ、こんな顔だったっけ、と思う。また視線を下げる。すると、もう、ダンナさんの顔が分からなくなった。やっぱり私は、少し壊れているまんまらしい。あんなに寝たのに。

「まあ、さ。おいおい相談していけばいいとは思うけど。だけど、うちにも高校生になったばっかりの娘がいるんだ。あんまり君がフラフラしてるようだと、娘にもいい影響は与えないと思うんだよ」

「――すみません」

　頭を下げている最中に、尚子おばさんが「おまたせ」と戻ってきた。

「これで、火の元を確かめて、と。パパ？　どうしたの？　やだ、まさかもう、お小言じゃないんでしょうね」

尚子おばさんの明るい声を聞いた瞬間、何となく、泣きたくなった。べつに悲しくなんかなかったけれど、何か、吐き出したい気分になったのだ。かといって急に笑い出したら、それこそ壊れているのがばれる。怒ったりしたら、たたき出されるに違いない。だから、泣きたくなったのかも知れない。自然に視界がぼやけてきて、鼻の奥がつーんと痛くなった。すん、と小さく鼻をすすった途端、「あらっ」というおばさんの声がした。

「やだっ。この子、泣いてるじゃない！　ちょっと、パパぁ！　この子に、何言ったの？」

ばたばたとスリッパの音が近づいてきて、人の温もりが肩に触れた。私は一瞬のうちに、初めてこの家に来た日のことを思い出した。あのときも、私は泣いたのだ。そうして、尚子おばさんを慌てさせた。あれから半月以上もたったなんて。眠っているだけで。

「この子ねえ、意外に繊細なのよ。神経も細いの。急に厳しいことなんか言ったら、駄目なんだったら」

「僕はべつに――」

ダンナさんが何かもぞもぞ言っているのも、耳鳴りのせいでうまく聞き取れなかった。後から後から溢れてくる涙が、しずくになって、ふるふると震えながら自分のつま先に落ちるのを、私は黙って眺めていた。

「ごめんねえ、未芙由ちゃん。さあ、泣かないで、ね？　うちのパパね、ちょっと口うるさいところもあるけど、怖い人じゃないんだからね。これから未芙由ちゃんをドライブに連れて行って、ご飯も一緒に食べようって言ってくれてるんじゃない。ねえ、だから、泣かないの。おー、よしよし」

子どもをあやすみたいな言い方で、尚子おばさんの手が、私の髪を撫でる。高そうなシャンプーとコンディショナーのお蔭で、とろん、としなやかに、艶やかになっているはずの髪を撫でられて、私は泣きながら、何だかひどく嬉しかった。

5

今日の今日まで気がつかなかったが、ダンナさんの車はベンツだった。ぴかぴかの、銀色のベンツだ。尚子おばさんに促されて後ろの席に乗り込むとき、私は、自分がどこかのお嬢様にでもなったような気分になった。まさか、ベンツに乗れることがあるなんて思ってもみなかった。それだけでもう、幸せな気分になる。柔らかくて肌触りの良いシートを撫でながら、私は、もうこれまでの私じゃないんだと思った。

「祭日だから、下手に東京の外に出ちゃうと、行きはともかく帰りがね、渋滞にはまると思うんだ。だから今日は、都内を適当にドライブすることにしようって」

助手席に座った尚子おばさんが、こちらを振り向いて言う。

「どっか、行きたいところとかある？　見たいものとかさ」

返事なんか、出来るわけがなかった。ベンツで東京をドライブ出来る、もうそれだけで舞い上がっていた。もちろん、落ち着いて考えれば、行ってみたいところだらけだ。でも、だからといって、急に思いつくところは一つもない。それに、さっき泣いたばかりの私は、目の周りが少し熱くなっていたし、頭もぼんやりし、鼻の奥だって、まだぐずぐずしていた。手には、尚子おばさんに渡されたハンカチを握ったままだ。だから曖昧に首を傾げて、黙っていた。

「じゃあ、これまでに行ったことのある場所は？」

おばさんが喋っている間に、ダンナさんは、するすると車を動かし始める。わあ、動いてる！と思った。すごく静かだったからだ。お父さんの車とは大違いだ。

「東京は、初めてってわけじゃないって、言ってたよねえ？」

景色が、流れるように過ぎていく。久しぶりに見る尚子おばさんの家の近所は、やっぱり初めて来たときと同じに立派なお屋敷ばかりが立ち並んでいた。だけど、何となく雰囲気が違っている。前は、もう少し灰色っぽい印象だった。それが、緑の鮮やかさと、色々な家の庭や生け垣に咲いている花のせいと、それから午後の陽射しのせいだと、少しして気がついた。

何たって、もう五月だ。

去年の今頃のことを考えた。私はまだ高三になったばかりで、お母さんも生きていて、ときどきは入院しなければならなかったけれど、退院すればおいしいご飯を作ってくれた。あの頃は、お父さんに愛人がいることも知らなかったし、こんなに早く、お母さんが死んでしまうとも、こんなふうに家を追い出されるとも思っていなかった。

「少し暑いな。エアコン入れようか」

「大丈夫じゃない？　窓を開けた方が、気持ちいいわよ」

尚子おばさんが「ねえ」と笑顔で振り向く。私は慌てて自分の脇を見た。どれを触れば窓が開くんだろう。前の二人に気づかれないように、そっとあちこち触ってみる。そのうち、やっと窓が少し開いた。だけど、流れ込んできた空気に、ちょっと驚いた。五月の風なんかじゃない、と思った。

いや、ちがう。これが東京の五月なんだ。景色も色も、空気そのものも、何もかもが故郷とは違う。第一、どこを見回しても山が見えないのが、何だか不思議な感じだった。今頃の山はきれいだ。木々に埋もれた所々に薄い山桜が咲いていて、絵本の中の景色のようになる。

「ちょっと。どうなの。外を見るのは後にして、ちゃんと考えて」

「ああ、あの——原宿と、お台場と、ディズニーランドには、行ったことあって」

「それから？」

「あとは、代々木公園と——渋谷にちょっとと。それから、中学の修学旅行のときには、浅草とか東京ドームとかも、行きましたけど。上野の博物館にも」

「そんなもん？」

「——そんな、もん」

尚子おばさんは、すっと姿勢を戻すと、ハンドルを握るダンナさんに向かって「そんなもんだって」と言う。私は今度こそ、真剣に窓の外を眺め始めた。

ドラマを見ているようだった。ジャニーズの誰かとか、テレビや雑誌で見るタレントさんとかが、普通に歩いていそうな街だった。いや、今、見えているのだって全部、普通の人たちじゃないのかも知れない。まさか、そんなはずないんだけど、ついそう思いたくなるくらい、みんながみんな、ものすごくお洒落だし、自由気ままに見える。いかにも身軽で、気楽そうだ。その上、街には素敵なお店がどこまでも並んでいて、まるで日本じゃないみたいだ。尚子おばさんが「あれっ」と言った。

「今のところ、また店が変わってる」

ダンナさんが「そう？」と答える。

「君、こんな方まで来るの」

「何で？　普通に来てるわよ。近いんだし」

「何しに？」

「お友だちとランチとかさ。韓国語のお教室も、こっちだったんだもん」

「そういえば君、韓国語はどうなったの」

「あれはね、もういいの。卒業。挨拶くらいは出来るようになったからね」

ダンナさんが「また」と言った。私の位置から見ていても、その頬の辺りが何となく緩んだのが分かった。

「何をやっても続かないなあ」

「本当よねえ。お店って、ちょっと見ないと、すぐに変わるもんだわねえ。今度来たら寄ってみようと思ってたのに。あの場所は特に、入れ代わりが激しいみたい」

「何の店だったの」

「輸入雑貨かな。リネン類とか、オーガニックな感じで、あとスリッパとかもね、シンプルで、センスもまあまあ、よかったのよ。それから、ちょっとしたガーデニング用品みたいなものとか。結構いい感じのものがありそうだったのになあ」

ふうん、というダンナさんの声を聞きながら、私は何となく気恥ずかしい気分になっていた。どぎまぎしていた。私の両親は、こんな喋り方をしなかった。お父さんは、お母さんを「君」なんて呼ばなかったし、お母さんは、お父さんの知らない場所で習い事をしたり、勝手にやめたりなんて、あり得なかった。と、いうより、習い事そのものをしていなかった。病気になる前だって、出かけるといったら家族の用事か買い物か、あとはパートだけだった。

「それで、どうしようか。どこに行く？」

「この連休でも、あんまりお上りさんの来てない場所が、いいんだろうけどな」

「この子が見て喜ぶような場所で、田舎っぺが来てないところ？　そんなところ、あると思う？

あ、ほら、今の車！」

ちょうど追い越しかけていた車を指さして、尚子おばさんは「青森ナンバーよ！」と明るい声を上げた。

「根性あるう！　よくも青森から、あんな軽自動車で来るもんだわ」

「都内の新しいスポットなら、僕より君の方が詳しいだろう？」

「また、人のことを遊び人みたいに言って。街に関しては、パパの方がプロでしょう？」

「何で？」

「だって、そういう仕事じゃないの。未来都市研究なんだから」

「未来都市なんだから、現在じゃないし。僕は研究員じゃないし、もちろん、リサーチャーでもない」

「それだって、情報くらい持ってるでしょう。毎日毎晩、あちこちせっせと歩き回ってるはずなんだから」

何となく、また泣きたいような気分になってきた。話の半分以上はよく分からなかったけれど。もしも今、ここにお母さんがいたら、尚子おばさんは、うちのお母さんのことも馬鹿にするのだろうか。従姉妹同士でも。

うちのお母さんは、韓国語なんて、いくら聞いたって、何語かの判断もつかなかっただろう。スリッパを買うのに、輸入雑貨の店なんか使ったことはない。リネン類って、何のことだろう。オーガニックって？

結局、尚子おばさんは都会の人だということだ。お母さんとか、私とは別世界の。ダンナさんに「君」なんて呼ばれて、お洒落な街に友だちと「ランチ」に来て、習い事をして。青森ナンバーの軽自動車を笑って。

どうせ、田舎っぺだ。お上りさんだ。だから、東京なんか何も知らないから、こうやって案内してもらってる。ベンツに乗せてもらっただけで、お嬢様になったような気になっちゃって。馬鹿みたい。

何だか少し、尚子おばさんが嫌いになりそうだった。でも、このおばさんだけが今、私が頼りにすることの出来る、唯一の親類なのだ。

「普段、なんて呼ばれてる？」

ふいに、ダンナさんの声が大きくなった。私は「え」と、運転席の方を向いた。

「君さ、普段、なんて呼ばれてるの」

「なんてって――学校とか友だちとかには、名前で。未芙由って」

「家では？」

「ああ、家では――お姉ちゃん。ですけど」

「お姉ちゃんか」

ダンナさんが呟く。

「それも変だよなあ。家ん中に、飲み屋の店員がいるみたいな感じで」

「普通に名前で呼べば、いいんじゃないの？　うちは、子どもたち皆、名前で呼んでるんだけどね。隆平、美緒って。ねえ、そういうの、気にする？　おばさんたちが『未芙由』って呼び捨てにしたら」

私はわずかに背筋を伸ばして「いえ」と首を横に振った。

「いいです。平気です。全然」

「そうお？　じゃあ、決まりね。ざっくばらんで、いいよねえ、その方が」

本当は、すごく嬉しかった。ものすごく久しぶりに名前を呼ばれたと思った。やっぱり、さっき思ったことは撤回しよう。尚子おばさんは嫌いじゃない。こうやって私の名前を呼んでくれる。泣けば慰めてくれる。ご飯だって食べさせてくれているし、こうしてベンツでドライブにだって連れてきてくれる。

「じゃあ、未芙由に質問ね。建物の中と外、どっちがいい？」

私は「中でもいいけど」と今度は少し真剣に考えた。

「いいけど？」

「何ていうか、広いとこ、ありますか」

「広い？　スケールが大きいっていうことね？　東京ドームとか、かな」

すると今度はダンナさんが「だめだめ」と言った。

「聞いてなかったのか。この子、ドームは行ったことあるんだよ。第一、今日なんて何やってるか分からないしさ。べつにプロ野球なんか、観るつもりないだろう？　どう、未芙由ちゃん」

ありません、と答えながら、私は、このダンナさんも嫌わないことにしようと自分に言い聞かせた。私の話をちゃんと聞いてくれていたのかと思ったら嬉しかったし、何ていうか、名前の呼ばれ方が、気持ち良かったからだ。考えてみたら、私は今日会ったばっかりの、よく知らない男の人の車に乗ってる。もちろん、尚子おばさんのダンナさんだって分かってるからだけど、でも、とにかく初対面には違いない。そんな人に「未芙由ちゃん」なんて呼ばれて、何だかひどく、くすぐったい気分になった。

「要するに、息苦しくない場所がいいのかな。それとも、いかにも都会っていうか、そんなところ？　どっかのアミューズメントスポットとか、そうじゃなかったら――デパートとか」

尚子おばさんが、けらけらと笑った。

「この年頃の子はねえ、デパートなんて行きたいと思わないわよ。それに、買い物でもするんじゃなかったら、あんな場所、楽しくなんかないもん。アウトレットの店だって同じじゃない？」

買い物、と聞いて、私は、自分の財布の中身を思い出した。それから急に、大切なことも。

「あの」と声をかけると、おばさんが「うん？」とこちらに振り返る。

「うちの、お父さんから電話とか、なかったですか」

「長野の？　そういえば、ないわねえ。ほら、未芙由が来た日の晩、遅くに『ちゃんと着きましたか』っていう電話があったって言ったでしょう？　あれっきり」

そういえば、そんな話を聞いた記憶がある。遠くにぼんやり見える景色のような記憶だけど、確か、そのときに、尚子おばさんはお父さんに文句を言ってくれたのだ。聞いていたのと話が違うではないかと。

「本当は、未芙由があんまり寝てばっかりいるからね、何度か向こうに電話して、相談してみようかと思ったこともあったんだ。病気なんかだったら、大変だから。だけど、おばさんが留守にしてる間でも、自分でご飯は食べてる様子だったし、熱があるとも言わなかったでしょう？　だとすると、やっぱり、よっぽど疲れてたのかなあって、パパとも話してたのよね。それに、正直な話、向こうのお父さんに相談して、じゃあ、もう帰らせてくださいって言われたとするでしょう？　それで未芙由にさ、あんた、もう帰りなさいなんて言ったところで、あんたが嫌がるだろうなとも、思ったわけ。はっきり言って、居場所もないような家に」

私は「すみません」と身を縮めた。初めて尚子おばさんに会った日の晩、回転寿司の店に連れて行ってもらって、おばさんに聞かれるままに、家の事情を洗いざらい喋ったときのことを思い出した。お母さんの病気のこと。お父さんのこと。お父さんが愛人を作っていたこと。弟はもう丸めこまれたこと。じきに生まれるらしい、腹違いの弟妹のこと。家の経済状態のこと。自分自身の将来のこと――。

――お母さんの心配しかしてなかったから、何も考えてませんでした。

何回か、新しい涙がこみ上げてきそうになったのを覚えている。その度に、お寿司と一緒に飲み込んだ。あのときは、自分の横に何枚のお皿が積まれたんだったっけ。とにかく、ものすごく食べた気がする。イクラが美味しかった。ウニも。まぐろも。尚子おばさんはカウンターに頬杖をついて、ビールを飲みながら、そんな私を見ていた。

「何？　お父さんに話したいこととか、ある？　そういえば、あんた、携帯電話なんて持ってないんだよねえ」

「ああ――はい」

前の席から「うーん」というううなり声が上がる。

「見事なくらい、身一つなんだもんねえ。これからだわ、大変なの。何かと物入りだよねえ」

そして、尚子おばさんはくるりとこちらを振り返った。

「三万円なんて、正直なところ、あっという間だよ。東京は物価高いし、うちの子のお小遣いにだって、ならないくらい」

「あの――だから、お父さんに一度、電話して、もう少し送ってもらおうかと」

「そうね。それがいいや。いくら何だって、ひどすぎるもんねえ。ちょっと気に入った服でも買えば、すぐになくなるような金額しか持たせないで、家から出すなんてさ」

「君さ、お母さんの保険金の金額は、分かってるの」

ふいにダンナさんの声が響いた。ルームミラー越しに、その目がこちらを見ている。私は慌てて首をぶるぶると振った。

「調べた方がいいな。君のお母さんが残した財産は、半分はお父さんのものになるけど、もう半分は、君と弟が分けていいものなんだから。法律で、そう決まってるんだ」

「――そう、なんですか？」

「君には悪いけど、ちゃんとした親なら、高校を卒業したくらいの子には説明していて当然だと思うし、君の意見も聞いて、とっくにきちんと処理してるはずなんだけど」

私は何も答えられなかった。ただ、父と、父の横で笑っている小布施の女の顔ばかりが思い浮かんだ。お母さんの生命と引き替えに出たお金を。あいつら。許せない。

「第一、いくら親戚だって、会ったこともない家に自分の娘を預けて、一カ月近くも知らん顔のまんま、電話の一つも寄越さないなんて、常識で考えられるか？」

「もう、いいよ、パパ。本人の前で」

「だけど、そういうことだ。君には酷な話だけど、要するに君のお父さんは、非常識過ぎるっていうことだ。そう思われても、仕方がないんだよ。その、再婚相手と、これから生まれる赤ん坊のことで、頭がいっぱいってことなんだろうけど」

「――そうだと、思います」

「キツく聞こえるかも知れないけど、少し客観的に考えて、冷静に判断することだね。これから先、君の足を引っ張るようなことにだってなりかねないんだから。この際、事務的に処理できることはして、もらえるものはきっちりもらって、僕としては――それでもう、ある程度、距離を置くことを、すすめるな」

「ちょっと、パパぁ。そんなにはっきり言うこと、ないじゃないよ。どんな親だって、この子にとってはたった一人の父親なんだから」

尚子おばさんが、懸命に言ってくれた。だけど、私は胸がすくような感覚を覚えていた。そうだ。うちのお父さんは最低。前から、ずっとそう思ってた。嫌いになんかなったら駄目だと思ってたけど、最低は最低。だから、私から棄ててやる。どうせなら。

「ねえ、未芙由。捨てる神あれば、拾う神ありっていう言葉、知ってる？　あんまりがっかりしないでさ、前向きにこれからのことを考えていけば、きっと明るい未来が開けるよ」

ベンツは滑るように都会を走り抜ける。おばさんの声に慰められながら、私は何度も大きく頷いていた。もう拾われたんじゃないか、と思った。

6

海にかかる大きな吊り橋を渡ると、見覚えのある風景が広がっていた。フジテレビの建物が見えるし、大きな観覧車も見えている。私は思わず飛び上がりそうになった。お台場だ！　また少し、前よりも雰囲気が変わって見える。前に来たときは、あの観覧車には乗れなかった。だけど今日は、ダンナさんたちが乗せてくれるかも知れない。ところが、「私、あの観覧車に」と話しかける間もなく、ベンツは瞬く間にお台場から遠ざかった。私はがっかりして、密かにため息を洩らした。そうして最後にたどり着いたのは羽田の飛行場だった。

「お台場みたいなところはね、友だち同士で行くのがいい。それに、長野には、空港がないだろう？」

大きくカーブする道路を走りながら、ダンナさんが言った。

「だから、今日のところは、まず、こういう場所もいいかなと思ってさ」

「あの――飛行場、あります。長野にも」

このときばかりは黙っているわけにいかなかった。せっかく親切にしてもらって、一生懸命に喜ぼうとしているのだから、少しは考えてよという、苛立ちに似たものもあった。それなのに飛行場なんて、と。私は身を乗り出して、運転席の背もたれに手をかけた。

「飛行場。松本に、あります」

するとと、尚子おばさんの方が「そうだっけ」と振り返った。

「いつからあるの？　最近、出来たの？」

それは分からない。本当のことを言うと、私もまだ行ったことはないのだ。だけど、とにかくある。それは間違いない。ハンドルを握るダンナさんも「そうだったかな」と首を傾げている。

「東京から長野に行こうと思うと、電車の方が早いもんなあ。だから、知らなかったのかな」

「国際線も飛んでるの？」

「――行ったこと、ないんで」

ふと、そういえば弟が、飛行機を見に連れて行ってとせがんでいたことがあるのを思い出した。お母さんは「そのうちね」と笑っていた。お父さんも。嘘つき。

うちの弟は乗り物が大好きだ。バスでもトラックでも飛行機でも、小さい頃から、おもちゃといったら、いつも乗り物のおもちゃを欲しがった。だけど、こう見えたって私は女だし、べつに、飛行機なんかどうでもいい。ダンナさんは、何だって人をこんな場所に連れてくるんだろうかと思った。面白くも何ともないのに。

ところが、そんな思いはすぐに吹き飛んだ。エレベーターに乗って、ビルの上の方にある展望デッキに立ったとき、私は自分の想像が本当にちっぽけなものだったことを思い知った。

「――すごい」

本物の飛行機がたくさん、あった。この東京に、これほど広い場所があるのかと思うくらい広々としたところに並んでいて、滑走路では次々に離着陸を繰り返していた。

「多分さ、松本のとは大分、違うと思うよ」

隣から尚子おばさんが言った。私は、もちろん、というように大きく頷いた。行ったことはないけれど、松本に、こんなに広くて平らな場所なんか、あるとは思えなかったからだ。第一、人の数が違いすぎる。この展望デッキにたどり着くまでだって、空港ビルは人で溢れていた。荷物を持った人も持たない人も、それからパイロットや乗務員の制服を着た人もいた。まるっきり、ドラマみたいに。

「――すごい」

「やっぱり、何ていうかなあ、ロマンをかきたてられるよね。だから歌にもなるんだわよねえ。ほら、中森明菜とか、テレサ・テンとかさ」

後の人の名前は知らないけど、中森明菜は知っている。だけど、どんな歌を歌っているかまでは分からなかった。でも、確かに、飛行場にいると色々なことが思い浮かびそうな気がした。ここからどこへでも飛んでいけるんだと思うだけで想像がかき立てられて、自分がドラマの主人公みたいな気分になるのを感じた。

巨大な生き物みたいに滑走路を滑って、次から次へと、ふわりと飛び立つ飛行機を見ているうちに、どこか遠い国にでも行ってみたくなった。今だって、長野の田舎から見れば、かなり遠くまで来ていることは間違いない。だけど、もっと遠くに。もっともっと。面倒なことなんか、何も考えなくて良いようなところに。あの中のどれでも良いから、走って行って飛び乗ってみたい。そうして、どこか見知らぬところまで連れて行ってくれないものだろうか。知っている人の誰もいないところでも。地球の反対側にでも。ハイジャックって、そんな気持ちの人たちが考えつくんだろうか。

「未芙由って、まだ、乗ったことない？」

尚子おばさんが、微笑みながらこちらを向いた。

「これから、いくらでも乗れるわよ。ねえ」

ダンナさんも、ゆっくり頷いた。そうだろうか。本当に、飛行機に乗れる日なんて来るんだろうか。あの大きな翼に乗って、空の上から地上を眺められるときが。この私に。信じられない、まるで。

「そのためには、早く自立しないとな」

ダンナさんが、すっとこちらを向いた。私は慌てて目をそらした。そう。問題は、それだ。自立。金井先生もよく言っていた。君たちの最終的な目標は、自立することです。何をして生きていくのでもいいから、まず人に迷惑をかけず、きちんと自立することを目指しなさい――。

「さっきの話だけど、保険金のこと、お父さんに聞いてみることだ。そんなものは知らないとか、はぐらかされたら、そのときは、こっちでも相談に乗るから」

「あ――はあ」

「あーあ、私もどっか、行きたくなったなあ！」

つい深刻な気分になりかけたとき、尚子おばさんが声を上げた。

「考えてみたらずい分、遠出なんてしてないもん。ねえ、夏にはどっか行かない？」

「あいつらはもう、親と旅行したい年頃でも、ないよ」

「いいじゃない、それならそれで。夫婦で行こうよ。海外じゃなくてもいいから」

ダンナさんの横顔が「夫婦で、か」と答える。私は、ちらちらと、二人の横顔を眺めていた。

「今年あたり、チャンスかもよ。じきに今度は美緒の大学受験のことを考えなきゃならなくなるでしょう？　こっちだって少しは息抜きさせてもらいたいもん」

「してるんじゃないの」

「何を？　息抜き？」

「毎日、どっかしら出かけてるじゃないか」

「そんなの、息抜きのうちに入るわけないじゃない。あの家から離れなきゃ、本当の息抜きにはならないの。いつだって下から監視されてるんだし」

「監視なんて——」

「されてるでしょう？」

「だから、そういうのは君が——」

「はいはい。どうせパパには分かりっこないよね。実の息子に対してだけは、大甘なんだもんね。気持ち悪いくらい」

そういえば、この家にも嫁姑の問題があることを思い出した。だけど、うちのお母さんは、お祖母ちゃんが生きていた頃だって、お父さんにこんなことは言わなかった。いや、言えなかった。もしも「気持ち悪い」なんて言ったら、お母さんだったらきっと、ぶん殴られてたと思う。

「本当、割に合わないわ。家くらい建ててもらったからって、何だっていうのよ。二言目には、掃除が行き届いてないとか、乗っ取られたようなものだとか。お祖母ちゃんの目が光ってるから、こっちは家政婦さんだって頼めやしないっていうのに」

「家政婦なんか頼みたいのか」

「悪い？　私だって忙しいんだし、周りのお友だちは結構、活用してるのよ。週に一回くらい来てもらうだけでも、すごく助かるんだって。さすがプロって、感心するってよ」

そこで尚子おばさんは、ものすごく大きなため息をついた。

「ま、分かってる。うちでは無理に決まってるってことよね。人の出入りから何から監視して、ちょっと物音がしただけでも、すぐに『何の音なの』とかって、いきり立って電話を寄越すような人が真下にいたんじゃあ」

「君がそういう言い方するから――」

「本当、大したもんだわよ、お祖母ちゃんは、つくづく。やたら元気だし。あの頑固さ。何年たったって、絶対に変わりゃしないんだから。だいたい、どうしてわざわざ電話代まで使って、そんなに嫌みばっかり言って来なきゃ気が済まないんだろう。ねえ？　誰に聞いたって、これで息が詰まらない方がおかしいって言われるもん。だから、私だって出来るだけ家にいたくないって、思うようになっちゃうんじゃない」

「分かったから。もう、やめてくれよ。何年も何年も同じことを。君の言いたいことは、もう十分に分かってるんだから」

するとと、尚子おばさんは、くるりと私の方を向いて、目元だけで「にっ」と笑った。

「そうね、やめ、やめ！　こういう話には終わりがないし、不愉快になるばかりだしね」

尚子おばさんの向こうから、ダンナさんの目が、私を見ている。私は慌てて視線をそらした。

飛行機に。遠くに。まるで手の届かない世界に。

それからは、誰も何も喋らなかった。そうして、どれくらい、そこにいただろう。いくら眺めていても飽きなかったけれど、ふいに尚子おばさんに「行こうか」と促されて、私たちはその場を離れた。それから三人、ほとんど無言のままで、ビルの下にある名店街のような場所を見て歩いた。きらきらと輝くまぶしい照明に照らされて、そこはデパートとも少し雰囲気の違う場所だった。だが、とにかく物が溢れている。洋服、貴金属、雑貨、おもちゃ――。世の中には、こんなにもたくさんの物がある。

「何か欲しいものでも、ある？」

途中で尚子おばさんが言ってくれた。だけど私は、やっぱり曖昧に首を傾げることしか出来なかった。あまりにも物が多すぎて、何が欲しいとか、そんなことも考えられなかった。

お金さえあれば、何だって買うことが出来る。だけど、今の私に買える物なんか、何一つとしてなかった。百円の無駄遣いだって出来ない状態だ。多分、ここにいる、何百人、何千人かも分からない人たちの中で、私はだんトツの貧乏人に違いない。

絶対に、お父さんに言わなきゃ、と思った。ちゃんと。気持ちを奮い立たせて。だけど、そういう思いとは裏腹に、気持ちはどんどん沈み始めていた。怖いのだ。憂鬱というよりも、そういう話をするのが、怖い。お父さんに、「おまえには関係ない」とでも言われたら、私はそれ以上、もう何も言えなくなる。第一、口だってききたくないのに。そんな相手に、本当にうまく喋れるものだろうか。

「あの」

帰り道、再びベンツに揺られながら、私はずい分迷った挙げ句、自分から口を開いた。そして、尚子おばさんとダンナさんの後頭部に向かって、かなり必死で、一生懸命に、自分からはお父さんに連絡したくないということを話した。ことに金銭の話など、どう切り出せば良いのかが分からない。保険のことなども、まるで分からないのに、と。

「——それに、私とかが話しても、うちのお父さんって、すぐに怒鳴り出すみたいなところがあって——『うるさい』とか言われると——怖いっていうか、嫌かなあと思って——」

しばらくの間、また静かになった。やがて、尚子おばさんの肩が大きく上下して、「そっか」という呟きが聞こえた。

「まあ、この子の歳じゃあ、無理もないか。だとしたら——まあ、私らで何とかするしか、しょうがないかもね」

そう言った後、ダンナさんの方を見ている。大分、時間がたったように感じた。

「考えよう」

やがて、ダンナさんが低い声で応えた。すると尚子おばさんは、待ってましたとばかりにくるりとこちらを向いて、にんまりと目を細める。私はほっと息をつき、急に気分が軽くなるのを感じた。良かった。何とかしてくれる。尚子おばさんと、ダンナさんが。結論が出るまで、私はのんびりしていれば良いんだと思った。

ダンナさんたちの予想通り、時間がたつにつれて、道路は渋滞し始めていた。だけど、その混雑の波に呑み込まれていても、私はちっとも退屈しなかった。数珠繋ぎの車の列を見ているだけで楽しいのだ。まるで、飽きることがない。それどころか、嬉しくなった。人の多さ。皆と同じように、自分もゴールデンウィークを過ごしたような気分。快適なベンツ。

ふいに軽快な音楽が聞こえてきて、尚子おばさんが自分の携帯電話を耳に当てた。

「ママたち？　今、羽田の帰り——ええ？　羽田。そう、飛行場。未芙由ちゃんを案内してね——何でよ。あんた、ちゃんと来るって言ったじゃない——うん——うん——いや、予約とかはまだだけどね——そのつもりだったわよ。そりゃあ」

それからしばらく、尚子おばさんは電話でやり取りをしていたが、やがて電話を切ると、「美緒、来れないって」と言った。

「なんで。約束したんだろう？」

「そうなんだけど。何でも、お友だちが、何かのトラブルに巻き込まれて、すごく落ち込んでるんで、みんなで慰めてるんだって」

「どこの友だち」

「知らない。聞かなかった」

おいおい、とダンナさんの口調が少し変わった。

「君、あいつが今、どんな友だちとつき合ってるのかも、知らないの」

ダンナさんは、昼間、私が初めて会ったときみたいな口調になった。途端に、車内の雰囲気が微妙に変わる。私は、ちょっとわくわくしながら、尚子おばさんたちのやり取りを聞いていた。さっきの口げんかも同じだ。自分に関係ないと思うと、人が言い合いをしたり、とんがるところって、何だか面白い。

「親がいちいち口出ししたって、本当のことなんか言いやしないって」

「だからって、放っておくのか？　何だよ、最近少し、甘やかしすぎなんじゃないのか」

「何が？」

「受験前は仕方がないと思ってたけど、高校に入ったら、予備校と部活以外では帰りは早くて当たり前だろう？　それが、羽根をのばしてるんだか何だか知らないけど。ほとんど毎日、僕より遅いって、どういうことなんだよ」

「だから、少しぐらい大目に見てあげなきゃ可哀想でしょって、言ったじゃない」

「少しぐらいって――」

「締めるところは締めてるから大丈夫だったら。あの子は、そんな馬鹿な子じゃないし、べつに外見だって、妙なことになんか、なってないんだから。それにね、遊んでばっかりっていうわけでもなくて、図書館とかにも、行ってるみたいよ。連休が終われば、すぐにテストだし」

「だからって――」

「だったら、パパが言えばいいでしょう？　変に思うんだったら、パパから言ってよ！」

ちょっとびっくりするくらいの激しい声だった。私は、つい亀みたいに首を縮めそうになった。とばっちりは受けたくない。だけど、面白い。少しの沈黙の後で「それにさ」と尚子おばさんは再び口を開いた。

「ちゃんとこうして連絡寄越すんだから、心配いらないって」

ダンナさんは返事をしなかった。代わりに、大きなため息が、私にまで聞こえてきた。しばらくすると、また尚子おばさんが「にっ」と笑いながら振り向いた。

「さて、と。今夜はおばさんたちと、未芙由と、三人でご飯ってことになったんだけどね。ねえ、何が食べたい？」

「あ――私はべつに。何でも、あの――」

もごもごと言っている間に、おばさんは「パパは」とダンナさんの方を見る。するとダンナさんは、もう一度ため息をついて、「僕は」と低い声を出した。

「家が、いいな」

そのとき、一瞬こちらを振り向いた尚子おばさんの顔といったらない。細い眉がぴゅーんと動いて、目が大きく開かれて、これまで聞いたこともないような、すごく意外な話を聞かされたみたいな顔になった。

「家で？　ちょっと、これから帰って支度しろっていうこと？」

「そんな、大したことしなくたっていいからさ。家でだったら、僕だって飲めるし、気楽じゃないか。そのまま寝られるんだしさ。第一、もうどれくらい、家で晩飯、食ってないと思う？　あり合わせでいいよ。もう、何でも」

尚子おばさんが再び私の方を見る。私は何も言えなかった。ダンナさんが家で食べたいって言ってるのに、嫌です、レストランに連れて行ってくださいなんて、言えるはずがない。

「イタメシっぽいものだったら、そんなに手間もかからないだろう？　何だったら、途中で何か買って帰ったっていいや。ついでにワインとか」

「途中でって──じゃあ、代官山で少し、何か買って帰る？」

尚子おばさんの表情に、がっかりとも何ともつかないものが浮かんだ。それからまた、私の方を見る。

「かまわない？　未芙由の歓迎会、外で食べるんじゃなくても」

私は慌てて頷きながら、ひらひらと手を振って見せた。よくよく考えてみると、下手に高級な店なんかに連れて行かれた方が、困ることになるかも知れないと思っていたのだ。作法だって分からないし、田舎にいるのと同じ普段着だし。かえって恥ずかしい思いをするかも知れない、と。

「じゃあ、パスタとサラダと、あと適当に何品か作って、マリネとかオードブル類は買って、そんな感じにしようか。足りなかったらピザでもとって」

ダンナさんが「十分だ」と答える。

「うまいチーズとさ、あとオリーブとか。そういう店、知ってる？」

「成城石井が出来たから」

私も手伝いますから、と、喉元まで出かかったけれど、果たして何を作るのか、どんなことが手伝えるのか、まるで分からなかった。結局、私はただ黙って、滑るように進むベンツから、だんだん夕暮れの色が濃くなる東京を眺めていた。

7

雄太郎が、たまには羽田辺りで夕食をとろうと言い出した。週に一度程度の彼との夕食の場所を選定するのに、いつも目新しい場所を探して雑誌をひっくり返したり、インターネットを検索したり、それなりに頭を悩ませることの多い杏子にとって、それはこれまで一度として考えつかなかった意外な提案だった。

待ち合わせの場所からタクシーに乗り込むと、すぐに雄太郎の手が杏子の太腿の上にのせられた。その手に自分の手を重ねて、杏子は柔らかく微笑んで見せた。

「珍しい」

雄太郎は、こちらを見ない。ただ、ひたすら杏子の太腿を撫でながら、前を向いたままで「何が」と言う。夏に向けて日が延びてきている。スカートの裾まで引き上げられるには、辺りはまだ十分に明るかった。

「だって、雄ちゃんが羽田なんて」

「嫌か？」

杏子は「ううん」と首を振りながら、雄太郎の手を柔らかく押しのけて、スカートの裾を引っ張った。ルームミラー越しに、タクシーの運転手がちらちらとこちらを見ていたからだ。

「飛行機、好きなの？」

「べつに。仕事は、どう」

雄太郎が話題を変えた。今度は、杏子は「うん」と頷いて見せた。

「普通。岡野さんも優しそうな人だし、まあまあ順調よ」

杏子の採用にあたって、雄太郎が口をきいてくれたのが、岡野という専務理事だった。「駐輪協」は、組織は大きくないが、取りあえずは福岡と大阪に支部を持っているし、杏子が配属された総務の他に、企画・管理運営・技術開発などといった部署がある。

「具体的に、どんなこと任されてる」

「任されてることなんか、あるわけないじゃない。雄ちゃんのところにいたときと、まるっきり同じ。電話とって、書類作って、コピーとって、お茶出して」

太腿の上では、密かな攻防戦が繰り広げられている。けれど、雄太郎の表情はあくまでも静かなままだし、杏子の方でも、口調一つ変えていないつもりだ。

「実際、増えてるのかな。立体駐輪場なんて」

「らしいわよ。意外なのは、土地のない都心そのものっていうより、地方都市の方が増えてる感じだって。タイプも地下に掘り下げる型とか、地上に作る型とか、無人式とかね、意外に色々とあるみたいなんだけど」

「詳しくなったね」

雄太郎が微笑む。そんなものは詳しいうちにも入らないと、杏子は内心では鼻でも鳴らしたい気分で、それでも微笑みは崩さずにいた。そんな程度の知識など、仕事を始めた最初の日に、パンフレットを見せられた段階で頭に入った。そして、それ以上の知識はほとんど増えていない。何しろ暇な職場なのだ。一番の課題は、職場にいる時間、退屈な毎日をどうやって過ごせば良いかということだった。

結局、緊張感などというものは、そう長くは続かないものだと、最近の杏子はよく感じる。新しい職場への緊張感。秀幸と会うときの緊張感。中でも雄太郎との関係についてなど、考えてみれば、つき合い始めて何週間もたたないうちに、いとも簡単に日常の一こま、当たり前の出来事に成り下がった。もはや緊張どころか高揚感だってありはしない。まるで週に一度か二度、「そう決めたから」当たり前のようにこなしているカルチャーセンターの習い事とか、そのときどきで流行が変わるエステや岩盤浴程度のものだ。

仕方がないのだ。

どう考えたって、この人といて、ときめくということがないのだから。そんな外見でもないし、オーラもない。よく考えてみないことには、自分でもどうしてこんなことになったのか、そのきっかけさえ思い出せないくらいに、初めから、言葉や態度で心を揺さぶってくれたことだって、ありはしない。

「ねえ、好き？」

試しに身体を傾けて、彼の耳元で囁いてみる。雄太郎は小さく顔を背けて、微かに口元を歪めた。当たり前ではないかと言わんばかりに。けれど、好きだよとは言わない。いつも、そうだった。何度、催促してみても。人の太腿を撫でる手は止めることがなくても。

愛、などという言葉まで聞きたいとは思わない。けれど、せめてこういう関係になっている女に対して、もう少し甘い何かを感じさせてくれたって良いのにと、杏子はいつも思う。慈しまれている、求められている、または可愛がられていることくらい、一度で良いからちゃんと感じてみたいのだ。たとえ、こういう関係だって。だが、たまに杏子がそのことで文句を言うと、雄太郎はいつだって、さらに口元を歪めるような顔つきになった。そんな気恥ずかしいこと、言えると思うのか。僕をいくつだと思ってるんだよ、と。

――歳なんて。

実をいうと、杏子は二十代の頃にも一度、家庭のある男とつき合った経験がある。相手は既に五十代だった。最初の職場に居づらくなったのは、そのことが原因でもあるのだが、めくるめくような日々から、やがて泥沼に陥り、最後は疲れ果てて、もう立ち直れないほどズタズタにされた、あの頃の、それでも破局寸前まで持ち続けていたある種の緊張感が、今となっては懐かしく思い出されることがある。

もちろん、雄太郎などとは比べものにならないくらいに、本気で相手が好きだったということが一番だ。ただ連絡を取り合うというだけで、どうしてと思うほど、胸が震えた。寝ても覚めても頭から彼のことが離れない。呼吸するだけで苦しかった。文字通り、夢中だった。だからこそ、いつも緊張していた。

だからといって、彼の家庭まで壊そうとは、思っていなかった。どんな手段を使ってでも、何としてでも自分の傍につなぎ止めておきたいという思いもなかった。年齢が離れていたせいもある。何しろ、相手には杏子と同じような年頃の子どもたちまでいたのだ。彼と似たような年代に違いない妻と、そんな大きな子どもたちから、一斉に恨まれるのはかなわないと思った。しかも、これから先どんどんと年老いていく一方の彼を見ていたいとも、杏子は望んでいなかった。まだ二十歳をいくつか過ぎたばかりだった身としては、たとえ、どれほど好きな相手であっても、こんなところで自分の将来を決めてしまいたくないという思いもあった。それでも、本気で彼が好きだった。

二人きりで過ごすとき、相手には常に、杏子の若さそのものを渇望している部分が感じられた。ときには、そんな彼を翻弄するように無理なわがままを言って困らせたり、本来の自分以上に奔放で、本能に忠実な女を演じるのは楽しかった。どこか芝居じみた、ひたすら嘘くさい関係が気に入っていた。彼は、職場ではあくまでも厳しい管理職だったし、杏子は他のＯＬたちと一緒になって、「怖い人」「厳しい人」などと彼の噂をしあっていた。あんな人の奥さんは気の毒ね。あいうお父さんがいたら、窮屈でたまらないわね、と。そんな芝居をすることさえ、怖くて、不安で、そして楽しくてならなかった。

周囲の誰にも知られてはならない秘密の関係を続けているという、それだけで、あの頃の杏子は高揚した日々を過ごしていた。誰かを裏切っているという思いや、嘘をついている後ろめたさ、秘密を抱えている息苦しさ、それらのすべてが緊張感につながっていた。鏡を覗き込んでは、キラキラと瞳を輝かせている自分を確かめていた。今となっては遠い過去だ。

――若くないのかなあ、もう。

もう何年も、杏子の毎日に大きな波風が立つことはなく、さほどの変化もない。とはいえ、これから再び、あんな関係を持ちたいとも思ってはいなかった。面倒臭いし、第一、疲れる。どうせあと何年かしたら、秀幸との関係に決着をつけることになるのだ。秀幸が自分から動かないようなら、無理にでも決断を迫って、何なら計画的に妊娠してやっても良いと思う。だから、それまではせいぜい呑気に、ほんの少しばかりの贅沢をして過ごせれば良いのだ。緊張感などというものは、もう必要ないのかも知れない。そして、その点で雄太郎は、実に都合の良い相手であることは確かだった。

「展望台まで上がってみようか」

羽田に到着して、空港のターミナルビルに足を踏み入れると、雄太郎が言った。杏子は少し考えるふりをしてから、「ううん」と首を振った。乗り物に興味はない。

「どうして。なかなかいいもんだと思うけどな、夕暮れの中を飛び立っていく飛行機を眺めるっていうのも」

何を、ロマンチストぶったことを言っているのだろうか。他ならぬ雄太郎の口から、そんな言葉を聞こうとは。杏子は思わず小さく笑ってしまいながら、それでも「べつに、いいわ」と、重ねて首を左右に振った。

「そんなもの、いくら見てたって、自分がどこかに行けるってわけでもないんだもん。ねえ、それより喉が渇いちゃった」

雄太郎はわずかに眉を動かして、何となく奇妙な顔つきになっていたが、やがて「分かった」というように頷いた。レストランを選び、案内された席に落ち着いてメニューを開く。深い紺色に染まり始めた窓の外に見えるのは、離着陸を繰り返す滑走路の風景ではなかった。

「ねえ。田中さん、どうしてる？」

「どうして」

「べつに。ただ、私がやめる少し前に、奥さんともめてるようなこと、言ってたから」

「年がら年中だよ、そんなの。なかなか小遣いを上げてくれないって、昨日あたりもまたぼやいてた。そのくせ、カミさんの方は週末ごとに、友だち同士で韓国に行ったりしてるのにって」

「週末ごとに？　優雅ねえ」

「あそこは子どもがいないからな」

他愛ない話をしながら、料理を口に運び、ワインを飲む。その、恐妻家と評判の田中という男こそが、杏子が雄太郎の前につき合っていた男だ。恐妻家かどうかなんて、どうでも良いが、当時から金回りは良くないし、何より本人がケチだから、結局、関係は長続きしなかった。

「緑川さんは？」

「あいつね、今度、結婚するって」

「へえ、誰と？」

「大学時代の友だちとか言ってたかな」

こちらは以前、杏子のことを振った男だ。国土交通省からの出向組で、将来もなかなか有望に思えたから、接近を試みたが、まるで相手にしてもらえなかった。

「お幸せにって」

「伝えるのか？　どうして僕が、君から言づかったって言えるんだよ」

「あ、それもそうか」

「そんな必要も、ないよ。あんなのに」

雄太郎は、職場で敬遠されている。同様に、彼の方でも職場の連中とは一定の距離を置こうとしている様子が窺える。だからこそ、互いにひんやりした関係の人々の間で、杏子の男性関係は誰に知られることもなく、最後まで意外なほど呑気に過ごすことが出来たともいえる。

「君から見て、岡野っていう男はどう」

今度は雄太郎の方が聞いてきた。杏子は「どうって」と首を傾げた。

「性格的には、優しいわね。とりあえず」

「それだけ？」

雄太郎が、ちらりとこちらを見た。

「他の印象は？」

「他のっていったって」

　杏子は少し考える素振りをして見せたが、すぐに諦めて、肩をすくめてしまった。

「どうっていうこともないわ。仕事も何もかも、それなりって感じなんじゃない？　見たまんま。誰に対しても愛想がいいから、敵も味方もいなさそうだし」

　敵も味方もか、とわずかに眉を動かす雄太郎を眺めながら、杏子は「あなたと同じタイプかもね」という言葉を呑み込んだ。どこからどう流れてくるのか、常に自由になる金を持っているという点では、雄太郎の方が数段上に思えるが、少なくとも職場での愛想の良さと笑顔、そして人望では、岡野の方が勝っている。

「まあ、色んな意味での厄介なしがらみも、そんなに複雑じゃないのかも知れないしな」

「でも、お客さんはそれなりに多いわよ。向こうは当たり前みたいな顔して来るけど、まだ覚えきれない人もいるもの」

　すると雄太郎は「へえ」と少し意外そうな顔になる。確かに、杏子は人の顔と名前とを覚えるのは得意な方だ。初めて会ったときのネクタイの柄まで覚える。

「君の淹れるお茶は、どう」

「どうって？」

「評判。うちにいたときは、なかなかよかったろう？」

　ナプキンで口の端を押さえながら、杏子は小さく笑って見せる。

「それが、お茶だけはね、意外にいいものを買ってるのよね、うち。理事の誰かの好みらしいんだけど。甘みがあって、香りも良くてね」

「へえ、そう。覚えてないけど」

「覚えてない？　あれなら誰が淹れても美味しいはずだけどな」

「それを覚えてないって、どういうことかね。僕が味覚音痴なのかな」

そうかもね、とは言わない。雄太郎が自分の舌にある程度の自信を持っていることは分かっていた。

「興味がないだけでしょ、それほど」

「まあな、そんなところで出されるお茶をじっくり味わおうなんて気、最初っからないからね」

そんなお茶を淹れる程度の仕事をしていて悪かったわね、とも言わないことにした。会話がとぎれ、やがて、料理がなくなった。コーヒーを飲み終えると、雄太郎はすぐに席を立つ。いつも同じパターン。来る場所がどこに変わったって、食事をして、ホテルに行って、帰り際に次の約束をする。彼は、食べ過ぎることも飲み過ぎることもなければ、セックスも同じパターンだった。こんな男と、よく何年も連れ添っている女がいるものだ。いくら生活が安定しているか知らないけれど。

「なあ。今から、どこかに行けるとしたら、どこに行きたい？」

「どこって」

「だから、ここから飛行機に飛び乗って」

「ここ、羽田でしょう？　だったら、行けたって国内だけだもんね」

空港に隣接するホテルからは、闇の中に浮かび上がる飛行機を眺めることが出来た。様々な色の美しいライトに照らされて、どこからか集まり、どこかへ飛び立っていく飛行機が、巨大な生物のように移動を続けている。

「国際線だってあるだろう。台湾とか、韓国とか」

「いやだ、そんなところ。田中さんの奥さんじゃあるまいし」

シャワーを浴びた後、バスローブを羽織ったまま再びベッドに横たわって、杏子は窓の外を移動する飛行機を眺めていた。まるで芋虫みたいだ。ただ地面を這っているだけの飛行機なんて。

「だったら、せいぜい沖縄っていうところかなあ」

「せいぜい、か」

見上げると、仄暗い明かりの中で、雄太郎はまた、さっきと同じ奇妙な顔つきになっている。杏子は、一瞬、嫌な気分になってその顔を見た。まさか、旅行したいなどと言い出すのでは、と思ったのだ。ここから二人でどこかに行かないか、などと。

――いやだ。

とっさに思った。こうして会う程度なら構わない。だが、旅行まではしたくない。断じて。楽しくないに決まっている。一緒にいられるのは、頑張っても半日が限度だ。

「さて、帰ろうか、そろそろ」

少しの間、会話がとぎれたと思ったら、雄太郎はすっと立ち上がって身支度を始めた。杏子は

「もう?」と言いながら、彼の腕を引っ張り、彼にしがみつくことを忘れなかった。

「だって、明日も早いしさ」

「つまんない、いつもいつも」

「そんなこと言うなよ。来週だって会えるんだし」

意外な話だが、こうして髪を撫でられながら聞く雄太郎の声は、いつも密かに驚くくらいに心地好い。目をつぶって声だけを聞いていると、誰と一緒にいるのか分からなくなるほどだ。

「何だか雄ちゃん、最近、冷たい」

特に思っているわけでなくとも、こういう言葉が自然に口をついて出るのは、どういうメカニズムなのだろう。我ながら感心する。

「また、そういうことを言う。今日だって、こうして羽田まで来たじゃないか。杏子が喜ぶと思うから。どうだった?」

雄太郎のバスローブに顔を押し当てながら、杏子は「うん」と甘えた声を出した。飛行機なんか、大嫌いなのに。自分で自分が分からないのは、こんなときだ。だが、とにかく二人の関係を続けていくためには、こういう会話や行動は不可欠なスパイスだ。それだけは確かなことだ。

「今度は、どこに行こうか」

「分からない——まだ考えられない」

「じゃあ、考えておきなさい。僕からも、何か提案出来るようならするから。君の方に対案があれば、それもいいし」

提案と対案。男と女の会話としては、かなり面白い言葉を使う。いくら声だけはソフトで気持ち良く聞こえても。それが雄太郎だった。杏子は「分かったね」という声を聞きながら、今度会うときは夏物のサンダルをねだろうと考えていた。

日が延びて、汗ばむ日が増えていった。その間に、夏物のサンダルと洋服、少しのアクセサリーが増えた。一方、秀幸がまたもやアルバイトをやめた上に、ローン会社から借金をしていることまで発覚して、杏子との間でかなり深刻な喧嘩になった。返済の催促に、何と秀幸は「じじいに払ってもらえねえかな」と言ったのだ。杏子は逆上した。

「出来るわけないじゃない、そんなこと！」

「なんで？　何も、借金の返済とか言わなくてもさ、杏子が少し、現金をもらってくれりゃあ、いいことじゃん」

「何、言ってんのよ。そんなこと、無理だってば！」

それでも秀幸は「だから、なんでだよ」と、まるで悪びれた様子もなく、むしろきょとんとしていた。

「ごちゃごちゃと色んなもの買ってもらうのと、現金でもらうのと、どう違うっていうんだよ。だいたいさあ、今までだって、せっかく何か買ってもらったって、こっそり売ったりしてるんだから、最初から現金でもらった方が効率がいいじゃないか。そう思わねえ？」

「できっこない！　そんなことまで、私をアテにしないでよっ」

そのときばかりは杏子も本気で腹を立てた。これ以上、こんな男と一緒にいても、見込みなんかないと考えたほどだ。もう、この辺りで見切りをつけるべきかも知れないと。だが結局、すったもんだの挙げ句、彼が故郷の母親に泣きついて、今回は借金を肩代わりしてもらうことで片がつき、ほとぼりが冷めると、杏子の気持ちの方も、またすぐに元に戻ってしまった。

「もう、絶対駄目なんだからね。パチンコで借金なんて」

「分かった、分かった」

「ちゃんと働いてくれなきゃ、本当に困るんだから」

「分かってるって」

「いつも、そればっかり。いつになったら本気になるのよ」

抱きすくめられて、耳元で「杏子には本気なのにな」などと囁かれれば、泣いたことも、怒鳴ったことも、すべてはいとも簡単に流れていった。可愛い秀幸。大好きな秀幸。二年以内に、絶対に落ち着かせてみせる——分かっている。これは、情熱ではなかった。秀幸のことはもちろん好きだ。だが、愛情よりも何よりも、むしろ半分以上は、意地だった。

新しい職場では、いつしか岡野が、杏子を名字ではなく名前で呼ぶようになった。杏子を見る視線にも、独特の熱っぽさが感じられる。それでも杏子は、何も気づかないように振る舞った。誰に対しても、もちろん女性の職員に対しても、常に控えめに、そして愛想良くすることを忘れなかった。たとえ二年間でも、平和に過ごすには大切なことだ。

やがて自然に、杏子は職場の全員から名前で呼ばれるようになった。顔なじみになった客の中にも、「杏子ちゃん」と呼ぶ人が出てきて、少なくとも職場にいる間は、実に穏やかに、波風一つたつことなく過ごすことが出来ていた。

取り立てて代わり映えしないとばかり思っていた日々の中で、何かが少しずつ動いているらしいと気づいたのは、九月も下旬にさしかかって、暑かった季節もようやく終わろうという頃だ。いや、本当はもう少し前から感じ始めていたのだが、その日、雄太郎から品川の水族館に行ってみようかと「提案」されて、杏子の中で何かがはっきりと形になった。

——この人。

自分たちの頭上をゆらゆらと泳いでいくエイやサメを見上げながら、トンネル型になっている水槽をくぐり抜けるうち、杏子の中で、自分でも意外なほどの不快な違和感が急速に膨らんだ。思わず、隣にいる雄太郎を思い切り睨みつけたくなったほどだ。

だが、杏子の視線を感じていないはずがないと思うのに、彼は熱心に水槽の中ばかりを見つめて、ただゆっくり歩いていく。そんなに水族館が好きだった？　つい、喉元まで出かかった疑問は、この数カ月間、何度となく杏子の頭をかすめてきたものと同じだった。そう。よくよく考えてみれば、あの、羽田に行こうと誘われたときから。

そうだ。あのとき既に、何かが少し変だったのかも知れない。あれほど、どこへ行くのでも「君に任せる」とばかり言い続けていたはずの男が、あの頃から突然、自分からの「提案」を増やした。それも、お台場や東京タワー程度なら、ずい分とまた雄太郎らしくない場所を思いつくものだと、笑って済ませることも出来たのだが、自由が丘のスイーツフォレストに行ってみようかと言われるに及んで、いよいよ首を傾げたくなった。

雄太郎は、変わり始めていた。いつの間にか。そんなはずがないと思い込みすぎていた、杏子の方が浅はかだった。

――どうしよう。

何が「どうしよう」なのか、自分でも一瞬、分からなかった。だが、何とも言えない焦燥感のようなものがこみ上げてきて、杏子は、ただ雄太郎の顔を見つめているより他なかった。アクリル板で隔てられた向こうの世界ではペンギンがぺたぺたと動き回ったり、あるいは熱帯魚が泳ぎ回ったりしていたけれど、そんなもの、どうでも良かった。

「ねえ、あのね――」

夜の水族館に子どもの姿はほとんどなく、大半が杏子たちと同じような勤め帰りの男女や、近くのホテルに宿泊しているらしい外国人旅行者などだった。ものの三、四十分程度で水族館を後にして、すぐ隣にある、やはり熱帯魚がたくさん泳いでいるレストランに落ち着くと、杏子は雄太郎に話しかけた。

「ねえ――」

「終わりに、しようか」

こちらが何を言うよりも先に、雄太郎が口を開いた。顔は、テーブルの横の水槽に向けられたままだ。その、面白みのない横顔が、いつにも増して冷たく見える。

「雄ちゃん。その、何、いきなり――」

「終わりにしないか。今日で」

彼が、改めてこちらを向いたときに、食前酒が運ばれてきた。彼は、実に落ち着いた表情で自分の前にグラスが置かれるのを眺めている。

「乾杯しよう」

杏子は、自分の中に渦巻くものの正体を見極めたくて、しばらく黙っていることにした。

「楽しかったよ、今日まで。だから、きれいに、これで終わりにしよう」

グラスが差し出される。だから杏子も機械的に、自分の前に置かれたグラスを持ち、雄太郎のグラスと軽く触れ合わせた。

ちん、と音がした。

別れの音って、こんなに安手なものだっただろうか。シャンパンやワインと共に楽しむ夕食とも、これで当分はお別れになるのだろうか。

やはり、胸の奥がざわざわしている。悲しくて？　まさか。そんなはずがないことくらいは、改めて考えるまでもない。でも、慌ててる？　それは確かだ。どうして。あんまり急だったから。つまり、ショックを受けてるの？　まあ、そういうこともある。だって、こんなに早く終わりが来るとは思わなかったから。もう少し色々なものを買ってもらうつもりだったし。まさか、雄太郎から別れを切り出されるとも、考えていなかったから。捨てるなら、杏子の方からだとばかり思っていた。

けれど、まだ何か引っかかる。杏子は、少し甘めのシャンパンに口をつけ、雄太郎の胸元に視線を漂わせた。

「理由を聞かせて」

「──なんで。嫌なのか」

「そうは言ってないじゃない。ただ、理由が知りたいだけ」

ゆっくり視線を上げると、そこで今日初めて、雄太郎と視線がまともにぶつかり合った。かつてないほど冷ややかな、それでいて、どことなく愉快そうにさえ見える表情の雄太郎は「やっぱりな」と微かに目を細めた。

「何が、やっぱりなの」

「やっぱり、君は、そういう女だ」

「──何が？」

「要するに、僕は君にとって、その程度の、どうってことない相手だったってこと」

「──何、言ってんの」

「だって、そうだろう？　こっちが別れたいって言えば、簡単に『あら、そう』って言っちゃえる程度のさ」

「そんなこと言ったって──」

喧嘩しようと思えば、いくらでも揚げ足をとる自信はある。けれど、そんなことをしても意味がないことくらいは、杏子にだって良く分かっていた。修羅場を演じるつもりにさえなれない。最初から、そんな関係ではなかった。

「ねえ、私の何が──」

「だから、いいんだって。どうせ、そんな程度で始めた関係だから、お互いに気楽だったんだし。君だって、それほど嫌な思いもしなければ、損もしなかったはずだろう？　新しい職も見つけてあげた。君も、そこそこ気楽に働けてるみたいだ。つまり、僕だって楽しませてもらった分、それなりに、金も時間も使ったし、報酬もあげたつもりだ」

「何も、そんな言い方しなくたって」

「本当のことさ。だから、このまま最後まで、あっさりいこう。これから、君は君らしい相手を選んで、幸せになることだ。この先いくらつき合ってたって、将来なんか見えてくるわけでもない関係は終わりにしてさ」

もう一度、冷たいシャンパンを喉に流し込んで、杏子は今度こそ一つ、大きく深呼吸をした。

「——誰か、出来たんでしょう」

いつになく陽気に語り始めようとしていた雄太郎の目の端に、ちらりと何かが動いた気がした。図星。杏子の中でうごめいたものの正体が、次第に明らかになりそうになっていた。要するに、他の女に寝取られたということではないか。まったく。こんなに冴えない顔をして。一体、この男はどういう奴なのだ。家族だけでなく、浮気相手まで裏切って。この顔のどこが、そんな甲斐性のある顔に見える。だが、これが現実だった。

「そういうことか。ねえ、誰なの、新しい女って。どんな人」

するると、雄太郎はすっと表情を硬くしてそっぽを向いた。そんなことを知って、どうするつもりだと、その顔が言っている。もはや杏子のすべてを拒絶している顔だった。つまり、雄太郎の気持ちは、既に新しい女に向かってしまっている。無理矢理、引き留めたところで時間の無駄だ。下手をすれば、これまで買わせてきたものだって、返せなどと言われかねないと思った。

——いつの間に。

杏子は、小振りのフルートグラスに残っているシャンパンを一息に飲み干すと、膝に広げていたナプキンをテーブルに置いた。

「帰るのか？　最後なんだから——」

「せっかくだから、いつも通りにしようとでも言うつもり？　ご飯食べて、ホテル行って？」

「おい——」

「悪いけど、私、そこまで安い女じゃないんだ。もう、他の女の手あかがついてるって分かってる男とやる気になんか、なれないの。もともと大して上手でもないのに」

雄太郎の目が、かつて見たこともないくらいに大きく見開かれた。半開きになった口は何か言いかけているようにも見えたが、言葉が出てこないようだった。

「まあ、お宅の奥さんから見れば、私だって同じ立場なんだから、人のこと言えた義理じゃないけどさ。これからはせいぜい、その新しい女と、水族館にでも東京タワーにでも、行くことね。どうせ、みっともないガキなんだろうけど、男を見る目もないような」

それだけ言い捨てて、席を立った。さっきから、こちらの会話が聞こえていたのか、何となくちらちらと視線を送ってきていた店の人間の横をすり抜けて、杏子は店を出た。

予定が狂ったではないか。

まだまだ、秀幸が一人前になるまでには時間がかかるっていうのに。それまでの間、もう少し楽しみたいと思っていたのに。

悔しい。情けない。だが、それ以上に、自分の人生設計を狂わされたことが、何とも言えず腹立たしかった。日が暮れたところで、まるで涼しくなどなるはずのない都会の夜に、杏子は靴音を響かせて踏み出した。

第二章

1

カレーの鍋をかき混ぜていたら、インターホンが鳴った。階段を駆け下りて「お帰り」と言いながら玄関の鍵を開けると、私より少し低い位置から、小さな瞳がこちらを見上げてくる。

「早かったね。予備校じゃなかったっけ?」

「ママは」

「出かけてる。今日は私が当番だし」

「カレー、か」

靴を脱ぎながら、階下まで広がっている匂いを軽く嗅ぐ仕草をしてから、美緒は「お肉、何」とこちらを見た。

「チキンにしたけど」

「余分な脂、ちゃんと取った？」

私は、もちろん、というように頷いた。ダイエットに一生懸命なのは、何も美緒だけではない。私だって、気をつけることにしたのだ。何しろ、東京の子は誰もかれもスタイルが良い。こっちだけ、いつまでも野暮ったい体型でいるわけにはいかなかった。

「先にフライパンで焼いて、出てきた脂は全部吸い取って、それからカレーに入れてある」

美緒は、やっと少しだけ満足そうな顔になって、とんとんと階段を上がっていく。その後ろ姿に、私は「ねえ」と声をかけた。

「予備校は？」

返事はなかった。本当に、いつまでたっても無愛想な子だ。こっちが何を聞いたって、まともに返事すらしたことがない。それに、まるで笑顔を見せることが損だとでも思っているんだろうかというくらいに、一度だって、にこりともしやしない。外では、やたらと可愛く振る舞っているくせに。そうでなければ、あんな程度の顔立ちで、そう簡単に彼氏なんか出来るはずがないのだ。それも、取っかえ引っかえ。

――ママに言ったら、ぶっ殺すからね。

どういう偶然からか、私はこれまでに二度、美緒が彼氏と歩いているところに出くわしたことがある。しかも最初は、何とラブホテルから出てくるところだった。美緒は、外見はごくまともな女子高生に見えるから、まさか、こんな雰囲気で援助交際をしているのかと一瞬ぎょっとなったが、相手は美緒と似たような年格好の男の子だったから、そうではないと分かった。だが、それならばべつに隠すことなどないと思うのに、美緒は私を脅迫した。

——分かってる？　ママはねえ、私を処女だと思ってんの。まるっきりのガキだって。ま、そう思わせとけば、いいんだけどさ。だから、絶対に言うんじゃないよ。もしチクッたりしたら、私、友だちにあんたのこと好きにしてくれって頼むから。そういうことの好きな、ちょっとヤバイ友だちだって、いるんだからね。

あのときの美緒の目は、忘れたくても忘れられるものじゃない。本当にドスのきいた、嫌な目つきだった。私は慌てて「言うわけないじゃん」と答えた。何も、そんな告げ口なんかしなければならない理由もないし、逆に私としては、それをきっかけにでも、仲良くなれたら嬉しいのにとさえ思っていた。だが、美緒の方は秘密を知られていると思うせいか、余計に私を警戒するようになってしまった。

この家に来て、そろそろ半年近くになろうとしていた。東京での暮らしも、この家での生活にもすっかり慣れたつもりだが、実のところ階下の老人二人とも、そして、尚子おばさんの説明によれば「はとこ」という間柄になるらしいこの家の子どもたちとも、私はまるで親しくなれていない。ことにはとこたちは、歳だって近いのだし、東京のことでも何でも、色々と教わりたいと思っているのに。

長男の隆平くんは、一応は大学生らしいのだが、どこでどんな生活をしているのか、大学にも行っているのかいないのか、滅多に帰ってくることがなくて、私は未だに、彼の顔すらきちんと覚えていない。もちろん最初に会ったときには、尚子おばさんが紹介してくれたし、私だって挨拶をしたのだが、隆平くんはいかにも無関心な様子で、「あっそ」と言っただけだった。

一方、美緒の方とは、ほとんど毎日必ず顔を合わすのに、それでも相変わらずのままだ。私は、幼い頃からずっと、妹が欲しかった。お母さんにもずい分せがんだ記憶がある。だから、やっと赤ちゃんが生まれたときには、女の子ではないと分かった途端、がっかりして泣きべそをかいたほどだ。もちろん、今は弟だって可愛い。けれど、やっぱり妹が欲しかった。だから、この家に来て、「眠り姫」状態からも抜け出して、初めて美緒に会ったときから、私はいつだって、年下のはとこと親しくなろうとしてきた。今だって、いつかは本当の姉のようになれたらと、密かに期待している。

だけど、何しろ美緒は可愛くない。こっちは約束だって守っているというのに、私が何を話しかけても、ただの一度だって、まともな受け答えをしたことはない。にこりともしないし、特に意地が悪いとまでは言わないが、私が何か困っているときだって、「どうしたの」とさえ、言ってくれたことはないのだ。

「気にしないで。ちょっと気むずかしいところがあってね、扱いにくいったら、ありゃしない。パパに似たんだよ、あれ」

最初のうちは、尚子おばさんも、そんな言い方でごまかしていたが、毎日毎日顔を合わせているうちに私にも分かってきた。要するに美緒は、いつもイライラしていて不機嫌な子なのだ。いわゆる反抗期なのか何なのか知らないが、それよりも、もともとの性格が悪いのに違いない。

「ちょっとぉ、美緒ってば！」

尚子おばさんの怒鳴り声が聞こえてくるのは、しょっちゅうだった。すると、美緒は必ず「うぜえ！」などと甲高い声で応戦した。そういうやり取りの後は、リビングとか美緒の部屋とか、どこかのドアが激しい音を立てて、立派なつくりのはずのこの家でさえ、空気が波打ち、微かな揺れを感じるほどだった。

「そんな態度ばっかりとってるんだったら、もう、ママ、知らないからねっ！」

尚子おばさんの声が、さらに追い打ちをかける。タイミング悪く、私がひょっこり顔を出してしまったりすると、おばさんは必ず決まり悪そうに「やれやれ」というような顔をした。

「親を馬鹿にして。本っ当に憎ったらしいんだから」

そんなとき、私はいつも小さく笑ってみせる。だけど、本当は羨ましくてたまらなかった。私には、もう怒鳴りあえるお母さんはいないのだ。生きていた頃だって、病気のことばかり心配しなきゃならなくて、あんなふうに「うぜえ」なんて、とてもではないが言えなかった。

「ねえ、もう食べれるの、ご飯」

いったん自分の部屋に引っ込んだと思った美緒が、すぐに顔を出した。私は壁の時計を見上げた。まだ五時半にもなっていない。

「ご飯、炊いてないから」

美緒の眉がぴくりと動いた。小柄な彼女は、まるで染めているみたいに茶色っぽい髪をしている。顎がとがっていて、逆三角形の輪郭を除けば、確かにダンナさんの目鼻立ちと似ている。要するに、何となく目立たなくて、これといった特徴のない顔だ。

「ないの、ご飯。全然？」

唇を突き出して目つきの悪い顔をすると、それほど不細工というわけではないはずなのに、正真正銘、憎らしい顔つきになる。その顔のままで美緒は、しばらく私を見ていたが、ふん、と鼻を鳴らして部屋に戻ってしまった。何よ、あれ。ついため息をつきたくなるが、気を取り直して、私は、今度はゆで卵の用意を始めた。今日は手作りカレーとサラダ、それから何となく食べたくなって、バイトの帰りにコロッケも買ってきた。そのサラダに、固ゆで卵の黄身を散らそうと思っている。尚子おばさんが帰ってくるのは、多分、今日も六時過ぎか七時近くになるだろう。それまでには十分に間に合うはずだった。

この家に置いてもらう代わりに、家事を手伝うと申し出たのは、私の方からだった。いくら何でも、ただで居候を続けるのは気が引けたし、かといって家賃を払えるほどの力もない。だから代わりに、尚子おばさんと当番を決めて、家事を受け持つことにしたのだ。おばさんは、私もちょっと驚いたくらい、飛び上がるほど喜んで、さらに嬉しい提案をしてくれた。

「本気でやってくれるんなら、少しだけど、バイト料払ってもいいよ」

食費や家賃の代わりに働くと言っているのだから、ちょっと変な話だった。だけど、尚子おばさんは、少しくらいお金を払ってでも、家事から解放される方が嬉しいのだと言った。その代わり、ダンナさんには内緒にすること、それが条件だった。

「何かのときに文句、言われると嫌だから。それに、未芙由だって立場が悪くなるじゃない？

何だよ、家に住まわせてやるだけじゃなくて、金まで払ってやってるのか、なんて思われたら」

もちろん、支払うといってもほんの気持ち程度だとおばさんは続けた。それでも私は嬉しかった。もともと、長野の家でさんざん主婦代わりをやってきたのだし、そういう労働は、まるで苦にならない。契約は成立した。

「まあ、これで最低限の生活だけは保障されるわけだから、あとは少しずつでも、自分の将来を考えることだわね。天国のお母さんだって、きっと心配してるから」

おばさんは、そうも言ってくれた。私は嬉しかった。すぐに就職しろと言われても自信なんかなかったし、やりたいことも見つからない。そんな中途半端な状態でいることを、私だって良いとは思ってはいなかった。だから、時間をかけて先のことを考えれば良いと言われて、それだけで心底、救われたと思った。やっぱり、尚子おばさんはいい人だ。

以来、私はいくつかの簡単なアルバイトを経験して、あとは家のことをやったり、ときどきは渋谷や他の街を歩き回ったり、高校時代の友だちと会ったりして、今日まで過ごしてきた。携帯電話も買って、アルバイト先でも何人かの友だちが出来たし、メールを交換する相手も少しずつ増えている。ふと気がつくと、すぐに「去年の今頃は」と考えてしまっている癖は変わっていないけれど、でも、着実に私物の増えている部屋で過ごすときにも、独りで泣いたりする回数は減ったと思う。

ふいに、背後でがたん、と音がした。振り返ると、私服に着替えた美緒がリビングを横切っていくところだった。

「出かけるの？　どこ行くの」

「決まってんでしょ、予備校」

「ご飯は？」

「出来てないんじゃんよ！」

ああ、そういうことだったのかと思った。すっかり、今日は予備校をサボるつもりなのかとばかり思っていた。だって、いつもなら、美緒は学校帰りに直接、予備校に行くからだ。私は少し慌てて、ばたばたと階段を下りていく美緒の後ろ姿を追いかけた。

「ごめん！　カレー、取っておくからね。帰ってきたら食べてね！」

ジーパンに渋いグリーンのジャケットを羽織った後ろ姿は、まるで反応しなかった。辺りの空気を見事に遮断するように、重たい音を立てて玄関ドアが閉まる。とたんに、辺りはしん、と静まりかえった。私は、細長いステンドグラスのはめ込まれたドアをしばらくの間眺めて、それから、靴脱ぎに何足もの靴が散らばっていることに気がついた。先週の当番のときに、一応は片づけたはずなのに、この家の人たちは誰もがまるっきり、出した物をしまわない。

「こんな、でっかい下駄箱があるのに」

天井まである大きな下駄箱の扉を開いて、私は出しっ放しになっている家族の靴を、片っ端からしまい始めた。サンダル以外の靴がほとんど片づいてしまうと、すっきり広くなった靴脱ぎの片隅に、土埃と綿埃とが、団子みたいになって溜まっているのが目についた。二階から掃除機を持ってくるのは面倒だから、綿埃だけ手でつまんで、今日のところはごまかすことにした。

キッチンに戻ってゆで卵のタイマーを確認し、炊飯ジャーのスイッチを入れてから、私は広々としたリビングの、大きな窓辺に立った。すっかり日が短くなって、こんな都会でも、何となく冬の匂いがする。今頃、長野の家の方では山の上から始まった紅葉が、里まで下りてきていることだろう。コタツのぬくもりが恋しくなって、寝るときも毛布を増やすようになる。雨戸を閉めるのが早くなって、その分、家族の声が家の中に大きく響くように感じられる季節だ。

――四人家族。

かつて、私の家もそうだった。お母さんがいなくなって、私も家を出てしまって、四人は二人に減ったけど、新しい奥さんが来て、赤ん坊も生まれたというから、今、あの家はまた四人家族に戻っている。パズルみたいだ。はみ出した私には、もう、入り込める場所は残ってはいない。

それに比べると、この家はあまりにもスカスカしている感じがする。四人家族は、最初から好き勝手に散らばっていて、何となく隙間風が吹いているみたいだ。冷蔵庫だって洗濯機だって大きいし、ゴミの量も洗濯物も、さすがに多いのに、この家はいつも静かで、そして全体に、うっすら埃をかぶっている感じがする。

「……でさあ、その奥さんが言うにはね、そりゃあ、どうも、浮気してるんじゃないかっていう話なわけよ」

その日、七時過ぎに帰ってきた尚子おばさんは、私の作ったカレーを食べる間中、何とかいう友だちから仕入れてきた噂話を一生懸命にまくし立てて、私に聞かせた。うちのお母さんもパート先の人の話をすることはあったけど、浮気の話なんか、まるでしなかった。

「しかも、もとはといえば、復讐だったんだって」

「復讐？」

「浮気したダンナへのね、その復讐」

私は、へえ、と目をみはってみせる。それだけで尚子おばさんは満足そうに頷き、「それでね」と話を続けた。私がこの家に来る前は、家ではほとんど一人で夕食をとることの多かったというおばさんは、その頃は果たしてどうしていたんだろう。こんなにも、いつだって話したいことがいっぱいある人が、よく我慢出来ていたものだ。

その日、ダンナさんは九時半頃に帰ってきたが、美緒が帰宅したのはそれよりも遅い、十時半過ぎだった。

「カレー食べる？」

尚子おばさんとテレビを見ていた私は、相変わらずぶすっとした顔をしている美緒に、出来るだけ優しい声をかけた。

「お風呂、誰か入ってる？」

尚子おばさんがテレビから目を離さずに「パパ」と答える。すると美緒は、ふん、と小さく鼻を鳴らしただけで、そのまま自分の部屋に引っ込んでしまった。せっかくカレーのこと、聞いてるのに。食べるなら、温めなおしてあげるつもりなのに。私は恨めしい気分で尚子おばさんを見た。けれど、テレビに夢中の尚子おばさんは表情一つ変えてもいなかった。

「おばさん、カレー、どうしよう」

「どうしようって？」

「冷凍か何か、しちゃいますか」

尚子おばさんは、テレビから目を離さないままで「いいよ」と言った。

「あのまんまにしとけば」

「だけど、ダンナさんも食べないし」

「美緒が食べるって。きっと、夜中に」

夜中？　と、私は首を傾げた。だって、美緒は必死でダイエットしていて、朝だってヨーグルトしか食べないような子なのに。

「こっそり食べてるのよ、あの子。私、知ってんだ。それにあの子、カレー大好物だもん。匂いだけで、飛びつきたくなるくらい。我慢なんか、出来っこない」

それから尚子おばさんは、私の方を見て、にっと笑った。ときどき見せる、独特の笑い方だ。

「いくら隠し事してるつもりだってね、親だからさ、分かっちゃうわけよ。ちゃあんと」

うふふ、と笑っている尚子おばさんを見て、私は何となく、おばさんが哀れというか、愚かしく見えた。そりゃあ、夜中にカレーを食べることくらいは気づいているのかも知れないけれど、もっと大切なことには、気がついてないんじゃないの、と言いたかった。

2

ホームに滑り込んできた電車は、混んでいるというほどでもなかったが、かなりの人数の乗客が立っていた。しかも、目の前に止まった車両は、外から眺めただけでも女子校の制服が目立っている。

「なんか、嫌じゃねえ？」

ドアに歩み寄りながら、片桐知也は隣の谷本を見た。

「関係ねえよ」

谷本は分厚い眼鏡の奥の目をちらりとこちらに向けただけで、面白くもなさそうに呟く。谷本の向こうにいた西江は、いつもの猫背気味の姿勢で、もう顎を突き出して電車に乗り込む準備をしている。

電車のドアが開くなり、黄色い声が鼓膜を刺激した。咄嗟に覚悟はしたものの、知也は、やはり少し怯みそうになりながら、さっさと他の乗客をかき分けていく谷本と西江の後についていった。もともと彼らの方が、知也よりも背が高い。だから、二人の後をついて歩く方が、楽なのだ。

ざっと見回しただけでも、三、四校くらいの女子校の制服を見分けることが出来た。中学生も混ざっている。この沿線はもともと私立の学校が多い。下校時刻なんて、どこの学校も似たようなものだ。部活とか、当番とか、何らかの理由で帰りがずれ込まない限り、週に何回かは、こういう思いをすることになる。

もちろん一人か二人連れで、おとなしくしている女子生徒もいる。大声で騒いでるのは、四、五人で群れている連中だ。阿呆な学校の女は、全員で鏡を取り出して覗き込んだり茶髪をいじったり、これから渋谷で逆ナンでもするつもりなのか、熱心に化粧をしたりしている。まあまあ平均的なヤツは、ときどき、意味不明の馬鹿笑いなどしながら、揃って携帯とにらめっこしているパターンが多いだろうか。そして、いかにも気位の高そうな進学校の女たちは、決まって口数が少ないか、または話し声も大きくない。

——うちのクラスの平均点は七十六点だったんだよね。学年で最低だって。

——うめミント味っていうの、出てんの、知ってる？　あれ、まじ、美味しいよねえ。

——アイツ、やっぱり生意気だよ。超感じ悪い。私、アイツのせいで人間不信になったんだから。あの馬鹿女の嘘のおかげで。

もちろん知也たちの学校の生徒や、他の男子校の生徒だって混ざってはいるのだが、今日はどういうわけか、その数が少ないようだ。その中でも、少し離れた場所にいる生徒に目がとまった。ズボンのベルトを腰のぎりぎりまでずり下げた穿き方をして、コーヒー牛乳の一リットル紙パックを、そのまま飲んでいる。隣にいる友だちらしいヤツの方は、カップラーメンを食っていた。こっちだって小腹が空いている。旨そうにラーメンをすすっているヤツを見ると、少しばかり羨ましい気分になった。だが、その近くにいた、有名進学校の制服を着た女子が、いかにも軽蔑した眼差しを彼らに向けているのにも、気がついた。

そりゃ、やっぱり、そうだよな。

いくら何でも、あれはない。

知也たちは学校から言い渡されている。電車内や公共の場は、自宅とは違うことを忘れるな。従って、飲食は禁止。家から一歩でも外に出たら、いつでも他人の目というものを意識しろ。母校の名誉のために――。超一流とは言えないまでも、ちょっとは名の通った学校の生徒としての自覚を持てと、繰り返し言われている。また視線を移そうとしたとき、車両の反対側から、きゃあっという派手な笑い声が響いてきた。女特有のキンキン声だ。

「頭痛くなるよな、こういう――」

谷本に話しかけようとしたけれど、ヤツはもうiPodのイヤホーンを耳に差し込んでいる。

いいなあ。iPodか。

「おまえさあ、どうする？　iPodやっぱ、買う？」

知也は、さっきからずっと無表情のままで、谷本の仕草を見ている西江に話しかけた。西江は、最近やたらとニキビが増えてきた。そのうちのいくつかは大きく赤く腫れ、先端が白くなっていたりして、いかにも痛そうだ。つぶれてかさぶたになっているのもいくつかある。それ以外の部分でも、肌がぼこぼこになって、ちょっとヤバイ感じに汚く見える。ヤツが、自分の肌のことをすごく気にしているのは知也も知っていた。寝る前に薬も塗ってるし、何とかいう、すごく高い石けんを使っているという話も聞いた。

「お母さんが、難聴になるから駄目だって。CDウォークマンが、まだ使えるし」

「まじ？　だけど、難聴になるんならiPodだってウォークマンだって一緒だろう？」

「だから、ウォークマンも、あんまりいい顔しないんだ。受験の前は英単語のCDとか聴いてたから、そのときは文句は言われなかったんだけどね」

「こいつも、なるかな、難聴」

少し意地の悪い気持ちになって、視線だけを谷本に送る。谷本は知らん顔で、白くて冷たい横顔を見せているままだ。前に、どんな曲を聴いているのかとイヤホーンをつけさせてもらったことがあるけれど、流れてきた曲は、知也の好みとはまるで違う、やたらとうるさい、まるっきりワケの分からない洋楽系だった。それ以来、ヤツと音楽の話はしなくなった。知也はJポップの方が好きだ。

「どうかな。まあ、僕の耳じゃないからねえ。自己責任っていうヤツだよ」

西江は、ふん、と小さく鼻を鳴らして、それから突然に、最近気に入っているというマンガの話を始めた。いつものことだ。そんなに面白いのなら一巻から順に貸せと何度も言っているのだが、自慢するばかりで一度も貸してくれたことはない。西江は筋金入りのオタクだ。しかも相当なケチときている。

本当は知也だって、ブックオフで構わないから、そのマンガを買いたいと思っているし、iPodも欲しかった。だけど、正直なところ、買えないのだ。金がない。父さんの勤めていた会社が駄目になってからというもの、つまり、もう二年近くも、そういう状況が続いていた。

父さんはすぐに、別の会社に再就職をした。だが、給料は激減したらしい。そのために、母さんも働き始めた。そうでなければ、知也の塾の月謝が払えないから、ということだった。知也の受験費用、高校の入学金、学費、この先、一人前になるまでに必要な金額――もちろん、マンションのローンだって残っている。車も小さなものに買い換えはしたけれど、完全に手放すわけにはいかない。それから保険だ。これも、途中で解約するのは馬鹿馬鹿しいから続けていくとも言っていた。いつの頃からか、母さんは金の話ばかりをするようになった。

――当たり前よ。あんたに、ちゃんとした人生を歩んでもらいたいから。だから、頑張ってるんじゃないの。

だから、多少の不自由は我慢して欲しい、と母さんは言う。それならいっそ知也自身もアルバイトぐらいしようかと思うのだが、母さんが許すはずがなかったし、第一、知也の学校は基本的にアルバイトは禁止だった。

――どうしても必要なものなら、お母さん、多少の無理をしてでも買ってあげてるでしょう？

確かに、高校に入ったときには、知也も人並みに携帯電話を買ってもらったし、この夏も、どうしてもと頼み込んで、ようやく電子辞書を買ってもらったばかりだ。だが、それ以外のものに関しては、知也なりにかなり我慢している。パソコンだって古いままのを使っているし、新しい服や靴も、ねだったことはない。だけど、本当は思っている。いくら良い大学を出てたって、父さんみたいになっちゃあ、元も子もないんじゃないか、と。要するに、頭が良くたって、運がなけりゃあ、この人生では敗者にしかなれないのではないか、と。

——努力しない人のところには、運なんか向いてくるはず、ないじゃないのよ。努力したって、お父さんみたいな思いをしなきゃならない人がいるんだから。

そういう話をするとき、母さんはひどく苛立った顔になる。眉間に皺を寄せて、最近少し白髪が目立ってきた髪をかき上げて。母さんは、一度だって父さんを責めたことはない。いつだって、父さんに何を聞かされたって、「そう」と頷き、ため息をつくだけだ。だけど、本当はものすごく悔しくて、とんでもなく腹立たしく、情けなく思っているのを、知也は知っていた。

——あんたも、そのうちに分かってくると思うけどね。男っていうのは、立場がその人を作るってことが、あるもんなの。お父さん、顔つきが変わったと思わない？

どんなに優しくて、どんなにいい人でも、恵まれた立場にいないと、顔つきも、それから性格だって変わっていくものだ、と母さんは言った。だけど、それは男だけじゃないんじゃないか、と知也は思う。母さんだって、変わった。顔つきも、性格も。父さんの会社さえあんなことにならなければ、母さんはパートに出る必要もなかったし、もっと陽気で朗らかだった。要するに、母さんも、自分の運が悪かったと思っているのに違いないのだ。運のない父さんを選んで。

家のことを思い出すと、どうもモヤモヤとした気分になる。知也は密かにため息をついた。見知らぬ女子高生たちは、誰もが鞄にハンバーガーくらいの大きさの、やたらでっかいマスコットを二個も三個もぶら下げて、屈託なく笑っている。何があんなに楽しいんだか。

本当は知也だって、ニキビ面の西江や、今ひとつ友だち甲斐の感じられない谷本なんかより、もう少し盛り上がる友人と、もっと楽しい話をしたかった。大リーグとか、サッカーの話も普通にしたいし、エロカワ系のアイドルの話だってしたいのだ。ときとして悩みを聞いて欲しいとも思うし、自分の家の重たい空気を知って欲しいとも思う。何かを分かち合う気分というものを味わいたい。友だちっていいよなあと思いたい。だけど、今の高校に入ってからは、まだそういう友だちと巡り合えていなかった。

「……でさあ、マンガ家って、よくそういうこと考えつくもんだと思うわけだよな。しかも、それを絵にするんですよ、片桐くん。信じられるかい。天才だよ。まじ。どうやったらあそこまで描けるようになるのかな。あの想像力。発想力。筆力。歴史に名を刻むよ、彼は絶対に。この僕が保証する」

「だから、貸せって言ってんじゃねえかよ。俺が、この目で見てやるからって。そいつが本当に天才かどうか」

わざと睨みつけるような顔つきになって言ってみる。すると西江は「おっと。おっと」と必要以上に慌てたような顔になった。

「君にそんな判断をゆだねるわけにはいかないよ」

「何だ、それ。要するに面白けりゃあ、いいわけだろう？　おまえの言ってること、まるっきり分かんねえって。ケチケチしやがって」

すると西江は、わずかに目を細めて、それからつん、と気取った顔になる。

「実はね、僕さあ、こう見えても几帳面なんですよ、意外と」

「だから？」

「中学ん時にさ、一度、すごく大切にしてるマンガを人に貸して、それが返ってこなくなっちゃったことがあったわけだよ。分かる？　人から人に回し読みされてね。僕としては非常に不愉快だったし、まじ、むかついたわけ。懲りたんだな、それで。どうしてもって頭を下げるから、仕方なしに貸してやったわけじゃない？　手あかがつくのを覚悟で。本当は、一日だって手放したくなかったのに」

「もういいって。おまえの説明は長いんだよ、何でもかんでも」

「それは、片桐が何回も同じことを言うからじゃないか？　僕が理由もなしにケチなこと言ってるなんて、誤解されるのは、正直な話、心外だからさ。ここはちゃんと――」

「分かったって。もう、分かった」

「人間関係を大切にしたいなら、下手な貸し借りはしない方がいいって、うちのお母さんとかも言ってるし」

もう、返事をするのも面倒だった。こういう会話が嫌だと思ったら、やっぱり谷本みたいに音楽でも聴いている方がよほど利口だと思う。第一、こいつは人間関係を大切にしたいなんて、思ってるんだろうか。好き勝手な話しかしやがらないくせに。マンガさえあれば、それで幸せみたいなヤツなのに。

救いを求める気分で谷本を見た。けれど、ヤツはヤツで、相変わらずだ。本当は谷本だって、西江みたいなオタクとか、この自分のような、音楽の趣味も何も合わないような者と一緒になど、いたくないのかも知れない。だからこそ、こうして無言で意思表示をしているのかも知れない。音楽の世界に逃げることで。見えない壁を作って。

ああ、まじ、欲しいなあ。iPodさあ。

金もない自分が、デジタルオーディオプレーヤーなど手に入れる方法が、果たしてあるものだろうか。誰かの持ち物をパクるか、または、いっそ万引きか？

パクるとしたら、この谷本か、あと数人のクラスメートからということになる。だが見つかった場合のことを考えると、ぞっとしない。誰から盗んだとしても、まず退学になることは間違いないだろう。母さんはショックでぶっ倒れるかも知れない。いや、そんなことより何より、警察に突き出される。すると、補導か。いや、最初なら厳重注意で済むだろうか。それでも退学は確実だ。せっかく入ったのに。このまま無事に過ごしていれば、エスカレーター式に大学まで行けるのに。その構図は、万引きした場合だって同じことだ。

——何のために苦労してると思ってるのよっ！　お母さんたちが、どんな思いで毎日、くたくたになるまで働いてると思ってるの！

母さんが金切り声を上げて言いそうなことが、そっくり頭に浮かんだ。

だけど、見つからなきゃいいんだし。

そうだ。何も最初から見つかると決めてかかる必要などない。まあ、友だちからパクるのは、さすがに却下するとして、万引きなら。

世の中には万引きして捕まらないヤツだって山のようにいるはずだ。たまたま運が悪かったか、万引きのやり方が下手くそだった何パーセントかのヤツが、見つかっているだけに違いない。あらかじめ下調べをして、計画も立てて、細心の注意を払って、冷静に、素早く行動すれば――。

やはり駄目だ。まずい。倫社の松橋先生も言っていた。君たちは犯罪者になるために生まれてきたわけじゃないだろう、と。いくら手軽に見えても、与える損害が百円か二百円程度であっても、万引きはれっきとした犯罪だ。一時の甘い誘惑に負けて人生を棒に振るような真似はするな、物事の善し悪しを判断できる人間になれ、と。

これでは手も足も出ないではないか。

欲しいのに。

思わず大きなため息が出た。知也は、無表情に窓の外ばかり眺めている谷本と、何を思い出しているのか、またもや一人でにんまり笑っている西江とを交互に眺め、天を仰ぎたい気分になった。電車が次の駅に着く。車内は混雑する一方だ。また違う制服の生徒が乗り込んでくる。それにしてもでかい女が多かった。まだ一メートル六十に届かない知也よりも視線の高いヤツばかりではないか。

あと何センチくらい伸びるかな。

これもため息の原因だ。何しろ知也の家は両親ともに背が低い。おまけに二人の祖父も、そして父さんも禿げている。そういう家系なのだ。つまり、将来は見えている。

本当につまらない。かなり。

背も伸びず、髪も薄くなって、その上、高校時代から万引きで捕まって、などという経歴が残ったら――最悪だ。ほとんど、生きてる価値もない。

「そういえば、中間の結果、どうだった」

それまで黙って窓の外を眺めていた谷本が、ふいにイヤホーンを外して、分厚い眼鏡の顔をこちらに向けた。既に一メートル七十センチを超えている谷本は、鼻の下のひげも少しはっきりしてきていて、声も落ち着いている。知也は「どうって」と、級友の喉仏のあたりを眺めた。

「一学期よりさ。上がったか、下がったかってこと」

「両方だよ、そんなの。上がったのもあるし、下がったのもある」

谷本の兄さんは、まだ大学生だが、どこかの雑誌にモデルで出ているという噂を聞いたことがある。本人に確かめたことはないが、そういわれてみれば、谷本だって眼鏡を外すと意外に男前かも知れなかった。少なくとも、知也の目から見ても同い年とは思えないくらいに大人っぽいことは確かだ。

「上がったのも、あるのか」

「そりゃあな」

するとすると谷本は「そうか」と呟き、いかにも憂鬱そうにため息をついた。知也の中で、何かが微かにうごめいた。

「そういうおまえは、どうなのよ」

「俺?　総崩れ。多分、赤点になったのもあると思う」

「赤点?　おまえが?　また、何で」

言いながら、声が弾んでしまっているのが自分でも分かった。いつの間にか、西江も興味津々の表情になって谷本の顔を覗き込んでいる。谷本は、西江と知也とを交互に見て、それからため息混じりに視線を窓の外に向けた。しばらくすると、「くそ」という小さな呟きが聞こえた。

「――今度の父母会の後に、絶対に言われんだろうな。俺んちの、お袋」

「誰に。秋津？」

自分たちの担任の名を出す。谷本は、仕方なさそうに頷いた。へえ、こいつ、そんなに成績が落ちたのか。知らなかった。一体、何があったというのだろうか。一学期は、確かこいつはクラスで十番以内に入っていたはずだ。知也は十八番だった。西江は、もっと下だ。何か理由があるのか、思い当たることでもあるのかよ、と聞こうとしたとき、どこからか「片桐くんだ」という声が聞こえた。辺りをきょろきょろと見回すと、人混みの向こうから、こちらを見ている女と目が合った。

この沿線では、まあまあ上のランクの高校の制服を着て、他の乗客の陰から、そいつは顎を引き気味の姿勢で、にっと笑った。その笑い方に見覚えがあると思った途端、顔がかっと熱くなった。耳元で「何だよ、知り合い？」という谷本の声がする。

「――中学んとき、同じクラスだったヤツ」

答えながら、その名前を思い出していた。美緒。鹿島田、美緒だ。

3

谷本たちと別れ、改札口を抜けて歩き始めると、すぐに背中をぽん、と叩かれた。仕方なく振り返る。やっぱり鹿島田だ。

「逃げること、ないじゃん」

知也は、自分よりも低い位置からこちらを見ている美緒の顔を一瞥しただけで、もうすたすたと歩き始めた。内心では、ああ、よかった、と思っていた。こいつは、あまり身長が伸びていないようだ。

「ちょっとってば。片桐！　無視すんなよなっ。片桐知也！」

雑踏の中に、美緒の声が響いた。こんなところで人の名前を連呼するなと言いたくて、知也は、今度は立ち止まって振り返った。すると、わずかに首を傾げた格好で、美緒は妙に余裕のある顔つきをしている。

「無視すんなって」

「してねえよ。べつに」

「久しぶりって言ってんじゃん。ちょっと。元気？」

「決まってんだろ。こうやって歩いてんだから」

「ちょっとは背が伸びたじゃん」

その言葉は、少し嬉しい。だが、この女に言われる筋合いはなかった。知也は、もう一度ちらりと美緒を見た。

「おまえはちびのまんまか」

すると美緒は、つん、と澄ました顔になって「まあね」と答える。

「この、コンパクトさがいいって言われてるんだ」

「――何だ、そりゃ」

「分かんないヤツは、いいの。ねえ、それより片桐、どこ行くの」

「帰るに決まってんだろう」

「え、まっすぐ？」

「当然」

雑踏をすり抜けて歩く間も、美緒はずっと知也についてきて、話しかけてくる。知也は、何だかむずむずと落ち着かない気分になってきた。自分がいつもより速いペースで歩いているのが分かる。何を急いでいるんだか。これではまるで、こいつから逃げているみたいだ。

「ちょっと！」

ふいに腕を摑まれた。今度は、知也の心臓が、どっきーんと飛び跳ねた。

「もう少し、ゆっくり歩いてくれてもいいじゃんよ。そんなに、ちょこまか急ぐこと、ないでしょう？」

「急いでなんか、いないっつうの——何だよ、その、ちょこまかって」

美緒は、今度は「えへへ」と笑った。以前は、こんな笑い方はしなかったと思う。その唇が、やけにピンク色に見えた。

知也が通っていた中学では、毎年クラス替えがあった。鹿島田美緒とは、一年のときに同じクラスで、二年は別々になり、三年でまた一緒になった。それだけだ。ただのクラスの女子という以外、特に意識したことはない。

そうだ。こんなふうに、たまたま会ったからといって恥ずかしくなるような感情を抱いたことなど、まるでなかった。あんまり久しぶりに女子と口をきいたから、つい慌ててしまったのだ。

駄目だ。落ち着け。

もう一度立ち止まって、知也は一つ、深呼吸をした。その間も、美緒は隣から小首を傾げたままの格好でこちらを見ている。こんなヤツといるだけで、緊張なんかしてたまるか。こんな、ちんちくりん。知也は、改めて美緒を見た。

「で、おまえは？」

「何が？」

「だから、元気かってこと」

すると途端に、美緒は口を尖らせて「うーん」と俯く。その反応は意外だった。何だろう。元気ではないのだろうか。知也はつい、相手の顔に見入ってしまった。病気か？　いや、見たところは元気そうだ。

「まあ――色々、あるかな」

「色々？」

「人生はなかなか、思い通りにはいかないからね」

「当たりめえじゃん、そんなの」

ふん、と鼻を鳴らしながら、知也は美緒の持ち物を眺めた。やはり、鞄にはマスコットがぶら下がっている。ちょっと薄汚れているけれど、手のひらぐらいの大きさの、ディズニーのキャラクターだ。それも、三つも。鞄の脇のポケットの縁には、何かキラキラしたものが挟んであった。そういえば、こいつは中学のときから、顔に似合わず、何かしら派手で光るようなものを持ち歩いていた。ビーズで出来た飾りとか、小さな石がついているピンとか。何しろ、鹿島田と片桐だから、知也はいつも美緒と出席番号が隣同士だった。嫌でも、何かというと同じグループにされたりして、要するに、一緒に行動する機会が多かったのだ。

「当たり前って。片桐も、そう思うこととか、あるわけ？」

「だから、当たりめえだろ」

美緒は「へえ」と一瞬、いかにも意外な話を聞いたような、必要以上に驚いた顔つきになって、それから再び「にっ」と笑った。その笑い方以外は、知也には初めて見る表情ばかりだった。話には聞いたことがあるけれど、やはり女っていうのは変わるものなんだろうか。外見は、それほどではなくても。

「ねえ、ちょっとつき合いなよ」

「つき合うって？」

「時間、あるんでしょう？　マックでも、寄ろうよ」

知也は即座に「やだよ」と首を振った。すると美緒は、さらに驚いた顔になる。まるで、生まれて初めて誰かから「ノー」と言われたかのような顔だった。

「何でよ」

「だって、金ねえもん」

「マック代も？　まじ？」

むっとした。ハンバーガーを買うくらいの小銭なら持っている。だが、我慢して家に帰れば、カップ麺の買い置きがある。百円ずつでも貯めていかなければ、永遠にiPodなんか買えそうにないのだ。

「じゃあさ、おごってあげるから」

おまえなんかと行くかよ、と言いかけたときに、美緒が言った。知也は、思わず口をつぐんだ。

「せっかく、久しぶりに会ったんじゃん。つもる話もあるしさ」

「――何がつもるんだよ」

「色々ってことだよ。ねえ、行こうって。片桐、運がよかったんだよ。私だって忙しいんだから。たまたま今日は、他に用のない日だったからさ」

「それで、どうして俺が運がいいわけ」

「いいから。とにかく、行こう」

鹿島田美緒って、こんなに積極的に人を誘うようなヤツだっただろうか。だが、まあ、たまにはいいかも知れない。おごってくれるというのだし。さっき電車の中でカップラーメンを食っているヤツを見て以来、腹が減っていることは確かだし。それに、こんなヤツでも、とにかく女子と話をするのは久しぶりだ。知也は、あくまでも渋々という態度を崩さないように注意しながら、結局、美緒と並んで歩き始めた。

「ねえ、片桐の行った高校って、どう？　文化祭、もう終わっちゃった？」

「教科書って、どこの会社の使ってるの」

「片桐って部活はやってないの？　中学んとき、剣道部か何かだったじゃん」

マックで向き合って席についた後も、鹿島田美緒は、ひっきりなしに話しかけてきた。昔から、こんなによく喋るヤツだっただろうかと思うくらいに、次から次へと質問をされて、知也は半ば気圧されながらも、その都度、懸命に答えを考えた。学校は、普通。まあまあ。文化祭は、もう終わっている。教科書の会社なんか、知るもんか。覚えてない。部活は、やってない。本当はサッカーをやりたかったのだが、本格的すぎて、中学生のときからやっていなかった自分など、とてもついていけないことが分かったからだ。

「ふうん――地味な毎日だね」

「この世の中に派手な毎日を送ってる高校生なんか、どれくらいいると思ってんだよ。おまえらみたいな女子校だったら――」

ようやく言い返すチャンスがやってきたと勢いづきそうになったところで、気がついた。相手が質問するから、いちいち丁寧に答えてやっているのに、小さなテーブルを挟んで向き合っている美緒は、実際は知也の返答になど、まるで興味がなさそうに見えるのだ。それどころか、今やそっぽを向いている。

何だ、この女。

第一、よく考えてみれば、出席番号が隣り合っていたという以外、特別に親しかったわけでも何でもないのに、どうして鹿島田は急に自分を誘ったのだろうか。わざわざ月見バーガーセットをおごってくれてまで。そこからして、妙だった。互いに口をつぐむと、店内に流れている馬鹿に陽気なＢＧＭばかりが大きく聞こえてくる。

日が短くなっていた。この前までは明るかった時刻なのに、街はもう暗くなり始めている。

「あのさあ」

月見バーガーを食べ終わり、ナゲットも、ポテトも、あらかた食べ終えてから、知也は思い切って声をかけた。最初の頃こそ調子良く喋っていたくせに、美緒はさっきから口をつぐんだまま、遠い目をして、どこかを見つめている。

「おまえさあ――」

「ねえ、片桐」

「ああ――うん」

人のことを呼んだまま、美緒はまた黙り込む。よく分からない女だ。以前は、どうだっただろう。女子の中では、そんなにやかましいタイプでも、目立つタイプでもなかったと思う。成績は悪くはなかったが、ずば抜けて優秀というほどでもない。要するに、平均的なヤツだった。クラスの皆を笑わせるようなこともしなければ、嫌われるということもなかった。友だちは、多くも少なくもなかったと思う。他の女子と一緒にジャニーズの誰それが好きとか、格好いいとか騒いでいるのを見た記憶もあるが、まじで夢中になってる連中に比べれば地味なものだった。突っ張りとつき合っているということもなかったはずだし、ガリ勉の連中とも、それほど親しくはなかったようだ。

知也は何気なく腕時計を眺め、それからしばらくぼんやりと、中学時代のことを思い出したりしていた。それでも美緒は動こうとしない。まあ、いいか。月見バーガーも旨かったし。これで、カップ麺など食べずに済んだし。母さんの帰りが、いつもより少しくらい遅くなっても大丈夫だ。だが、それにしてもつまらなかった。

「さて、と。俺、そろそろ――」

「片桐さあ、私と、つき合わない？」

「え――」

タイミングを見計らって、やっとのことで帰る、と言いかけた知也は、またもや心臓がとん、と跳ねるのを感じた。思わず相手の顔を見つめると、遠い目をしていた美緒が、ようやくこちらを向いた。

「片桐って、つき合ってる子、いるの？」

「――べつに」

「いないんだったら、いいじゃん。私と、つき合わない？」

まじかよ、と思った。こいつって、俺のことが好きだったんだろうか。そんな素振りを見せたことなど、あっただろうか。頭の中で何かが駆けめぐる。去年までの、中学時代の想い出の中から、何とかして美緒の面影を手繰ろうともしてみた。だが、何しろ突然のことで、頭が真っ白になりそうだ。

つき合う？

つき合うって？

要するに、男と女として？

こいつと？

息が苦しくなりそうだった。知也は、自分がコーラの容器を宙に浮かせたままなのも忘れて、ひたすらぽかんと、美緒の顔を見つめていた。

「なんてね」

ところが、知也がもどかしいくらい、必死に言葉を探している間に、美緒は、ほっぺただけを奇妙に歪めて、吐き捨てるように言った。どこかに吹っ飛んでいた心臓が、急に自分の胸の中に戻ってきたように感じた。ドキドキという音を耳の底でも聞きながら、知也は大げさに「ちっ」と舌打ちをして見せた。

「馬鹿野郎。やめろよな、そういうの」

「片桐が、迷惑そうだから」

「迷惑？　お——俺が？」

「違う？」

また美緒が、こちらを見る。美人でも、不細工でもない。だけど、よくよく見ると、目などは意外に丸っこくて、くりくりとしている。やめてくれ。余計に頭がくらくらしそうだ。どう答えれば良いというのだろう。

「ほら、答えない」

「だって——」

「だから、迷惑なんでしょう？」

「そんなこと——」

「だったら、つき合う？」

「だから——」

「どっちだよっ」

少し離れた席に座っていたＯＬ風の女が、冷ややかな視線を投げかけてきた。知也は急に恥ずかしくなって俯いた。今、自分は女の子に告白されているのかも知れないのだということが、急に強烈に感じられた。しかも、生まれて初めて。

「——迷惑ってことも」

氷で薄まったコーラをストローで吸い上げる間も、鼻息が荒くなってしまっている。

「じゃあ、つき合う？」

「——おまえが、そのう——そうしたいっていうんなら」

ああ、俺は今、何を言ってるんだろう。本当に、そんな気があるんだろうか。こいつと、つき合うなんて。だけど、女の子が告白してるんじゃないか。冷たくなんかしたら、可哀想かも知れない——懸命に言葉を探しながら、ちらりと視線を上げてみる。ところが、こちらを見ていると ばかり思っていた美緒は、またもや遠い目になって、あらぬ方を向いているではないか。途端に、今度は頭がかっとなった。何だっていうんだ、本当に。一体、どういうつもりなんだ。第一、中学を卒業して以来、今日まで一度だって会ったこともなかったのに、急に「つき合おう」なんて言う方が、おかしいに決まっているのだ。きっと何か魂胆がある。そうだ。喜んでいる場合なんかじゃない。

「俺さあ、はっきり言うけど、おまえみたいな——」

「とにかくさ、教えといてよ。携帯」

どうもタイミングが合わない。それでも、「早く」と急かされると、どうにも断れない雰囲気になった。知也は美緒に尋ねられるままに、自分の携帯電話の番号と、メールアドレスを教えた。美緒は、やはりいくつものストラップがじゃらじゃらとくっついた自分の携帯電話を取り出して、その間だけは熱心に自分の携帯を覗き込んでいた。

「あのさ、つき合うって——」

「私、用事、思い出したから。また連絡するね」

今度こそ、ちゃんと喋ろうと思ったのに、美緒はぱたん、と携帯電話を閉じると「先、行くね」と、すっと立ち上がる。知也は慌てて残りのコーラを飲み干し、自分も美緒の後を追うようにマックを飛び出した。夕闇が押し寄せ、街灯が浮かび上がらせる雑踏の中に、もう、美緒の姿は溶け込んでしまっていた。

4

私は新しいアルバイトを始めた。デジカメプリント店での受付の仕事だ。

決められた時間に店に行く。ユニフォームは、メーカーのロゴが入った薄手のジャンパー一枚。普段着の上からそれを羽織れば良い。その格好で、カウンターの前に立ち、決められた時間中そこにいる。

世の中には写真好きな人が多い。特にどこかに行ったとか、結婚式などの行事があったというわけでなくても、何だかよく分からない写真を撮って歩いている人が相当いることを、このアルバイトを始めてから知った。それは、意外な発見だった。仕事が決まった当初は、何時間でも黙ったまま立ちっぱなしで過ごすのは、かなり疲れるし、第一、退屈するに違いないと思ったのだが、そんな心配などまったく必要なかった。店には驚くほど頻繁に、次から次へと色々な客がやってきた。

「プリント、頼みたいんだけど」

大抵は、そんな言葉で会話が始まる。私は客の前に伝票付きの封筒を差し出して、住所などを書き込んでもらい、その封筒に、客から預かったデジカメのカードなどを入れる。希望するプリント枚数や、サイズの確認をして、仕上がり予定時間を書き込み、あとは伝票の控えを渡せば終わり。その間、客の顔なんか、ほとんど見ることはなかった。預かったデータは、指定されたボックスに入れる。すると、奥にいる男性スタッフが、パソコンとか他の機械を使って、写真をプリントするのだ。

「これ、頼んだんですけど」

注文したものを受け取りにくる客もいる。私は控え伝票を見ながらプリント済みのボックスから、目指す封筒を探す。中身を客に確かめてもらい、間違いがなければ、その伝票に書き込まれている金額を請求する。レジを打ち、現金を受け取って、終わり。やはり、相手の顔を見ることはほとんどない。

この繰り返しだった。中には、伝票の控えをなくしたと言って来たり、デジタルでなく、フィルムの現像を頼みたいと言ってくる客がいることもあるが、一度、それらへの対応の仕方を習ってしまえば、あとは簡単なものだった。フィルムの場合はメーカーに出すから日数がかかると伝える。伝票をなくした客の場合は、改めて名前と電話番号を言ってもらって、プリント済みの品を探す。そんな程度。

店の壁には、フィルムメーカーのロゴが入った大きな時計が掛けられていて、私は一日に何回となく、その時計を見上げる。客が来る度に、仕上がり時間を書き込む必要があるからだが、そのせいもあって、自分の労働時間が、あとどれくらいで終わるのかを、常に把握していることが出来た。早番のときは朝の八時から午後二時、日勤の日は昼の十一時半から夕方五時半まで、私は尚子おばさんの家から歩いて出勤し、その店のカウンターから、渋谷の街を眺めて過ごした。遅番は、やらないことにしている。

店には、私の他にあと三、四人のアルバイトがいて、ときどきは顔を合わせることもある。仕事時間がダブっているときには、二人でカウンターに立ったり、場合によっては奥の仕事を手伝うように言われることもあったが、私はアルバイトを始めて日が浅かったから、大体いつも受付だけだった。

「斉藤さんってさ、どっから来てんの」

「住んでんのは、この近くですけど」

「近く？　へえっ。家賃とか、高くない？　ワンルーム？」

「ああ――おばさんの家においてもらってるから」

自分のことをあれこれと尋ねられるのは好きではない。田舎、どこ。いつから東京にいるの。彼氏とか、いる？　どうして関係ない人間に、そんなことまで喋らなければならないのかと思う。だから私は、突然そういうことを聞いてくる相手とは、あまり話をしなくなる。私だって、相手のことを根掘り葉掘りなんか、聞きはしない。どうせ嫌だと思われるに決まっているからだ。

こんなにも人間の溢れている東京で、それでも親しくなれる相手なんて、滅多にいるものではなかった。そういう人は、何となく私と同じ匂いのようなものをまとっているような気がした。すっと視線を外すタイミングとか、ため息をつくときが似ている。東京に来てから知り合って、メールのやり取りまでするようになったのは、みんな、そういう人たちだ。だが、この職場では、私は特に親しくなれそうな相手とは出会えそうにはなかった。だから大抵、独りでぼんやりと街を眺めていた。

——もう、青春は終わったんだ。

毎日毎日、とぎれることなく右へ左へと流れる人たちを見ているうち、私はそんなことを考えるようになった。何しろ渋谷はいつだって、若い子たちで溢れかえっている。そろそろ寒くなってきたというのに、未だに下着みたいな薄い服を着て、へそや腰を見せて、何十人、何百人もの女の子たちが歩いている。髪の毛を染めて、素顔も分からないくらいに濃い化粧をしている子たちを見ていると、ああ、あの子たちは若いんだと、私はいつもため息が出た。あんな格好で暮らしていけるのは、自分で働かずに済むからだ。あんな格好で過ごせるのは、誰からも命令されず、誰にも頭を下げずに済むからに決まっていた。

だけど、私にはもう、そういう若さも、自由もなかった。家では、家族とは異なる人たちに気を使わなければならない。外に出たら、遊ぶことなんか考えず、まず働かなければならない。どこにいても、私は人に頭を下げなければならなかった。本当はそっぽを向きたいときでも、家を追い出されたり、職場をクビになっては大変だと思うから、いつでも「はい」と頷くことにしている。そんな暮らしをしていて、好き勝手な服装なんか出来るはずがない。それだけのものを揃えるお金だってない。それより何より、私は、もう十九になってしまっていた。先週、誰にも祝われることもなく、知られることさえないまま。

――これからは、絶対に独りで誕生日なんか迎えない。もう二度と。

その日、私は自分に向かって「おめでとう」と囁きかけ、アルバイトの帰りに買った小さなケーキを、たった独りで食べた。万に一つも尚子おばさんや、他の誰かに見られては恥ずかしいから、部屋にこもって、白い壁だけを相手に、泣きながら頬張った。だけど、心配は無用だった。その日、尚子おばさんは友だちとコンサートに行くとかで、いつまでも帰ってこなかったし、ダンナさんも美緒も、いつもの通りだったからだ。私は本当に独りだった。

十九なんて。

みっともない歳だ。

十代と呼ぶには、未練がましくぶら下がってるみたいで格好が悪い。大人には、まだ一歩足りない。あまりにも中途半端。結婚だって出産だって、もう何だって出来るのに。だけど、いざとなったら「未成年」と呼ばれてしまう。実名ではなく、「少女」って。「少女」の中では一番の年寄りなのに。

毎日毎日、渋谷の街を流れていく制服姿の少女たちを眺める度に、もう、あの時代には戻れないのだという思いばかりが胸に迫った。もう絶対に、もう二度と、お腹が痛くなるまで笑い転げたり、授業中に居眠りをしたり、制服のままで道草したり、ドキドキする彼の話をしては、友だち同士で慰め合ったりすることもない。あとは味気ない、ただ生きていくための日々が続くだけ。生きていくために働いて、食べて、人に頭を下げて、そうして、いつの間にか年老いていく――耐えて、泣いて、恨んで、そのうちに、病気にでもなるのだろうか。

もしも都会で生まれ育っていたら、そして、お母さんさえ病気になんかならなかったら、私だって目の前を行き過ぎる子たちのように、髪の毛を染めたり、思い切った服装で街を歩いてみたかった。休みの度に渋谷に来て、特別な用事なんかなくたって、友だちとぶらぶら過ごしたかった。今みたいに、こんなダサイジャンパーを着させられて、「いらっしゃいませ」なんて言うんじゃなくて。

とにかく、もう子どもではなくなってしまった私は、もう少し真剣に、自分の生き方について考える必要がありそうだ。それだけは、何となく「事実」として、私の目の前にどん、と迫ってきているのが感じられた。間違いない。もう二度と、独りぼっちで惨めな誕生日を過ごさないためには、もっと力をつけるしかないのだ。そして、「どうやって」「誰と」生きていくかということを、考えられるようにならなければならない。

誰と。とりあえず出会った人と。私と一緒にいたいと言ってくれる人と。

どうやって。その人から絶対に離れないようにして。

だが、それは、簡単なことなのか、それとも難しいのかは、分からない。もちろん私だっていつかは結婚して、家庭を築くと思う。だけど今は、そんなことに甘い夢は抱けそうにない。どうせお母さんみたいに苦労するに決まっている。または尚子おばさんみたいに。実は、この半年以上、見ていて分かってきたことがある。尚子おばさんという人は、うちのお母さんとは違うけど、やっぱりあんまり幸せそうじゃないっていうことだ。いつだって忙しそうで、毎日、遊びに行ってばかりいるけど、家に帰ってきたときの尚子おばさんは、何だか「ぽつん」としている感じがする。普段はよく喋るし、次から次へと話題が変わって、いかにも呑気で陽気な専業主婦だけど、その一方でときどき、びっくりするくらい疲れた顔をしていることがある。そんなときに、思うのだ。ああ、尚子おばさんっていう人も、きっと、あんまり幸せじゃないんだな、と。

だから私は、今のところ、そういうことには大した興味は抱けない。ただ、それでも彼氏と呼べる相手くらいは欲しいし、自由に彼氏と抱き合ったり、二人だけで過ごせる空間くらい、持てるようになりたかった。そのためにも、とにかく生活力を身につけることだ。単なるアルバイトだけでやっていけるのなんて、自宅で親と暮らしてるヤツしかいない。

この半年、いくつかのアルバイトを経験した。そして、私なりにある発見があった。あまりに忙しく動き回るような落ち着かない仕事は、嫌いだということ。かといって、事務仕事は、すぐに飽きてしまって、やっぱり駄目だ。つまり、私っていう人間は、頭脳労働よりは、まだ軽い肉体労働の方が向いている気がする。

とはいっても、たとえばブティックとか、ファミレスとかの接客業は向いていないことも分かった。いや、一応は憧れていたのだ。毎日お洒落な服を着て仕事をしてみたいと思ったし、ファミレスの制服だって、一度くらいは着てみても良いかなと思っていた。だけど私には、決定的な弱点があることも分かってしまった。

自分から知らない人に声をかけることが出来ないのだ。いくらマニュアルがあったって、いきなり「ご注文はおきまりですか」とか、とにかく笑顔を見せるとか、そんな場面を想像しただけで、どきどきしてしまうのだ。緊張を通り越して、苦しくなる。逃げ出したくなってしまう。

最初は、ただ都会に慣れていないせいに違いないと思った。少しずつ慣れてくれば、どうということもないはずだと、自分に言い聞かせてもいた。だから試しに一度、街頭でティッシュを配るアルバイトをやってみたことがある。だけど、せっかくティッシュを差し出しているのに、私の手を避けるように身体をかわしたり、まるで無視する人たちに、私はいちいち傷ついた。頭では、「どうってことない」と分かっているのに、何だか私自身まで拒絶されているように感じて、それが辛くてならなかった。その一方で、「ちょっと、二つ三つ、まとめてくれない？」などと言ってくるおばさんには、はっきりと憎しみを感じた。タダでもらえるだけでも有り難いのに、なぜ、そんな図々しいことが言えるのかと思うと、どうしても腹が立って、その怒りがいつまでもおさまらないのだ。

結局、そんな程度のことに緊張したり、動揺したりする私が、もっと密接に人と関わらなければならない仕事をするなんて、どう考えても無理に決まっていた。と、なると、残っているのは技術系の仕事のように思えてきたのは、割合最近のことだ。そういえば、お母さんも言っていた。手に職をつけなさい。そうすれば、いざというときに泣かずに済むんだから。出来れば資格を持ちなさい。自分は自分を裏切らないから――。

その言葉の意味が、最近になって少しずつ分かってきた気がする。とはいっても、今の私には何の技術も、ましてや資格なんて一つとしてあるわけではない。だから、もう少し色々と考えた上で、目標を決めたら、専門学校にでも行こうかという気になり始めている。調理師、犬のトリマー、美容師、理容師、歯科衛生士、看護師――高校時代でさえ、真剣に見たことなどなかったのに、進路に関するガイドブックなどを眺めて、色々な資格や職業について調べ始めると、私は急に、自分の未来が開けていくような気分になった。

5

ある日、夕食のときに、私は「専門学校に行こうと思う」と、尚子おばさんに切り出した。

「何の？」

「それは――これから決めるんですけど」

「何だ。やりたいことが決まってるってわけじゃあ、ないわけ？」

「まだ、はっきりとは」

ただ、今のままではあまりにも中途半端だし、高校時代の後半は、お母さんの看病などで正直なところ学校の勉強もろくすっぽしなかったから、もう一度改めて、自分の進路を考えてみたいと思うようになったのだと、私はこれまでになく真剣に、自分の気持ちを打ち明けた。

「専門学校っていったって、結構するんじゃないの？　授業料」

　尚子おばさんは、「それは、いいことね」などと言いながら、しばらくの間ふんふんと細かく相づちを打って私の話を聞いていたが、ふと、考え深げな表情になって私を見た。

「――かかり、ますかね。そんなに」

「と、思うなあ。第一、ちゃんと選ばないとね、そういう学校も。単なる金儲け主義のところだって、結構、多いはずだし。まあ、目指す資格によるんだろうけど、そこに行って本当にモノになるのかどうかってことや、そこを出て、就職の斡旋はしてくれてるのか、なんてことも、きっちり調べる必要があるだろうし」

　いつもの通り、二人だけの食卓だった。今日はおばさんの当番だったが、尚子おばさんは、手抜きしたいときにはパスタを作る。ソースはレトルトのものを使えば良いし、あとはせいぜい肉を焼くとか、ひどいときには買ってきたハムを出すとかして、レタスかトマトでも添えれば済むからだ。もちろん、私には何の不満もない。パスタは大好きだし、どんな料理だって、お肉が食べられれば、それでよかった。私が嫌いなのは、魚の干物とか、味のはっきりしないシチューとか、野菜の煮物、それから半分以上、煮くずれたおでんなんかだ。

「それに、いくら専門学校だって、それなりの資格を取らせるところとなったら、一応は入学試験なんか、あるんじゃないの？」

「――そんなに難しいところには、行こうと思わないけど」

小声で呟くと、尚子おばさんは「あら、そうお？」と言って、けらけらと笑った。

「まあ、そんなもんか。正直なとこ、アレでしょ？　未芙由はさあ、確かに、お母さんの看病で大変だったかも知れないけど、そんなに勉強が好きっていうタイプでも、ないんだよね」

「――まあ――どっちかっていうと」

おばさんは、またにっこりと嬉しそうな顔をする。

「その辺は、うちの子たちと違うんだよね。でも、まあ、いいのよ。それはそれで。人にはそれぞれ、得手不得手ってもんが、あるんだからさ」

気にしない、気にしないと言って笑うおばさんは、最近、私と二人だけのときには、夕食の度にグラスに二杯くらいワインを飲む。前からときどきは缶ビールを飲んだりしていたが、最近はワイン。それも、必ずだ。私は、自分が夕食当番のときに作るものが思いつかなかったりすると、いつもスーパーのレジの傍に置いてある料理のレシピを持ってきて、それを真似ることも少なくないから、カレー味の野菜炒めとか、豚肉のレモンソース煮とか、何料理と呼べば良いか分からないものになったりするのに、それでも尚子おばさんは、ワインを飲む。

「だけど、どっちみちさあ、今度の春から行こうと思うんなら、もう今から、それなりに調べたりしなきゃ、間に合わない時期なんじゃないの？　あんた、大丈夫？」

赤ワインを少しずつ飲みながら、尚子おばさんはいつも少し頬を赤くして、気持ち良さそうな表情になる。そして、たとえ帰宅したときには少し元気がないように見えても、そのワインのお蔭で、快活でよく喋る、いつものおばさんになるのだ。

「本とかで、調べようとは思ってるんですけど」

「それだけじゃなくてさ、入学案内書を取りにいったりした方がいいって。やっぱり、こういうことで大切なのは、情報なんだから。情報。ねえ？　何だったら、卒業した高校に連絡してみれば？　まだ一年しかたってないんだから、色々と親身になってもらえるんじゃないの？」

「――そうかな」

「だよ、だよ。やんなさいよ。それに、まずはさあ、あんた、未芙由ちゃん」

おばさんは、今日は赤いタートルネックのニットを着ている。その襟元には金のネックレス。耳にも金のイヤリングが光っていた。外から戻ったままなのだろうが、ただキラキラ光るものがあるだけで、おばさんはいつもよりずっと華やかに見える。その格好で、少し眠たげに瞬きを繰り返しながら、おばさんはテーブルに両肘をついて、わずかに顔を突き出してきた。

「お金。入学金とか、月謝のこととか。まずは、そこから考えなきゃならないんだわよ」

分かってる。何をしようとしても、タダで出来ることなんか、この世の中には一つもない。それも最近、特に感じるようになったことだ。誰にも気を使わず、文句も言われずに、ただで好き勝手に出来ることといったら、息をすることとくらいかも知れない。

「あんた、大丈夫？　結構、かかると思うよ」

「あの――お父さんにもらったお金を使っても、足りないですか」

「それは、行こうと思う学校によるでしょ。あんた、あのお金ちゃんと手をつけずに取ってあるのね？　だけどねえ、下手すると、あんな程度しかないっていうことは、まあ、今度の春からっていうのは、ちょっと無理かもねえ」

「──あの、五十万あっても？」

この家に来た当時、尚子おばさんとダンナさんとは、うちのお父さんに交渉して、お母さんの生命保険金から私の取り分を要求してくれたことがある。その頃、私はほとんど毎日、ずっと眠りっぱなしの状態からは脱したものの、まだ何も考えられない気分で、自分では何も出来なかった。特に、お父さんにお金の話なんか出来ないからと、おばさんたちに頼んだのだ。おばさんたちは、お父さんに何度も電話をしてくれた。最初のうち、お父さんは、お母さんの入院費用がすごくかかったから、たとえ保険金が下りたって支払いに回さなければならないし、残っている分なんかほとんどないと言ったそうだが、それでも最後には渋々、五十万円をくれることになった。おばさんに勧められて、私は、それをそっくり定期預金にした。今の私にとっては、その五十万だけが命綱だ。

「そりゃあ、ある程度の足しにはなると思うよ、もちろん。でも、ギリギリなんじゃないかなあ。それに、学校に行ってる間、生活費は？　どうするつもり？」

尚子おばさんは、まるでセーターの色が映っているみたいに、うっすら赤くなり始めた顔で、こちらを見る。

「それとも、このまんま、ここに住みついちゃえば、まあ何とかなるだろうとか、そんなふうに思ってたりして？」

一瞬、どきりとした。だけど、尚子おばさんという人は、言うことは皮肉っぽかったり意地悪に聞こえても、お腹に何かためているということはない。意外と悪気はないタイプだ。それに、機嫌の良し悪しが、すぐ顔に出る。だから、その両方をよく見てから反応を考えないと、失敗をする。今のような小意地の悪い言い方でも、けろりとした顔をしているときには、こちらは聞き流すに限るのだ。

私でさえ、この半年くらいでそのコツを摑んだというのに、この家の人たちは、まだ尚子おばさんの特徴を理解していないのかも知れなかった。ダンナさんも美緒も、それから下に住んでいるお祖母ちゃんたちも、そこを読み違えてはトラブルを起こすからだ。私から見たら、こんなに扱いやすい人はいないのに。

「――だめ、ですか」

ちょっと甘える口調で言ってみた。おばさんはわずかに口を尖らせて、テーブルに頰杖をついていたが、やがて、いつものように「にっ」と笑った。ほら、やっぱり。おばさんは今夜も機嫌は悪くない。第一、もうワインが入っているのだから。

「まっ、パパ次第ってとこかな」

「ダンナさんは――」

「パパねえ、とりあえず、この半年、私なりに一応は気をつけて見てるけど、今んとこはまだ一度も、あんたのことで文句を言ったことはないわけよ。だから、この分だったら、まあ、それほど嫌だとは思ってないんじゃないかなあ、とは、思ってるんだけどね」

「――よかった。ダンナさん、いつも帰りが遅いから、ひょっとしたら、私に会いたくないからかなあとか――」

私が言い終わらないうちに、おばさんの「ないないない」という声が広々としたダイニングに響いた。片方の腕で頰杖をついたまま、もう片方の手を宙でひらひらとさせて、おばさんは、ふふん、と鼻で笑った。

「そんな人じゃないわよ。そりゃあ、神経質で気難しいところはあるけどね、自分の家に帰ってくるのに、あんたに気を使うようなタイプじゃあ、ないわ」

ちょうど八時になったらしく、テレビでは、毎週見ているバラエティ番組が始まっていた。私は、ふう、と大きく息を吐きながら、おばさんに向かって笑顔を見せた。おばさんは、半ば呆れたような表情で「バカな子ねえ」と小さく笑った。

「前から言ってるでしょう？　うちは、もう何年もずっと、こうなんだって。それで土日は大概ゴルフでしょう？　まったく、よくもつと思うわよ、身体が」

テレビのリモコンに手を伸ばしながら、尚子おばさんは「ねえ」というようにこちらを見る。私はやはり、曖昧に笑って見せただけだった。確かに、疲れ果てるような仕事をしている人なら、土日も休まず、何年もこんな毎日を送っていたら、じき身体をこわすに決まっている。けれど、ダンナさんの仕事は、どうやら、そういう種類の仕事ではないらしかった。言っちゃ悪いけど、私の目から見たら、本当に働いているのかどうかも分からないくらいに、ダンナさんは自由で気ままで、そして、まるで疲れることなんてないように見えた。

その晩は、私が自分の部屋に下りてから、二階で何かちょっとしたことがあった様子だった。

よくは分からないが、いつもよりも遅くまで尚子おばさんや美緒の声がしていたし、ダンナさんとは異なる男の人の声も聞こえた。それが、どうやら隆平くんの声らしいと気づくまで、少し時間がかかったぐらいだ。

――帰ってきたんだ。

独りで部屋にいるときは、携帯電話で音楽を聴いていることが多いのだが、そのときはイヤホーンを外して、私はしばらく耳を澄ました。誰かが歩く音。ドアの音。水を流す音。話し声。

……ああ、それだったら……。

……するの?……だって。分かってるから。……だって、あんたが……。

大体さあ、お兄ちゃん、なんて言った? 何が……かよ。……知らねえって、そんなの。

喧嘩をしているのだろうかと思えば、くっくっくっという忍び笑いのようなものが聞こえてくる。また歩く音。がさがさ、ごそごそ。

……ああ、ねえ、俺の……。ないって。だから聞いてんじゃねえかよ……ねえよ。

あれだったら、未芙由ちゃんに貸してあげてるわよ。未芙由って? あれ、あいつ、まだいるのかよ……。

私は膝を抱えたまま、室内を見回す。ここには、隆平くんの部屋から借りているものが色々とあった。CDラジカセ。スタンド。古いマンガ本。辞書。それから、尚子おばさんに強くすすめられて、羽毛の薄掛け布団も、隆平くんの部屋から持ってきたものだ。最初は、変な匂いがして嫌だと思ったけれど、今はもう気にならなくなっている。

……だから、ママってば！　聞いてって言ってんじゃないよっ。分かってる、聞いてるじゃないの。もう、大きい声、出さないでよ。またお祖母ちゃんから嫌みったらしい電話がかかってきたら、どうすんのよ。……なの？　そうよ、当たり前。嫌みたっぷりに、あの分だと百まででも生きるわ。

……で？　あの子、下にいるんだろう？

……だもん。通じてやしないんだから、平気よ。それに、あの子は静かだし。……だからじゃないの？　しいっ。そういうこと、言わないの。

あれが、この家の家族団欒というものらしかった。ダンナさんは帰っていないが、こんなふうににぎやかな話し声が聞こえてきたのは、この半年で五、六回も、あったかなかったかというところだ。何しろ、隆平くんが滅多に帰らないのだから仕方がない。それにしても、隆平くんがいるときの尚子おばさんの声は、ここから聞いていても何だか少し調子が違って聞こえる。今日だってワインも飲んだし、もしかするともう眠いかも知れないのに、あんなに弾んで、うきうきとして。ほら、笑い声だって。

つくづく、どうしようもなく私は独りなんだと、こういうときに感じる。お金のことを考えたら、一日でも長く、この家にいたい。それは確かだ。だが、このままでは私はずっと息を殺して人の顔色を窺って暮らさなければならず、そのうちやってくる二十歳の誕生日だって、やっぱり独りぼっちになってしまう可能性が高い。ここは何としてでも、この家を出て行く方法を考えるべきかも知れなかった。

翌日は、私が家事をする日だった。十時までには、尚子おばさんも、昨夜は泊まっていったらしい隆平くんも、誰も彼もが家から消えていた。私は独り残されて、廊下やリビングに掃除機をかけ、ちらかったものを片づけ、トイレと洗面所、浴室の掃除をした。洗濯物を干し、独りで昼食をとって、それからアイロン掛けもした。

午後、私は空気を入れ替えていた美緒の勉強部屋を覗いた。美緒は、自分の留守中に勝手に部屋に入られることを極端に嫌がる。だが、出来る限り部屋の空気を入れ替えたい、というのが、尚子おばさんからの言いつけだった。その代わり、何にも触らずに、床にも掃除機などかける必要はない。ただ窓を開けたり閉めたりしてやって欲しい、と言われている。

美緒の部屋は、いかにも女の子の部屋らしく、色彩と物とで溢れていた。壁にはアイドルのポスターが貼られ、本棚やタンスの上には、ディズニーキャラクターなどのぬいぐるみが、いくつもいくつも並んでいる。寝乱れたままになっているベッドにもいくつかのぬいぐるみが転がっていたし、枕も布団も、甘ったるい、やたら可愛らしいプリント模様の布で覆われていた。

これが可愛がられている子の部屋、何不自由なく高校生活を送っている子の部屋というものかと思う。赤茶けた畳の上に、サイズの合わない古ぼけたカーペットを敷いて、黄ばんだ襖は破れたままになっていた、長野の私の部屋とは比べものにならない。窓にかかるカーテンさえもレースと二重になっていて、憎らしいくらい軽やかに、ひらひら、ふわふわと揺れている。

――仕方がない。あの子と私とじゃあ、運命が違うんだから。

適度に散らかっているこういう部屋こそ、下手にいじるとすぐに気づかれてしまうものだと分かっている。私は、それらを避けるようにして窓に近づき、そっと窓を閉めた。そして戻りかけたとき、ふと、ゴミ箱くらいは空けておいてやろうかと思いついた。いや、むしろその方が、こちらが楽なのだ。渋谷区はゴミを出すにも、不燃物や可燃物、資源ゴミなどと、きちんと分別しなければならない。それなのに美緒の出すゴミときたら、いつも紙のゴミの中にペットボトルが混ざっていたり、乾電池が放り込まれていたりするから、それを分けるのが面倒なのだ。尚子おばさんも、いつも文句を言っている。それでも美緒は、「いいじゃないよ、ちょっとぐらい」という考え方の子だった。

アクリル製の、ゴミ箱にするにはもったいないみたいな半透明の美しい容器を手にとって、私は捨てられているゴミを覗き込んだ。丸めたメモ。包装紙。レシート。スナック菓子の袋、これは不燃ゴミだ。それから、何かのパッケージシート。燃えるゴミで大丈夫だろうか。それから――ごそごそと覗いているうちに、何かの説明書らしいものが目にとまった。細長く折りたたまれて、やたらと細かい文字が並んでいる。何気なくそれを手にとって、それから一瞬、私は我が目を疑った。

――妊娠検査薬？

頭の中で何かが渦を巻いた。似たような物を、高校時代の友人が買っていたことを思い出したからだ。ある日曜の午後、長野へ買い物に行こうと誘ってきた友人は、一緒に権堂界隈を歩き回った後、大型ドラッグストアに入ると、「えへへ」と笑いながら、自分で調べられるという妊娠検査薬を買っていた。あのときの驚きは今でも忘れられない。まさか。どうして。相手は。もしものときは、どうするの――ありとあらゆる疑問がいっぺんに噴き出したものだ。

それと同じものが、こともあろうに美緒の部屋から出てくるなんて。

つまり、あの子がこれを必要としたということだろうか。私は慌てて、さらにゴミ箱の中をかき回した。すると、妊娠検査薬の空き箱が出てきた。中身は、見つからない。

――もう、使ったんだ。検査したんだ。

美しいカーテンを通して、午後の陽射しが溢れる少女の部屋で、私はゴミ箱を抱えたまま、しばらくの間、ぼんやりしていた。

6

「私さあ、妊娠したみたい」

隣のブランコに腰掛けていた鹿島田美緒がぽつりと呟いた。ずい分長い時間、互いに口をきいていなかった。その間、何を考えるわけでもなく、ただ今日一日の出来事や、クラスの友人のことなどを思い返していた片桐知也は、一瞬、何を聞かされたのか分からないまま、隣を見た。夕暮れに向かう陽射しは金色に輝いて、公園の花壇や植え込みも、置き忘れられた三輪車も、公園の周りに建っている家々から自転車で行き過ぎる人の姿までも、すべてをまるで古い油絵に描かれた世界みたいに見せていた。

その、絵みたいな景色の中で、わずかに身体を揺らしながら、美緒は真っ直ぐに前を向いている。知也は、彼女の横顔をしばらくの間、黙って見ていた。今、自分は、何を聞いたんだろう。

妊娠って。

こいつが？

こんなにきれいな金色の光の中で、今、こいつは本当に、そんなことを言ったんだろうか。妊娠なんて。

て、いうことは――。

頭の中でいっぺんに色々なことが渦巻き始めた。要するに今、隣でブランコを揺らしている元同級生は、既に「おんな」だということだ。

すげえ。

最初に浮かんだのは、そのひと言だった。だが、すぐに考え直した。ちょっと待てよ。そんな話を、どうして聞かせるのだ。第一、ヤバくないのか、いくら何でも。

足元の、とんでもなく小さな砂利の一つ一つまでが、夕陽を受けてご丁寧にちっぽけな影を落としている。その影を見下ろし、靴の底で砂利のこすれる感触を確かめながら、知也はぼんやりと「妊娠」という言葉を自分の中で転がしてみた。

要するに、赤ん坊がいるっていうことか。

どうして。

そういうこと、したんだ。

「ねえ」

隣から声がする。慌てて顔を上げると、美緒が、その顔に夕陽を受けながら、こちらを見ている。その目と目が合った途端、思わず顔を伏せてしまった。

「聞いてる？」

「——ああ、うん」

「どう思う？」

「どうって——」

小さく呟きながら、そろそろと上目遣いに美緒の腹部を盗み見る。この腹の中に、本当に赤ん坊が入っているというのだろうか。この、制服姿の腹に。

「信じる？　そう言ったら」

再び視線を上げた知也の目には、今度は皮肉っぽく口元を歪めて、ちょっと意地悪そうにも、また得意そうにも見える美緒の顔が見えた。何だ、嘘かよ、と思った。

「——阿呆みてえ」

「何が」

「そんなくだらねえこと言って、ビビらせて、どうしようっていうんだよ」

「くだらねえ？」

「だろう？　タチが悪いじゃん」

「ビビらせるって？」

「そんな話、急に聞かされたら、誰だってビビるってこと。大体さ、俺にそんな話したって、しょうがねえじゃん」

「まあね、あんたとヤったわけでもないんだしね」

美緒は、ふん、と小さく鼻を鳴らすと、また前を向き、止まっていたブランコを、さっきよりも大きく揺らし始めた。地面に落ちる細長い影が、びよん、びよん、と伸び縮みしながら揺れた。

本当にわけの分からない女だ。

電車の中で偶然再会して以来、美緒は一日か二日おきに、知也にメールを寄越すようになった。

〈退屈。退屈退屈たいくつタイクツ〉

〈あー、つまんねえ。今日の予備校のセンコー、サイアク。学生アルバイトのくせして、威張りやがって〉

〈ウチの家族って、やたらユカイな人たちばっかりなんだよな。みんな、自分勝手で、自由気まで、サイコー！　あー、私も早く、家出てえ！〉

いつでも返事のしようがない内容がほとんどだったが、それでも何回かメールをもらううち、知也の方でも、何となく美緒からのメールを待つようになった。そして、その都度、知也なりに考えて、短い返事を送っている。相手が好き勝手なことを書いてくるのだから、こっちだって、そのときの気分を書けばいいと思って、「金が欲しい」とか、「iPod買いてえ」とか、「おふくろがうぜえ」とか、まあ、そんな程度のことだ。だが、それについての返事は未だかつて一度もなかった。そうして翌日か翌々日には、美緒はまた、まったく違うことを書いてくる。要するに、互いに好き勝手なことを言い散らしているだけのことだった。

それでも今日までもう二度、こうして会うようにもなっている。美緒の方から「明日とか、どう？」などとメールしてくるからだ。学校の帰りに待ち合わせをして、あとはせいぜいその辺をぶらぶらと歩き回ったり、こうして公園などで時間をつぶす。ただ、それだけのことだった。取り立てて話すようなこともなかったし、まあ、大体は中学のときの同級生の噂をする程度だ。本当のことを言うと、知也としては、最初に会ったときのように、またマックでもおごってもらえないかと密かに期待しているのだが、こちらからは言いにくい。美緒は、あれから一度もマックに行こうとは言わなかった。だから、こんな話も人気のない公園ですることになったのだ。

「ちょっと。まじで、くだらないと思うわけ？」

「何が」

「だから、妊娠」

面白くない話だった。生々しすぎるのだ。知也は口を尖らせ、宙を見上げて荒々しく息を吐き出した。

「ねえってば」

「妊娠がくだらねえなんて、言ってねえよ」

「じゃあ、何よ」

「そういう話で男の気をひこうとするのが、くだらねえっていう話」

「誰が？　私が？　片桐を？」

　べつに、そうとは言ってない。知也は口を尖らせたままで再び隣を見た。またいつものように、食いつきそうな顔でこちらを睨みつけているに違いないと思ったのに、美緒は目の前でしゃぼん玉でもはじけ飛んだかのような、きょとんとした顔をしていた。

「私が片桐の気をひこうとしてるなんて、思ってるわけ？」

　ますます面白くない気分になった。考えてみれば、確かに変な話だ。自分からつき合おうと誘っておいて、その相手に妊娠した話なんか聞かせれば、美緒がべつの男とそういう関係になっていることを、むざむざとバラしていることに他ならない。

「じゃあ、何なんだよ」

　金色の夕陽を浴びて、美緒の小さな顔は、妙に子どもっぽく見える。こんなヤツの口から「妊娠」なんていう言葉を聞くなんて。変なの。まるで似合わねえ。

「何で、そんな嘘つくんだよ」

　美緒が、すっと顔を俯けた。少し冷たくて微かな風が、美緒の髪の毛を光に透かすように揺らしている。何か言いかけている唇も、何を塗っているんだか、わずかに濡れているように見えた。手を伸ばせば届きそうな場所で話しているというのに、実はうんと遠くにいるような、本当に一枚の絵でも眺めているような、そんな奇妙な感覚を味わっている間に、美緒は肩を上下させて、ひどく長く、ふうっと息を吐いた。

「――嘘なんてさあ――ついてないよ」

その声も、遠くから聞こえるみたいな、けれど、耳のすぐ傍で聞かされたような、奇妙な感じに聞こえた。夕方って、こんなに不思議な雰囲気になるものだったろうか。これまでの人生で、何千回と経験してきているはずなのに。こんなふうに感じたのは、初めてだ。時間が止まってるんじゃないかと思う、こんな感じは。

「ホントに。まじ」

輝いていた夕陽が、すうっと翳った。その途端、まさしく一瞬のうちに、辺りのすべてから輝きが消えて、ついでに足元から伸びていた長い影も消え失せた。すると、町も、公園も、美緒も、何もかもが今度はモノクロの世界にひっそりと沈んだ。やっぱり、時間は止まってなんかいなかった。

「まじ、出来ちゃったみたいなんだよね」

ブランコを尻に当てたまま、美緒は立ち上がって何歩か後ずさり、それから勢いよくブランコを漕ぎ始めた。きぃ、きぃ、という耳障りな音が、灰色の世界に響く。

「ヤバイよなあ!」

知也の目の前を、大きく前後に揺れながら、美緒が宙に向かって声を上げる。知也はただぼんやりと、その姿を眺めていた。

つまり、鹿島田美緒は、本当に妊娠しているということか。知也の中で、小さく点滅するものがあった。

あんまり関わらねえ方が、いいんじゃねえのか。

嫌だぞ、面倒なことに巻き込まれるのは。

だけど、巻き込まれるっていったって。

こういう問題は、要するに男と女のことで、知也などは、たとえ関わろうと思ったって、関われる類のものではない。青くなるべきなのは、美緒を孕ませた男ではないか。

「何でそんな話、聞かすんだよ」

「べつに！」

「相手には」

やがて、ザザッ、と黒い革靴の底を地面にこすりつけてブランコを止めると、美緒は膨れっ面のまま、下を向いた。

「言ったのかよ、そのこと」

美緒は小さく首を振る。

「なんで。ちゃんと言った方が、いいんじゃねえの？」

だが美緒は、やはり首を振るばかりだ。

「向こうにだって、責任のあることなんだしさ。そいつ、いくつよ。もしかすると、おまえ、もう結婚とか考えてるわけ？」

「まさかっ！　馬鹿じゃないのっ」

「何が馬鹿なんだよっ」

「結婚なんか、するわけないじゃんよ！」

急速に闇が広がりつつあった。外灯がともって、青白い光を放ち始めている。どこからか夕食の支度をする匂いが漂ってくる。甘いタマネギのような匂いだ。

「だって、つき合ってんだろう？」

俺なんかに声かけてる裏で、と言いかけたとき、「昔の話だよ」という美緒の呟きが聞こえた。そうか。妊娠してから、それに気がつくまで、少しは間があくらしいもんな。要するに、そいつとうまくいってないときに、知也と会ったと、そういうことなのかも知れない。

「――だったら、どうすんだよ」

いくら話しかけても、美緒はそれきり返事をしなくなった。知也は荒々しく息を吐き出すと、がちゃん、と音を立ててブランコから立ち上がり、その辺りをぶらぶらと歩き始めた。いい加減、尻が痺れてきていたし、じっとしていると意外に寒いのだ。第一、面白くない。まるっきり。何だっていうんだ、まったく。

どうして俺が、こんな話を聞く必要があるんだよ。畜生。

振り向くと、外灯の明かりが、うなだれたままの美緒の姿を、薄闇の中にぼんやりと浮かび上がらせていた。

「なあって。ちゃんと考えなきゃ、まじ、まずいんじゃねえの？　その話が、嘘じゃないんだとしたらさあ」

「――だから、まじだって」

「だろう？　そんならさあ、アレなんじゃねえの？　あんまり放っておいたら――ヤバくねえの、て、いうか、でっかくなっちゃうんじゃねえの？　そのう――赤ん坊って」

「そうだよ――毎日少しずつ」

そんなものが、こいつの腹の中に入っているのかと思うと、不思議なような、一方で気味が悪いような気がしてくる。つまり、このまま放っておくと、こいつの腹は本当に、大きく丸く膨らんでいくということか。

「とにかく、いくら別れてたってさあ、早いとこ、ちゃんと相手に言ってさあ」

「それくらい、分かってる」

「そんなら、やれよ、さっさと」

「出来るもんなら、やってるって！」

すっかり夜の闇に包まれてきた公園に、囁くような、それでいて鋭い声が響いた。何だって？

知也は、再びブランコの前まで戻って、美緒を正面から見下ろした。

「分かった。おまえ、ひょっとして、嫌われたくねえとか？　今さら」

「――そんなんじゃない」

「だけど、放っておけねえだろう？　親とかには？　そうそう隠してなんて、おけねえんじゃねえのか」

「ウチは、大丈夫だと思うけどね――そういうとこ、理解あるから」

「理解あるって。要するに、産みたかったら産んでもいいっていう親なわけ？　へえっ。おっどろき」

わざと大げさな声を上げながら、そのときになって初めて、知也はもしも自分が女の子を孕ませたりしたら、父さんや母さんはどうするだろうかと考えた。まさか、自分たちの息子がそんなことをするなどとは、想像したことさえないに違いない。

まず、驚く。当たり前だ。

その後は？　女の子を妊娠させたら退学か？　そんな校則はあっただろうか。退学にならないとしたら、母さんは、それほど騒ぎはしないだろうか——どう考えても、まるっきり、想像もつかなかった。第一、知也自身が、そんなことになるはずがないと思っている。妊娠させるような行為自体、まだ経験がないのだから当然だ。

要するに、ありえねえよな。そんなの。

正直なところ、今の知也は、生身の女をどうこうしたいとは、さほど思ってはいなかった。無論、願望のようなものがないわけではないし、クラスメートの西江のように、オタク丸出しでアニメの世界の女の子ばかりに熱を上げるくらいなら、普通の女の子の方が良い。だが、だからといって成績ががた落ちになった谷本みたいに、寝ても覚めても女の裸が頭の中をちらついて離れない、ということもなかった。

「さすがに、産んでもいいとは言わないと思うけど——まあ、明日にでも堕ろしにいこうとは、言われるだろうな」

さっきまで金色に輝いて見えた美緒の顔は、今は青白い幽霊のようだ。それが外灯の明かりのせいだと分かっていながら、知也は何ともいえない気分になり始めていた。生々しい上に、話題が重たすぎる。とても、知也にどうこうできる問題ではない。

「おまえ、産みてえの？」

「そういうんじゃないけど」

「結婚はしないのに？」

「だから、そういうんじゃないってば」

「とにかくさ、彼氏っつうか、その、元カレに、相談しろって」

腹も減ってきたし、身体も冷えてきた。もうそろそろ帰ろうと言いかけたときに、「そんなの」という呟きが聞こえた。

「――無理なんだって。だから」

「なんで」

「いないんだから」

「馬鹿かおまえ。相手の男がいないっていうのかよ。だったら、どうやって妊娠なんか、できんだよ」

「だから――要するに、父親が誰か分からないってこと」

思わずぶるっと身震いしてしまった。知也は、黙って美緒を見下ろしていた。

「ちょっと――色々とあったときでさ。前の彼氏と別れて、面白くないっていうか、まあ、適当に遊んでたときだから」

「じゃあ、おまえ、まさか――相手の名前とかも、知らないとか？」

「一人は、下の名前だけは聞いたんだけど。携帯も教わったから、次の日にかけてみたら、嘘だったし」

「一人って――他にもいたのか」

「まあ、たまたまね」

「しえっ、たまたま！」

「そうっ、たまたま！」

一瞬のうちに、美緒が表情を険しくさせて、知也を睨みつけてきた。そんな顔をされたって、知ったことか。こっちとしては、もう十分すぎるほどに呆れているのだ。

「で――そのうちの誰かのガキを、妊娠したってえの」

「――みたい」

「信じらんねえ――何人くらい、いるんだ。その、ヤっちゃった相手は」

「――三人、ぐらいかな」

まじかよ、とため息と一緒に呟いたきり、もう思い浮かぶ言葉がなかった。目の前にいるのが、本当に昨年まで同級生だった少女なのか、それとも単に、どこかから湧いて出てきたような、だらしのない女なのか、分からなくなりそうな気がした。

7

数日後、たまたま学校帰りが谷本と一緒になった。いつものように、電車に乗るなりiPodのイヤホーンを取り出している級友に、知也は思い切って「ねえ」と話しかけた。「あん？」と答える谷本は、最近、眼鏡をやめてコンタクトレンズにした。それに、微妙に髪型も変えて、以前よりもさらに大人びて見える。

「何だよ」

「あのさ」

少しばかり、ためらいがあったが、ここは是非、谷本に聞いてみたかった。実はこの何日間というもの、知也はこういうチャンスが来るのを待っていたのだ。

「こんなこと、聞いていいかどうか分かんねえんだけどさ」

「だから、何」

「谷本ってさあ、その、つき合ってた女と、どうなったわけ、結局」

谷本の表情が一瞬、ぱっと動いた。意外なことを聞かれた驚きと、何で今更という不快感の両方に目を険しくさせて、クラスメートは「何で」と顎を突き出す。

「関係ねえじゃん」

「そりゃ、関係はないんだけどさ。もちろんね。だけど、何ていうか——」

「何だっつうの」

「女が絡む話だったら、谷本なら色々と詳しいんじゃないかと思って。ちょっと聞いてみたいことが、あったから」

すると再び、谷本の表情が変わる。

「ひょっとして、片桐、おまえ、好きな女とか、出来たわけ?」

「ちがう、ちがう、そうじゃなくて」

懸命に首を振ったものの、谷本はいかにも探るような顔つきになって、「ふうん」とこちらの顔を覗き込んでくる。知也はさらに「まじ、まじ」と繰り返した。すると谷本は、途端につまらなそうな顔に戻った。

「まあ、いいけどさ。どっちでも。取りあえず、じゃあ、これだけは言っといてやるよ。うまいこと、やった方がいいぜ」

「うまいこと?」

「俺は、当分は、女はやめとくわ」

「え——どうして」

「ちょっと疲れたっていうか、ヤバイっていうかさ」

iPodのイヤホーンを鞄にしまい、谷本は短い前髪に手を添えるようにして、ふう、とため息をつく。男の目から見ても、こういう仕草が様になっていると思う。知也はふと、自分も髪型くらい変えたいものだと思った。今度、床屋に行くときに、密かに店の人に頼んでみようか。いや、あの店はダメだ。小学生の頃から通っている店だし、母さんとも仲が良い。お洒落をするんなら、やっぱり美容室に行きたかった。

「いいか？　おまえはまだ分かんねえかも知んねえけどさ、とにかく女っていうのは金がかかるし、何かと面倒なんだよ。つまり、小遣いには困るし、神経も使うし、そうなると、結果的にな、俺みたいに、もろに成績に出たりするわけさ」

「そんなもんか」

「最初から遊ぶつもりっていうんなら、楽なもんだけどさ。この前の子は、俺なりに、結構、気に入ってたんだよな」

「それなのに、別れたの」

「向こうの親がアメリカに転勤になってさ、家族全員で向こうに行っちゃったんだ。最初のうちは毎日メールしたりして、一生一緒ねとか、色んなこと言ってたけど、結局は、離れちまえば、おしまいだよ」

それから谷本は、「あーあ」と大きな声を出し、彼女がいなくなって以来、実は最近、何をしていても気分が乗らないのだと呟いた。それは、知也が見ていても何となく感じていたことだ。

「要するに、失恋したんだね」

「そういうわけでも、ねえけどさ。何ていうか、どうでもいいっていうかさ。面倒臭えっていうか。義務教育は終わってるんだから、いっそ学校なんか中退して、その辺をぶらぶらして生きていきてえなあ、とかな」

「そんなことまで考えてんの？　たかだか、女のせいで？」

するとと、谷本は「馬鹿」と言って、知也の頭を軽くはたいた。

「たかだかなんて、言ってらんねえんだって。女っていうのは、それくらい、こっちの人生を狂わせるパワーがあんだよ」

時間帯が早いせいか、今日は意外なほど電車は空いていた。知也たちも比較的間隔をおいて、ゆったりと座席に座っているが、それでもまだまだ空席があるくらいだ。だからこそ、こんな話も出来る。並んで腰掛けたまま、知也は「そうか」と呟き、それから出来るだけ声を落として、「じゃあ、一つ聞くけど」と、谷本に身体を寄せるようにした。

「その子とは、ヤった？」

谷本が、ちらりとこちらを見て、眉だけを動かす。自慢げに、当たり前ではないかというように。それについての話を詳しく聞いてみたかったが、こんな電車の中では、さすがにためらわれる。それに、今はべつのことを聞くべきときだ。

「じゃあ、まさかとは思うけど、妊娠とか、させたりは、してないよな？」

その途端、今度は太腿をぴしゃっと叩かれた。

「俺はね、そういうヘマは、やんねえの」

「今まで一回も？　そのう、遊びで寝たような女とも？」

谷本はふんぞり返るような姿勢になって知也を見下ろしてくる。

「第一なあ、遊び相手なんて、余計にヤバイわけさ」

「何が」

「だから、その辺でちゃらちゃら遊んでる女っていったら、結構当たり前に病気とか、持ってんだよ」

「病気って？」

わずかに上体を反らして隣を見る。こうして座っていても、知也よりも高い位置にある谷本の顔が、まるで勝ち誇ったように「性病」と言った。

「あんだろうが。エイズとか、淋病とか、クラミジアとかさ。ゴム使わねえと、正直、結構な確率で移されたりすんだよ。おまけに、そういう女に限って『つけなくてイイよ』とか、言ったりしてな」

「なんで」

「つけねえ方が、気持ちいいからとか」

「でも、それで病気になるんだろう？」

「あいつらはね、そんなことまで心配しやしねえの。自分だけは大丈夫、なんて思ってるらしいし、中には信じらんねえくらいの馬鹿もいるしな。顔だけは可愛くてもさ」

「谷本は、誰かから移されたことはないの」

「俺？　だから俺は、注意してっから。兄貴の友だちから、そういうこと色々聞いてたからさ」

ふうん、と頷きながら、知也はいつだったか、学校で習ったエイズのことを思い出していた。エッチするときは是非ともコンドームを使いましょう、という話だった。使ってさえいれば、性病からも身を守れる。第一、妊娠の心配もせずにすむのだ。自分の身を守る一方、相手の女の子への、それが労りの気持ちになる、と。

そうだ。美緒だって、つけさせりゃあよかったんだ。ゴム。あの馬鹿。

「よう。何だよ、片桐、おまえ、何を聞きたいわけ？」

隣から促されて、つい、ありのままの話をしてしまいたい衝動に駆られた。べつに、喋ったって良いことだ。知也自身は痛くもかゆくもありはしない。それなのに、やはり、何となくためらわれた。金色の夕陽を浴びながら、ブランコに揺られていた美緒の姿が目に浮かんだ。

「言えよ、片桐。よう」

「いや——実は、中学んときの同級生がさ、女の子を妊娠させちゃったとかいって」

嘘がバレないように、知也は、勢い込んで言葉を続けた。

「それが、よく知らないっていうか、ナンパで知り合って、一回か二回しかつき合ってない女の子らしいんだけど、急に妊娠したって、メールが来たんだって」

谷本は、ふん、ふん、と話を聞いていたが、やがて皮肉っぽく口元を歪めると「だっせえ」と呟いた。

「それで、女は何て言ってんだって？」

「——よくは知らないけどさ、どうしようかな、とか」

「産むとか、言ってねえんだろう？　いくつよ、その女」

「俺らと、同い年、らしい」

「何やってるヤツ」

「え——高校生」

谷本は宙を見上げるようにしながら「だったら」と呟いた。

「まず、産むなんて言わねえよな。まじでつき合ってたっていうんならともかく、いや、まじだって。ドラマじゃあるまいし、ヤバイだろう、いくらなんでも」

そんなところだろう、とは、知也自身も考えている。その上、美緒は、相手が誰だかもはっきりしないと言っていた。そんな相手の子どもなど、産む意志がないことはほぼ百パーセント、間違いないはずだ。

「と、いうことは、だ。まあ、金だな」

「金？」

「ガキを堕ろすのだって、それなりに金がかかるだろうが。だから要するに、その費用を出せとかさ、金で責任取れっていうことなんじゃあ、ねえの？　他に連絡してくる用事なんか、ありっこねえって」

急に不安になってきた。まさか——もしかして、美緒のヤツ、知也に金を貸せなどと言い出すつもりだろうか。名前も分からない父親の代わりに。

冗談じゃ、ねえ。

そんな金が、どこにあるというのだ。

いや、待てよ。

知也が金を持っていないことは、美緒だって承知しているはずだ。では、何なのだろう。ただの相談？　心細くなって？　するか、そういうことを。いくら同級生だったとはいえ、男の知也に。

「身に覚えが、あんだろう？　そいつ」

「え――え？」

つい、ぼんやりしていた。慌てて谷本の方を見ると、谷本は、また妙な顔つきになって、こちらをじろじろと見ている。

「片桐。おい」

「――何」

「それ、まじで友だちの話なのかよ。実は、おまえの話だったりなんてこと、ねえのか？」

「んなわけ、ねえって！　ぜってえ、ありえねえよ」

慌てて声を上げた。すると谷本は、今度は知也の肩に長い腕を回して、ぐっと自分の方に引き寄せる。知也は小声で「なんだよう」と言いながら、ささやかに抵抗して見せた。耳元で谷本の声がする。

「なあ、片桐。本当のこと、聞いていい？」

「だから、何を」

「おまえさあ、まだ童貞?」

「そうだよっ」

途端に、谷本の腕が外された。そして彼は、一人で愉快そうに「あっははは」と笑っている。少し離れたところに腰掛けているオバサンが、妙な顔つきでこちらを見た。

「じゃあ、女なんか孕ませられるわけ、ねえよな」

返事に窮している間に、また、今度は谷本の両腕が伸びてきた。肩に重みが加わり、耳元にくすぐったい息がかかった。

「やりてえと、思わねえの?」

「まっ――まだ、いいよ。俺は」

「女、紹介しようか?」

えっ、と言ったまま、言葉が出なかった。そりゃあ、願ったりかなったりだ。だが、成績が落ちる。金がかかる。親に文句を言われる。ついさっき、谷本から聞いたありとあらゆることが、頭の中を駆けめぐった。

「俺、病気なんか移されたくないから」

「みんながみんなってわけじゃあ、ねえよ」

考えただけで心臓がばくばくしてきた。それなら、生身の女の裸を見られるだけでも良いような気さえした。いや、せっかくだから、ちょっとくらいは触りたい。

「おまえみたいなタイプ、意外に『可愛い』とか言われちゃって、年上に好かれるかも、知んね

らなあ」

「十八とか、十九とかさ。ガキじゃなくて、大人の女ってヤツ。超エロいヤツとか、結構いるか

えよ」

「年上？」

「――大人の女かあ」

「さすがに西江みたいなボコボコ面のオタクは、俺としても紹介しづらいけどさ。おまえなら、まあ、いるよ。きっと、可愛がりたいとか言い出す女」

別れ際、谷本は「その気になったら俺に言えよ」と笑っていた。知也の頭の中は、「大人の女」の妄想で膨れ上がった。そんな女が、果たしてどうやって自分を可愛がってくれるのだろう。少し考えただけでも、きりがないほど嫌らしい場面が思い浮かびそうだ。

〈明日、何時頃帰る？〉

美緒からメールがあったのは、その晩のことだ。夕食を終えて自分の勉強部屋に戻り、そろそろ期末テストに向けて、準備だけでも始めなければと思いながらも、ついつい谷本の話を思い出していたときだった。

〈わかんねえ〉

〈五時半に渋谷。会える？〉

またただ。本当に一方的なヤツ。大体、他の男の子どもを妊娠しているような女が、どうして知也を誘ってくるのか、それがまるで分からなかった。しかも、少しでも彼女らしく振る舞おうと

いうのならともかく、そんな素振りも見せないし。また面倒臭い話を聞かされるのなら、まっぴらだ。それも寒い公園などで。

〈何時になるか、分かんねえから〉

はっきり会いたくないと返事するのもためらわれたから、やんわりと断ったつもりだった。ところが、それからものの三分とたたないうちに、すぐに返事が来た。こんなふうに素早くメールが返ってくるのは、もしかすると初めてのことだ。

〈待ってるから〉

〈どこで〉

〈マック。前に一緒に行ったとこ〉

その一文を読んだ途端に、呆気なく決心がぐらついてしまった。我ながら情けない。「わかった」と返事を打とうとして、だが知也はすぐに考え直した。待て待て、ここはきちんと念を押しておく必要がある。相手はまだ、おごってくれるとは言っていないのだ。

〈俺、金ねえし〉

〈いいって。私が出すから〉

〈まじ?〉

〈その代わり、頼みたいことがあるんだ〉

〈頼み？　何だよ〉

〈それは、会って話す。じゃあ、マックで待ってるから〉

ああ、畜生、やられた、と思った。マック程度の食い物につられて、相手の言うことを聞かなければならない状況に追い込まれるなんて。

やべえ。

一体、何を頼まれるのだろう。思わず立ち上がり、狭い部屋をウロウロしながら、知也は懸命に考えをまとめようとした。美緒からの頼み事。マックと引き替えの——考えているうちに、腹が立ってきた。

何だっつうんだよ、あの女。

大体、好きでもない、しかも、妊娠している女なんかのために、どうしてこんなに悩まなければならないのだ。

谷本が紹介してくれるなら、どんな女が良いだろうかと想像して楽しむつもりだったのに、結局その晩は、どうにも落ち着かない気分のまま、知也はベッドに入ることになった。

気がつくと、谷本と一緒に、どこかの街を歩いていた。

「どこ行くんだよ」

いくら声をかけても、谷本は笑いながらどんどん歩いていってしまう。そのうちに、ははあ、いよいよ女を紹介してくれるのだと思い当たった。いつ、頼んだかどうかは思い出せなかったが、とにかくついに、自分にも「その日」がやってきたのだと思うと、期待と不安で足元がふわふわしそうだった。

「こっちこっち」

谷本は、そればかり繰り返して薄ら笑いを浮かべている。

渋谷のどこかみたいだった。ビルの谷間を通り抜け、いくつもの路地を曲がり、やがてゴミバケツなどの並んでいる裏路地から、谷本は一つのビルに入っていった。知也も急いで後を追う。小さな古いビルで、手すりつきの階段が上へも下へも伸びていた。どこからか女の子のくすくす笑いが聞こえてくる。

「こっちこっち」

谷本の声がした。だが、姿が見えない。知也は、ビルの中をきょろきょろしながら、とにかく階段を上がっていった。女の子の笑い声が大きくなる。上の階に着くと、どういうわけか、そこは去年まで通っていた中学校だった。見覚えのある廊下が長く伸びている。やはり、あの笑い声が聞こえていた。知也はとぼとぼと歩いて谷本を捜した。手洗いの前を通るとき、いつも漂っていた、ひんやりとした消毒薬の臭いがした。覚えのある、不快な臭いだ。

ああ、俺ってまだ、ここの学校に通ってたんだっけ。

歩きながら、長い夢から覚めたような気分になり始めていた。ちょうど教室に差しかかる。一つめの教室には、生徒の姿は見えなかった。二つめの教室は、小学一、二年生くらいのちびたちが授業を受けている。ここは中学のはずなのにと思いながら、なおも進んでいくと、やがて、女子ばかりが数人で集まっている教室に行き当たった。

「あの子さあ、出来ちゃったんだって」

女子の一人が口を開いた。その顔には見覚えがある。誰だっけ、こいつ、と思っている間に、もう一人が「ヤバイよねえ」と声を上げた。やはり、見覚えのある顔だ。というよりも、彼女たちは皆、知也の同級生に違いなかった。何だ、やっぱりまだ中学生だったんだ、俺。知也は、不思議な気分のままで、教室に足を踏み入れた。

「それで、相手は誰なんだって?」

「私たちも知ってるヤツらしいよ」

女子たちが一斉に「えーっ」と声を上げる。そのうちの何人かは、明らかにこちらを見ていた。それなのに、誰一人として反応しないのだ。知也が近づいているというのに、見事なくらいにシカトしている。まるで、知也など見えていないかのようだ。

「どう思う、それって」

「知らないけどさあ。親が知ったら、泣くよねえ」

「つまり、じゃあ、美緒はあいつとエッチしたんだ」

「したんだ」

「したんだ」

きゃあっと、悲鳴にも似た、けたたましい笑い声が響いた。知也の目の前で、彼女たちはいかにも楽しげに「馬鹿だねえ」と声を揃えた。

「意外だなあ。片桐って、ああいうのが趣味だったんだ」

大柄な女子が、ふんっ、と鼻を鳴らして、いかにも馬鹿にしたように「悪趣味」と言った。思い出した。垣内という女だ。鹿島田美緒よりも前の出席番号で、知也も含めて同じ班になることが多かった。それにしても、どうしてここで、知也の名前が出てこなければならないのだ。

「どこがいいのよ、あんな女。大体、片桐はねえ、大人の女に可愛がられたいって言ってたんだからね」

どうして、そんなことまで知っているのだ。谷本が喋ったのだろうか。全身から血の気が引く思いだった。もう我慢ならない。知也は思わず「やめろよ」と声を張り上げようとした。手を振って、彼女たちに気づかせようとした。

「それで、美緒、産むんだって？」

「片桐の子どもを？」

「そうらしいよ。学校やめて」

「結婚するの？」

「二人で働くんだってさ」

ええー、ええーっと声が響く。知也は「おい」「聞けよ」と叫びたかった。だが、どうしても声が出ないのだ。こんなに傍にいて、触れられるような場所にいるのに、どういうわけか、誰一人として知也の存在に気づかない。なぜだ、どうなったんだと、知也はパニックを起こしそうになった。

「本当に馬鹿だね。せっかく高校まで行ったのに」

やめろって、俺は学校なんてやめないんだからな。第一、俺の子どもだなんてデマを、一体、誰が飛ばしたんだ。それに、それに、美緒のことなんか、好きでも何でもない。

本当なんだからなっ。聞けよ、畜生！

笑い合っている女子の前で、一人で必死に手足をばたつかせても、彼女たちは徹底的に知也を無視した。どうやら本当に見えていないらしい。これは、どうしたことだろう。まるで、魂だけになって、こうして学校を訪ねているみたいではないか。どうして？　肉体は、どうなった。まさか、自分は死んでしまったのだろうか。

いつの間に死んだのだろう、と考えている間に、すうっと引っ張られるように身体が宙に浮かび始めた。そして、そのまま校舎から出て、町の上を漂った。太陽が西に傾いて、金色の陽射しがきれいだった。

すべてが夢だったと分かったのは、翌朝になってからのことだ。

——片桐って、ああいうのが趣味だったんだ。

学校に向かう間も、夢の中で聞いた台詞が妙に生々しく、知也の頭の中に残っていた。

8

いつものようにアルバイトの帰りに買い物をして、スーパーの袋を提げて玄関のドアを開けたら、意外なことに美緒の靴があった。もう帰ってるんだ、と思いながら、ふと視線を動かすと、その隣に見慣れない靴が脱ぎ捨てられている。少しの間しげしげと、私はその靴を見下ろした。

この家の人たちは、脱いだ靴をきちんと揃えるということをしない。尚子おばさんやダンナさんは大人だから、ある程度はまともに見える脱ぎ方をするけれど、脱いだときのままであることは同じ。それが、美緒や、ときどきしか帰ってこない隆平くんになると、脱いだ勢いで靴が片方だけ裏返っていたり、どこかへ飛んでいたりすることも珍しくなかった。もしも、うちのお母さんがこんな光景を見たら、きっと怒ったに違いないと、私は彼らの靴を揃える度に思う。お母さんは私にも、それからまだ小さかった弟にも、そういうことをうるさく言った。

ただでさえ、下駄箱から出した靴をしまわない人たちだから、この家の玄関はいつでもごちゃごちゃに見える。その上今、そんな乱雑な靴脱ぎに、またもや中途半端な脱ぎ方をしたままの靴があった。それほど大きくは見えないが、明らかに男物の黒い革靴だ。だが、かかとの方は少し踏みつぶしている感じに型が崩れているし、全体に土埃をかぶって汚れている。次の瞬間、私ははっとなって階段を見上げた。

美緒が、男を連れてきてる。

彼氏だろうか？　気配を窺うが、何の物音も聞こえては来ない。

と、いうことは、つまり？　美緒の部屋にいる？　二人きりで？

まずいところに帰ってきたかな。

憂鬱なのかワクワクしているのか、愉快か不愉快か、何だかはっきりとしないけれど、とにかく落ち着かない妙な気分がこみ上げてきた。私は一体、何を目撃することになるのだろう。変な場面を見てしまうのだろうか。この手入れされていない靴の主というのは、どんな男か。これまでに見かけた彼氏のうちの誰かだろうか。

違う。以前は街で出くわしただけでも、あんなふうに半ば脅す格好で私に口止めをした美緒ではないか。そのときと同じ彼氏を、家に連れてくるはずがない。すると、また違う相手になったのか。しかも、今度は家に連れてきたりして。

何で。

本当に好きな相手だから、とか？

親にも知らせておきたいから、とか？

それにしても、あんな子の一体どこが良くて、そんなにも次から次へと男が現れるんだろうか。正直なところ、面白くない。まるっきり。私はいったん閉めた玄関のドアをもう一度開いて、今度は出来るだけ大きな音をさせて引いたつもりだった。だが、この家の玄関ドアは、いつだって低くて重々しい音しか立てやしない。それと同時に、空気が動く程度のことだ。

「た、だいまぁ」

仕方がないから、わざとらしく声を出してみた。スーパーの袋もがさがさとさせて、スリッパも高い位置からパンッと床の上に落とす。それから、わざとゆっくり、足音を立てながら階段を上がった。

「帰りましたぁ」

リビングに抜けるドアを開けたところで、私はもう一度声を出した。電気はついているものの、室内はひっそりしていて、空気も冷え切っている。やっぱり。二人は美緒の部屋にいるのだ。二人で一体――。

部屋をノックしてみようか、そこまでする筋合いはないか、そんなことをしたら後から美緒の反撃を食らうだろうかと、めまぐるしく考えを巡らせた結果、私は「知らん顔」することにした。いくら親戚だって、こうして一緒に住んでいるといったって、何しろ美緒は、これまで一度だって私を親戚扱いしてくれたことなんかないんだし、要するに、結局は関係のないことだ。もちろん、あんなに性格の悪い子とつき合う男の顔くらいは見てみたいとは思うものの、どんなつき合い方をしていて、その結果、子どもが出来ようとどうしようと、そう、私とはまったく無関係、別世界の出来事に過ぎない。それに、どうせ何を聞いたって無視されるか「うるさい」などと言われるのが落ちなのだ。それならば、こっちだって知らん顔をしているに越したことはない。

私はそのままスーパーの買い物袋を持ってキッチンに抜け、自分の荷物はリビングの椅子の上に置いたままで、買ってきたものを整理し始めた。そうしながら、ところで今夜の夕食は、どれくらい用意しておいたら良いのだろうかと考えた。普段は尚子おばさんと美緒と私の三人分しか用意しないのが当たり前になっている。それさえもときどきは余らせてしまうのだ。何しろ美緒ときたら本当に気まぐれで、ダイエットしていると言いながら、予備校の帰りに何か食べてくることも珍しくなかったからだ。

「いいっていいって、気にすることないの。そういうときは、お弁当のおかずにしちゃえばいいんだからさ」

最初のうち、私は余計な買い物をしてしまっただろうか、お金を無駄遣いしたと怒られはしないかと、その度に心配になったり落ち込んだりしていたのだが、尚子おばさんにそう言われてからは、気にしないことにした。それに尚子おばさん自身、野菜や果物を買い込んできては、結構な割合で腐らせたり、豆腐でも何でも賞味期限切れにすることが珍しくないことに気がついたからだ。この家の冷蔵庫の中はいつも食料がぎっしり詰め込まれた満タン状態だが、よく見ると、かなり古いものも、ごっそり残っている。だから、私が当番のときには、それらのものを少しずつ捨てるようにしている。尚子おばさんは、そんなことにも気づいていない様子だった。

今夜は一体、何人分の用意が必要だろうか。普段通りに三人分？　もしも、美緒の彼氏の分まで用意しなければならないなんていうことになったら、お米を炊く量だって増やさなければならない。肉も野菜も足りないかも知れないではないか。ああ、尚子おばさんは何時頃に帰るのだろう。早く帰ってきてくれないものだろうか。

だが、まあ、買いだめの得意な尚子おばさんのお蔭で、いざとなったら冷蔵庫やフリーザーをあされば何かしら見つかるだろうから、それらの中から何か考えれば済むことだとは思う。そういう心配を、たまたま今夜が当番になっているというだけで、この私がしなければならないということが、何とも面白くなかった。

電話してみようか。尚子おばさんに。

でも、何て言う？　美緒ちゃんが、男友だちを部屋に連れ込んでるんですが、とか？　だから、晩ご飯はどうしましょうって？　まさか。けれど、黙って米を多く炊いたら、必ずおばさんに聞かれるだろう。そうなったら、どう説明すれば良いのだろう。

あれこれと頭を悩ませ始めたとき、美緒の部屋のドアがかちゃりと開いた。私が振り返ったのと同時に、制服姿の小柄な少年がひょいっと顔を出した。最初は私に気づかなかった様子だが、やがてリビングの方を向き、そこに私がいるのを知って、彼は「あっ」というような顔をしたと思ったら、即座に引っ込んでしまった。何というか、かなり子どもっぽく見える子だ。それ以外に、何の印象も残らなかった。

あんな子が、美緒と、寝る?

何となく、薄汚い不快感がこみ上げてきた。男というより、どう見てもまだ「男の子」なのに。もう、そういうことをしてるなんて。

だけど、まあ、美緒だって、ちょっと見は妊娠を心配するような子には見えないのだから、似たようなものか。

つい、「最近の若い子は」なんていう言葉が思い浮かんで、私は深々とため息をついてしまった。やっぱり、私はもう若くない。大差ないつもりでいても、あんな連中にはついていけない。ただ単に、田舎ものだからかも知れないけれど。

それにしても、どうしよう。ここで声をかけないのも、また妙なものではないか。だが、何て言う? 何してるの、とか? まさか。紹介してよ、とか? 冗談じゃない。どっちみち、何をどう話しかけたって、あの美緒からまともな返事が返ってくるとは思えない。

それでも私は、のろ、のろ、と美緒の部屋の方に向かいかけた。すると再び、かちゃりと音がしてドアが開いた。さっきの少年が、今度はおずおずと顔を出す。私は、素早くその子の全身を眺め回しながら、「あの」と口を開いた。

「誰？　美緒ちゃんの、友だち？」

前に見かけた彼氏とは比べものにならないくらい幼く見える小柄な少年は、落ち着きなく視線を動かしながら、困惑したように唇をなめている。ひょっとして、まだ中学生だろうか。東京の制服は、よく分からない。

「美緒ちゃん、いるんでしょう？」

「ええと――」

少年が、ちらちらと背後を振り返りながら何か言いかけたときに、今度は美緒が部屋から出てきた。いつもと変わらない反抗的な眼差しで、膨れっ面のような顔つきのまま私を一瞥すると、彼女は「行ってよ、ほら」と背後から少年を促した。

「どっか行くの？」

私は取り繕うように声をかけた。すると美緒は眉根をぎゅっと寄せ、いかにも苛立った表情になって小さく舌打ちをする。

「予備校に決まってんでしょ」

「――ああ、そっか」

少年は上目遣いに、ちらちらと私を見ていたが、美緒に促される形で、こそこそと逃げるように私の前を通っていった。その後を行く美緒は、リビングから出るときに、もう一度こちらを振り向いた。少しの間があった。

「――なに？」

「――べつに」

美緒の小さな目は、確かに何か言おうとしていたと思う。けれど、私にそれを読み取ることなど、出来るはずがなかった。

二人が完全に出て行ったのを確かめてから、私はそっと美緒の部屋を覗いてみた。一見したところ、いつもと変わったところはない。私は部屋の中央まで行き、改めてぐるりと室内を見回した。机の上を見て、次には床に散らばっているものを見る。ベッドの上には、明らかに誰かが腰掛けていたらしい凹みが残っていた。私は思い立って、ベッドの掛け布団をめくってみた。手を触れてみる。人の温もりが残っているかと思ったのだが、別段、何も感じられない。寝ていないなのだとすると、あの二人は一体ここで、何をしていたのだろう。

ゴミ箱も覗いてみた。だが、何かを連想させるようなものは、何も捨てられてはいなかった。

なんだ。

じゃあ、本当に、何をしていたっていうんだろうか。

まあ、いい。関係ないから。

私はキッチンに戻って、夕食の支度に取りかかった。取りあえず、普段通りの量を用意すればいいことだけは確かだ。それがはっきりしただけで、もう満足だった。

数日後、美緒は再び、その少年を家に連れてきた。今度は土曜日の午後で、珍しいことに、家に尚子おばさんもダンナさんもいるときだった。

「あの子が友だちを連れてくるなんて、小学校の二、三年生のとき以来じゃないのかなあ」

尚子おばさんまでが驚いた顔で私に耳打ちをした。美緒は、その少年を「中学の同級生」と紹介した。少年は、この前とは違って、おばさんたちや、そして私にまで、ぴょこんと頭を下げた。ダンナさんは、その子の名前を聞き出し、それから「どこの高校に行ってるの」と尋ねた。片桐知也と名乗った少年は、リビングで美緒と、おばさんたちに囲まれ、ついでに私にまで見つめられて、ひどく緊張した居心地の悪そうな顔をしていたが、それでも何とか学校名を答えた。すると、ダンナさんの表情が少し和らいだ。

「優秀なんだね。かなり、勉強したのかな」

「ま、あの、まあ——はい」

「今は、どう。学校は」

「それなりに面白いです」

それはよかった、と笑うダンナさんを、私は何となく淋しいような、切ない気分で眺めていた。だって、ダンナさんは間違いなく、その男の子の行っている学校が気に入ったのだと思ったからだ。ダンナさんは、たまに少し早く帰ってきてテレビのニュースなどを見ていても、いつもテレビに出てくる人の、学歴とか勤め先のことを言っている。要するにダンナさんは、馬鹿は嫌いなんだと思う。いや、馬鹿というよりも、学歴のない人が嫌いなんだ。

私には学歴がない。それじゃあ困ると思うから専門学校に行くつもりになったのは、尚子おばさんから聞いているはずなのに、ダンナさんは、ただの一度だって「頑張れ」などと言ってくれたことはなかった。専門学校じゃあ、ダンナさんにとっては「学歴」のうちに入らないのに違いない。そう思うから、何となくつまらない。もしかすると、この家の人はみんな、大学に行かなければ人間ではないと思っているのかも知れない。だから美緒だって、私を空気か、それ以下みたいにしか見ていないのかも。

「それで、君、大学は、どうするの」

「おか——両親は——一応は受験するつもりでいたらって言ってます。付属だから、そのまま上の大学にも行けるんだけど」

「なるほどなるほど。じゃあ、せっかく高校に入ったからって、そうそう浮かれてばかりは、いられないいな」

はっはっはっと笑うダンナさんの隣で、美緒は、つんと澄ましたままだった。せっかく連れてきた彼氏の方もほとんど見なければ、両親のことも見ない。ただ、つまらなそうに私の淹れたカフェオレを飲み、クッキーを食べていた。

「照れてる。あの子」

何となく手持ちぶさたでいる私に、尚子おばさんはまた、そう耳打ちをした。私は「えっ」と顔を上げた。おばさんは悪戯っぽい顔をして、くすくすと笑っている。私は、そんなおばさんを見て、それからリビングの美緒の方を窺った。母親の目というのは、どうなっているのだろう。あれが照れている顔に見えるのだろうか。私の目には、とてもではないが、そんなふうには映らなかった。ただ単に、ふて腐れているだけではないかと思った。

それからしばらくした日の晩、家中にダンナさんの怒鳴り声が響いた。

「どういうことなんだっ！」

もうお風呂からも出て、一階の自分の部屋に引っ込み、布団の中にもぐり込んで、何か面白い情報は得られないものかと携帯電話をいじり回していた私は、反射的に目を天井に向け、耳を澄ました。

「連れてこいっ、今すぐっ！」

「そんなに怒鳴らないでってば」

ダンナさんの声と同じくらいの大きさで、尚子おばさんの声も聞こえる。

「パパったら。落ち着いてって言ってるじゃないよ、ねえ！」

「落ち着けだと？　どうして、そんなことが言えるんだ！　とにかく、ここに呼んでこいって！　帰ってるんだろうっ。美緒っ！」

どすどすと床を踏み鳴らす音がする。ダンナさんが苛々と歩き回っているのだ。ずん、どん、と何かの振動も伝わってくるほどだった。あのダンナさんが怒鳴るなんて。これは、よほどのことがあったのに違いない。私は布団から抜け出し、外出用のジャンパーを羽織って、そうっと部屋から抜け出した。そして、私しか使うことのない階段を、二階に通ずるドアのギリギリのところまで上がっていく。その間にも、ダンナさんの美緒を呼ぶ声と、尚子おばさんの声がひっきりなしに続いていた。

9

iPodの取扱説明書を読んでいたら、部屋のドアをノックされた。知也は、身体がびくん、と弾むくらいに驚き、慌てて真新しいiPodの上に、数学の参考書を伏せて置いた。

「ねえ」

ドアの隙間から顔を出した母さんは、何ともいえない奇妙な顔をしていた。身体をひねってドアの方を振り向いたまま、知也は、母さんの顔を見た。

「知くん、鹿島田さんって、知ってる?」

きた! と思った。知也は、耳の上あたりの髪の毛が、ざわわ、と逆立つような感覚を味わいながら密かに唾を呑み、小さく深呼吸をした。

「――なんで」

「電話が、あったのよ」

「鹿島田、から?」

「あら、やっぱり知ってんの? 同級生だったって?」

「――中学で」

母さんは、すっと口をつぐんで、変な顔のまま、じっとこちらを見る。知也は、その顔を正面から見つめ返す勇気がないまま、「覚えてないかな」と言った。声がかすれている。

「覚えてないわよ。どんな子」

「鹿島田美緒って——出席番号で、いつも隣だったヤツ——」

「知くん、その子と仲良かったわけ？」

もう一度、今度は大きく深呼吸をして、知也は思い切って母さんを見た。母さんは相変わらず、驚いているような、呆れているような、今にも笑い出しそうにも泣きそうにも見える、本当に不思議な顔つきで、こちらを見ている。

「そうじゃなかったら、電話してくるわけ、ないわよねえ」

「だから、鹿島田が？」

「お母さん。鹿島田さんの」

心臓がぎゅうっと縮こまった。やばい。同時に顔も熱くなってきたみたいだ。母さんの視線がピリピリと感じられる。やめてよ、そんな目をしてくれるなよと言いたくなった。

慌てるな。よくよく考えた上でのことじゃないか。ちゃんと、決心したんじゃないか。今更、どうすることも出来やしないんだぞ。

必死で自分に言い聞かせて、知也は「鹿島田の」と、もう一度口を開いた。

「おふくろが、何の用だって」

「これからね、来たいんだって」

「来たいって――ここに?」

母さんは、まるでガラス玉みたいな瞳のままで、こっくりと頷いたが、そこでようやく我に返ったように大きくドアを開き、「ねえ」と言いながら、部屋に入ってきた。

「ちょっと。あんた、何かしたんじゃないでしょうね」

「え――」

「何、したの」

「何って――」

「鹿島田さんって、どういう子。卒業してからも、あんたたち、連絡なんか取り合ったりしてたわけ? お母さん、そんな話いっぺんも聞いたこと、なかったじゃない」

「――言うようなことでも、ないし」

「本当? 本当に、そうなのね? だったら、どうしてこんな時間から、鹿島田さんのお母さんが来るなんて言うわけ?」

「――いつ、来るの」

「だから、今日、今夜よ! これからっ」

突然、母さんの声が大きくなった。知也は、全身がびくん、と震えるのを感じた。そんなことになるという話だったか? 少しばかり、展開が早すぎはしないか。知也は、あくまでも「もしものとき」のために選ばれた相手ではなかったのか。美緒は、本当に万が一の場合、ことが大きくなって、どうしても赤ん坊の父親について、名前を言えなどと迫られた場合にだけ、知也の名前を出すと約束したのではなかったか。それが、もうそういう状況になってしまったというのだろうか。

「何時だと思ってるのかしらねえ、もう」

知也もつい、壁の時計を見上げた。小学校の入学祝いにお祖父ちゃんが買ってくれた壁掛け時計は、既に八時半過ぎを指している。

「いくらご用件はって聞いたって、それは、お目にかかってからの一点張りなんだから」

母さんの顔が、また妙な雰囲気に変わった。知也を見る目がいつもと違う。まるで別の生き物のように見られている気がして、知也は思わずカッとなりそうになった。

「こっちだって疲れて帰ってきてるっていうのに」

もう、知也に言える言葉はなかった。ただひたすら黙ってると、やがて母さんは「まあ、いいわ」と呟いた。

「とにかく、話があるっていうんだから、聞くまでのことだけど。でもねえ、知くん、あんた本当に、何もしてないんでしょうね？　誓えるのね？　分かってるだろうけど、相手は女の子なんだから」

「――分かってるよ」

分かってるつもりだ。何もかも。その上で、承知した。何日も考えた結果だ。そして、そのお蔭で、こうしてiPodを買うことも出来たし、新しいイヤホーンも買えた。まだ余っている金は、これからよく考えて使おうと思っている。

知也がそのまま机に向き直ってしまったから、やがて母さんは諦めたようだった。背中でドアの閉まる音を聞き、しばらくは背後の気配を探った後で、知也は大急ぎで美緒に携帯メールを飛ばした。手が汗ばんでいる。

〈おまえんちの母さんがこれから来るって。おまえ、言ったの？　おまえも来るの？〉

苛立ちながら返事を待つ。だが、五分待ち、十分が過ぎても、知也の携帯はことりとも言わなかった。

もしかすると、美緒も一緒に来るつもりなのかも知れない。知也はにわかに緊張が高まるのを感じた。大急ぎで、さっき参考書で隠したiPodを取り出す。明るいグリーンのボディが何ともいえずにカッコイイ。こんな小さな機械に二千曲もの音楽が入るのだから、考えられない話だ。これさえあれば、知也はいつだって音楽と共に暮らすことが出来る。学校の行き帰りだって、谷本を羨んだり、また西江のくだらないオタク話に我慢したりせずに済むのだ。

大事にする。何しろ、とんでもなく大きな犠牲を払って手に入れたものなんだから。

本当は、今すぐにパソコンを立ち上げて、iPodのセットアップをしたいところだったが、今はそれどころではなかった。知也は撫でさするようにしながらiPodをもとのパッケージにしまい、机の一番深い引き出しにしまい込んだ。

十分ほどしてインターホンが鳴ったが、それは父さんだった。知也は密かに安堵のため息を洩らした。こういうことになった場合は、同性の親にいてもらった方が何かと良いに決まっている。それに、少なくとも父さんの方が、母さんよりは冷静でいてくれるはずだ。それにしても、これからどういう展開になるのだろうか。まるで分からない。落ち着いて机になど向かっていられる気分ではなかった。

それからさらに十分ほどして、再びインターホンが鳴らされた。同時に、知也の心臓も早鐘のように打ち始めた。何度も深呼吸しながら狭い部屋を歩き回る。壁の時計を見上げる。一分。二分。三分。時計の針の進み方が、いつもより速いのか遅いのか分からない。とにかく、いつもとは違うような気がしてならなかった。

「知くん」

十分以上も過ぎた頃、ようやくドアがノックされて、母さんが顔を出した。ジーパンのポケットに片手を突っ込んだまま、知也は部屋の中程に立って、母さんの顔を見た。さっきの顔も奇妙だった。だが、今度の顔は、もっと変だ。母さんはいつにも増して真っ白い顔をして、すっかり固まったみたいな顔つきをしていた。

「お客様が、知くんと話がしたいって」

「鹿島田の、おふくろ？」

母さんの顔が、ぴりぴりと痙攣を起こしたみたいに震え始めた。眉も、目の縁も、口の端も、全部がバラバラにひくひくしている。

「――あんた――」

母さんは呟くなり、今にも飛びかかって来そうな勢いで、知也の方にぐっと身を乗り出してきた。次の瞬間、その手が知也のトレーナーの袖を掴む。知也の全身を、電気が走ったような感覚が駆け抜けた。

「何てこと、したのよ」

知也は、え、と声を絞り出したきり、もう言葉が出なくなった。覚悟していたこととはいえ、その言葉は痛かった。咄嗟に、俺は何も、と言ってしまいたい思いが頭をもたげる。だが、既に取引は成立しているのだ。どんなことを言われても、ここはぐっとこらえなければならない。これは、ビジネスだ。自分自身に「黙ってるんだ」と言い聞かせていたとき、母さんは「本当なのっ」と言葉を続けた。

「身に覚え、あるわけっ」

あるわけない。女の裸だって、見たことないのに。

「あんた、本当に、その鹿島田さんっていう子と、そういうこと、したわけっ」

冗談じゃない。どうせなら、相手を選ぶに決まっている。第一、母さんの口から「そういうこと」なんていう言葉を聞くなんて。何だか、妙に生々しくて嫌らしい。

「一体、いつの間にっ。あんた、いくつだと思ってんのっ。まだ高校一年生なのよっ」

この際、歳は関係ないはずだ。そんなことを言ったら、クラスの谷本はどうなってしまうのだ。

「大体ねえ——だ、大体、そういうことするときに、考えなかったわけっ。こういうことになるかも知れないって！」

もちろん、知也だったら絶対に考えるに決まっている。谷本だって、病気が怖いと言っていたではないか。自分の身の安全のためにも、きっちりゴムはつけたいと思っている。もちろん、そういう場面になったらの話だ。

母さんの言葉が、出来るだけ自分の中に溜まらないように、するすると流れ去ってくれるように、適当な言い訳ばかりを心の中で繰り返していた知也の耳に、「あんたって子は」という呟きが聞こえてきた。ちらりと顔を上げると、母さんは、思わず「えっ？」と言いたくなるような、何とも言えない顔つきをしていた。その上で、母さんは、ひくひくさせている目元をすっと細めて、「不潔」と吐き捨てるように言った。一瞬、知也の胸がズキン、と疼いた。

「信じられない」

「――だって」

「だって、何よ」

「――鹿島田が――誘ったから」

途端に、肩のあたりをばん、と叩かれた。

「誘われたら、するわけっ。そういうことを――こんなことになったら、責任は全部、男のあんたの方にくるって、考えなかったのっ」

「だって」

「だって、何っ」

「鹿島田が――大丈夫だって、言ったから」

言いながら、何だか急に泣きたくなってきた。母さんは「不潔」と言った。

不潔。

不潔。

知也の中で、その言葉はぐるぐると渦巻きながら急速に大きくなっていった。こんな誤解は嫌だと思った。不潔なんかじゃない。自分は鹿島田なんかと、何一つ関係していないという言葉が、喉元までせり上がってきそうになった。

だけど。

机の中には、真新しいiPodが入っている。現金もまだ余っていた。鹿島田美緒に渡されたのは三万円の現金だ。そんな大金を、どう都合したんだろうかと思う。だが美緒は、すべてがうまくいったら、あと二万出そう、とまで言った。合計で五万！　そんな大金を目の前にして、心の動かないはずがない。

「とにかく、何があっても、本当のことなんか言わないでよ。後は少しぐらい私を悪く言っても、まあ、いいからさ。いい？」

あの日、知也を自分の家にまで連れて行って、美緒は改めてそう言った。女の子の部屋に入るのは、生まれて初めてだった。何となく甘ったるい雰囲気の、美緒本人の印象よりも、よっぽど可愛らしい部屋で、二人だけで向かい合っていると、ついつい妙な気持ちになりそうな気もしたが、何しろ知也は緊張していたし、その上、相手は妊娠しているのだ。そんな状況で、何が出来るはずもなかった。

「私たちは、夏休みの終わり頃に、久しぶりにばったり会ったの。偶然ね。場所は渋谷。センター街でも、１０９の前でもいいや。それで、アドレスを教え合って、それから何回か会うようになって、何となく、そういうことになった。場所は、ええと——あんたん家《ち》かな。お母さん、働いてるって言ってたよねえ？　だったら、昼間は留守なんだからさ、ちょうどいいじゃない。ラブホとか言ったら、絶対にダメだからね」

あらかじめ考えてあったのか、美緒は、すらすらと、ドラマの筋立てを説明するように喋った。それから、塾の復習でもさせるように、何度も繰り返して、知也に質問をした。私たちが初めて会ったのはいつですか。場所は。それからどうしましたか。

それらの質問に、知也がすべてつかえずに答えられるようになったところで、美緒は封筒を差し出してきたのだ。中には三万円が入っていた。

「分かってる？　これが、最良の選択ってヤツなんだからね。私たちのどっちも損をしない、ベストな方法。私はさ、ちゃんと病院に行けるし、片桐は、まあ、それで好きなもんでも買えばいいんだから」

ひょっとすると、子どもを堕ろす費用を用立てろと言われるのではないかと心配していた知也にとって、こんなに意外で、しかもいい話はなかった。ただ、赤ん坊の父親のふりをして、黙って頭を下げているだけで五万円ももらえるというのだ。そんなうまい話を、断るヤツなんかいるとは思えなかった。だから、知也は金を受け取った。つき合っているという印象を与えるために、美緒から言われた通り、休みの日にもう一度、美緒の家へも行った。

「とにかく、行くわよ。ほらっ」

母さんに腕を摑まれ、まるで引きずり出されるようにして、知也は勉強部屋を出た。廊下を抜けてリビングダイニングに行くと、ついこの間、にこにこと笑いながら「ゆっくりしていってね」と言ってくれた顔が、引きつった能面みたいに変わって、知也を待ちかまえていた。その向かいには、会社から帰ったままの格好の父さんが、やはり、これまでに見たことのないような、難しい顔をして腕組みをしている。

とにかく、黙って頭を下げていること。

それが、このアルバイトが成功する唯一の鍵だ。

知也は、父さんの隣に座らされると、ただうなだれていることにした。母さんも席につく。

「知也くん、美緒から何か、聞かされてた?」

しばらくすると、美緒のおふくろさんの声が聞こえてきた。知也は、一瞬だけ視線を上げ、それからまたすぐに俯いた。

「おばさんね、ただ怒りに来たわけじゃあ、ないの。本当のこと、知りたいんだ」

どきん、となった。本当のことだなんて。それじゃあ、まるで知也が嘘をついているみたいではないか。まさか、バレてるとか? いや、そんなはずはない。いくらおふくろさんだからって、美緒のお腹の赤ん坊の父親まで、見抜けるはずがないのだ。

「ねえ、君たち、いつからそういうつき合いだったの」

美緒との練習を思い出す。知也は口の中がカラカラに渇いているのを感じながら、とにかく絶対に間違えないようにしなければ、と自分に言い聞かせた。

「中学の頃は、特に仲良くしてたわけじゃあ、ないでしょう? 美緒からも、べつに君の話とか、聞いたことはないのよね」

「あの――夏休みに」

「夏休み？」

「偶然――会って――そのぅ」

「仲良くなったわけ？」

「つき合うようになったんだ。そうなのね？」

はっきり頷くのに、何となく抵抗があった。ひたすら黙って耐えることは覚悟していたが、自分から積極的に嘘をつくのは、やっぱり何だか嫌だった。知也は、ただ黙って俯くことにした。

隣で、父さんが深々とため息をついたのが分かった。

「で、ねえ。あのさあ、君、知ってるわけだわよねえ、女の子の身体のことは」

身体のこと？　思わず顔を上げそうになった。知るもんか、そんなもん。知りたいけど。

「男と女の、身体の違いも、分かってるはずでしょう？」

俯いていても、母さんの視線を感じる。さっき、母さんは知也を「不潔」と言った。その言葉が、今も心に刺さっている。不潔だなんて。あんまりだ。そんなふうに誤解されるなんて、たまらない。大人なら、みんなやってることじゃないか。それを「不潔」だなんて言ったら、どうなるのだ。知也自身が、「不潔」な行為から生まれたことになってしまうではないか。

「君くらいの年頃の子が、女の子の身体に興味を持つのは分かるけど、その結果、女の子が、どれだけのリスクを負うことになるか、分かってる？」

リスクって何だろう、と思った。よく聞く言葉だが、ちゃんとした意味は分からない。知也は俯いたまま、ひたすら「リスク」「リスク」という言葉を心の中で繰り返していた。そうでないと「不潔」という言葉の方が、自分の中でますます大きく膨らんでいってしまいそうな気がしたからだ。

それからもネチネチ、ネチネチと、美緒のおふくろさんの話は続いた。男としての責任とか、女の子をどう思っているのだとか。命について考えたことがあるのかとか、美緒がいいと言ったら、どんなことでもしてしまうのか、とか。覚悟の上の行為だったのか、とか、結果として、こういうことになるという知識そのものは、あったのか、とか。知也は、それらの質問について、ただのひと言も返事をせず、ただひたすら、自分の膝頭や指先ばかりを見つめていた。そのうち、だんだん頭が痺れてきて、おふくろさんの声も、それから「すみません」とか「何とお詫びしたら」とか言っている母さんたちの声も、遠くに聞こえるようになってきた。

稼ぐっていうのも、楽じゃないな。

こんな思いをしなければ、五万という金は手に入らないのか。

だけど、今日一日で終わるんだから。

早く終わってくれよ。

本当のことを知ったら、あんた、もっと恥をかくことになるんだからさ。あんたの娘に頼まれて、俺はこんなことをしてるんだから。本当に、もう好い加減にしてくれよ――。

つい、ため息をつきそうになったときに、突然、後頭部をぐっと押された。あまりに急なことで、知也はそのまま前につんのめりそうになった。

「とにかく、謝るんだ。土下座して、謝れ」

父さんの鋭い声がする。そこまですんのかよ、と、知也はつい、父さんの方を振り返って見てしまった。

父さんは、何ともいえない顔をしていた。怒っているというより、今にも泣き出しそうな、知也を哀れんでいるような、ひどく困った情けない顔だった。その顔には、見覚えがあった。そう。父さんが、前の会社が駄目になったと言ったときだ。怒りたくても怒れない、疲れて、どうしようもなくなっていたときと、同じ顔だった。

「とにかく全部、おまえが悪い。言い訳はなしだ。謝りなさい。ちゃんと土下座して。父さんも一緒に、謝るから」

言うが早いか、父さんはもうソファから腰を上げて、横の床に膝をつく。知也は呆然と、スーツ姿のままで床に手をつく父さんを見ていた。

「お詫びのしようもありません。大切なお嬢さんに、そのようなことをいたしまして、本当に、申し訳ありませんっ」

父さんは、歯を食いしばるようにして、床に額をこすりつけた。すると、母さんまでが、父さんのそばにかけ寄って、一緒に頭を下げた。知也は、自分一人だけがぽつんと取り残された状態で、そりゃあ、ないよと思っていた。これで五万は、安すぎるよな、と。

第三章

1

　シャワールームから出た後、バスタオルを巻いたままの格好で化粧台の鏡を覗き込んでいたら、すぐ隣のスツールに、自分とほぼ同じスタイルの女が座り込んだ。福本仁美は鏡に映った相手の顔を見て「あれ」と声を出した。

「来てたんだ。気がつかなかった」

　すると、鏡の中の鹿島田尚子はさして驚いた表情も見せず、ただ眉を上下させて「来てたわよ」と応えた。

「ちょっと遅れたからさ」

「やっぱりね。だって一応、私、捜したもん。ほら、先週も来なかったし」

尚子は、バスタオルから出た肩を小さくすくめている。

「風邪でもひいた？」

「そういうわけでもないんだけどさ。本当は、今日も来るのやめようかなあ、とも思ったんだけどね」

「何かあった？」

「――まあ、気分が乗らないっていうか」

スポーツクラブのレッスンなど、いくら休んだって、べつにどうということもない。だが、日頃は滅多に休まない尚子がそういうことを言うのは珍しかった。仁美は「ふうん」と小さく頷いてから、また鏡の中の自分と睨めっこした。

「まあ、そういう日もあるよね」

それにしても照明の加減だろうか。ここの鏡に映る自分は、どうも自宅で見るよりも老けて見える気がして仕方がない。シミが目立つと思うし、皮膚のたるみだって、馬鹿にはっきり見せつけるのだ。ことに目の下と小鼻の周辺は、毛穴もしっかり見えて、もうすぐ取り返しのつかない状態になると告げている気がする。

「嫌んなっちゃうなあ、もう」

つい、そんな自分の顔につくづく見入り、指でさすりながら呟くと、隣から「本当」という声が聞こえた。同い年だけあって、尚子も似たようなことを感じているのかも知れないと思った。

「でしょう？　いつも思うんだけど、何かさあ、ここの鏡って、絶対うちの鏡より、汚く映すような気がすんのよねえ。すごいムカつく」

「でも、こっちが現実かもよ」

「また。嫌なこと言う」

「だって、ありもしないシミとか皺なんか、映るわけないいんだから」

頬に手を添えたまま、仁美はつい、隣を見た。すると尚子の方も、やっぱり鏡に向かって顔を突き出し、自分の顔を見つめている。何だ、悪気があって言っているのではなく、半分は自分に向かって言い聞かせているのかと、密かに胸を撫で下ろしながら、仁美は「そりゃ、そうかも知れないけどさ」と言い返した。

「見なくても済むんなら、そのままにしておきたいってことも、あるじゃない。自分の家の鏡でなら、それなりに気分良く過ごせるんだし」

「そりゃあ、自分の家のは魂がこもるからね」

「何よ、それ」

「うちのお祖母ちゃんが、よく言うわけよ。鏡っていうのは、何年も見てるうちにその人の魂がこもっていくんだって。だから、その人だけ綺麗に見えるようになるんだってさ。何とかって、言うらしいわよ」

「何とか?」

「ええとね、ええと——そう、自惚れ鏡とかって」

仁美が「へえっ」と感心している間も、鏡の中の尚子は、いかにもうんざりした表情で口元を歪めている。

「だから、鏡ほど怖いものはないんだっていう話よ」

「何で怖いの」

「魂がこもるからでしょ。要するに、こっちを牽制してんのよ。自分が死んだ後、お祖母ちゃんがいつも使ってた鏡を覗けば、そこにはお祖母ちゃんの本音が全部、こめられてるはずだとか何とか言っちゃってさ」

尚子は、ふん、と鼻を鳴らして「まったく」と顔を歪める。

「たまに喋ると思ったら、そんなことしか言わないんだから。あんな婆さんが毎日毎晩、あの顔を映してた鏡なんか、とてもじゃないけど薄気味悪くて、頼まれたって使うわけないじゃないよねえ。死んだらすぐ、その日のうちに割ってから捨てるわよ」

仁美は、「割ってからねえ」と、つい笑いそうになりながら尚子を見た。

「また何か、あったわけ？　お姑さんと」

「何で？　ないわよ、べつに」

「そうお？　それにしちゃあ馬鹿に機嫌が悪いじゃない、今日は」

「まあ――そうなんだけどさ――要するに現実は厳しいってこと」

鏡から目を離して、仁美は今度はじかに尚子の横顔を見つめた。バスタオルを巻いたままの格好で洗面台に頬杖をつき、彼女はいかにも憂鬱そうに唇を突き出していたが、もう一つため息をつくと「あのさ」と、眉を大きく動かしてこちらに目を向ける。

「変なこと聞くようだけど」

「何よ」

「お宅なんか、こういうことない？　子どものさあ、たとえば、こう――つき合ってる相手のこととかで、何か問題が起きたこと」

「つき合ってるって？　クラスとかの？　いじめみたいな？」

尚子は片方の手をハエでも払うように振って「ちがうちがう」と顔をしかめる。

「そういうんじゃなくてさ。要するに、彼氏とか、彼女とか、そういうヤツ」

今度は仁美の方が手をひらひらさせる番だった。一人息子は、今年やっと中学生になったばかりだ。幼稚園の頃から小学校、中学校とお受験お受験で、息子だって大変だったに違いないが、仁美もそれなりに苦労してきたと思う。だからこそ、ようやく今年の春、私立の中高一貫校に入れることが出来て、やっと肩の荷が下りた。そうでなければ、いくら仁美だって、ここまで羽根をのばしてはいられない。

「うちのなんか、まだ声変わりもしてないもん」

すると尚子は「あ、そっか」と頷いてから、またため息をついている。仁美は「何よ」とわずかに身を乗り出した。

「本当に、何かあったわけ？　お宅の子？　上？　下？」

尚子は恨めしげな表情で鏡に映る彼女自身をじっと覗き込んでいたが、やがて、そのままの姿勢で「あのさ」と口を開いた。

「――今日、時間ある？」

「時間？　ううんとねえ――あるよ。あるある。ちょっとお茶でもしていこうか？　さっさと着替えちゃって」

本当は約束がないでもなかった。だが、それほど重要なものでもない。「また今度ね」とメールすれば、それで済む程度のものだ。そんな約束よりも、今は尚子の話を聞きたかった。何よりも、好奇心から。

鹿島田尚子とは、このスポーツクラブで知り合った。あるエクササイズのクラスに参加していたのがきっかけだが、たまたま同い年ということもあり、しかも隣近所とか子どもの関係とかいった妙なしがらみがないことから、互いに必要以上に気を使う必要もなくて、すぐに打ち解けた。今や他ではとても話せないような内容のことも、かなり赤裸々に告白し合える間柄にまでなっている。仁美は夫の浮気のことから自分自身の不倫のことまで聞かせているし、尚子の方でも舅姑の悪口も言えば、夫とのセックスレスな関係まで打ち明けるといった具合だ。

「もうさあ、まいったのよ。本当に」

スポーツクラブの帰りによく寄る喫茶店に落ち着いてテーブルを挟むと、尚子が早速口を開いた。だが、そこから先がなかなか出てこない。注文したハーブティの湯気を吹きながら、仁美はしばらくの間、黙って彼女を見つめていた。髪の根元から、白髪が少し目立ち始めている。そろそろ染め直す時期なのだろう。仁美だって白髪は染めている。市販の白髪染めを使って、自宅で染める。だが尚子はいちいち美容室に行っているという話だった。それだけではない、ネイルサロンに通い、岩盤浴に通い、月に一度はエステにも行って、さんざん自分を磨き立てる他には、サルサの教室、韓国語教室、その上さらにスワロフスキーのビーズを使ったアクセサリー教室にも行っているのだ。彼女の夫は団体職員だというが、高級官僚というわけでもあるまいし、一体どの程度の収入があるのだろうかと思うほど、その暮らしぶりは優雅に見える。

「うちの子さあ——下の」

ずい分時間をかけて、ようやく尚子が口を開いた。仁美が「お嬢さん?」と先を促すと、彼女は口元を歪めて、力なく頷いた。

「妊娠してさ」

つい、息を吞んだ。こういう話を聞かされるとは思わなかった。確か、尚子の娘といったら仁美の息子と三歳違い。この春、高校に進学したばかりのはずだ。受験勉強もそれなりに頑張っていたらしいし、それに伴う親の苦労も同じだったから、最初はそんな話をすることで尚子と意気投合した。だから、間違いない。

「相手は?」

「同級生。中学のときの」

すう、と息を吸う音がして、やたらと大きくて長いため息が続いて聞こえてきた。

「もう、何てことしてくれたんだか。それで、うちの中は、滅っ茶苦茶よ。パパは狂ったみたいに怒鳴り散らすし、その声を聞きつけて、お祖母ちゃんたちまで上がってきたもんだから、結局、バレちゃったし」

それから尚子は、娘の妊娠が発覚した前後の話をし始めた。ある日、娘の部屋から妊娠検査薬が出てきたこと。青くなって問いつめたところ、最初のうちはしらばっくれていたものの、ついに娘は「生理が来ない」と打ち明けたこと。

「もう、その段階で、頭ん中真っ白。えっ。あんた、何したの、とかいう言葉しか出なかったわけ。そうしたら、あの子ってば、何て言ったと思う?」

「何てって――」

「『決まってんじゃないよ』だって! もう、私、ぶっ倒れそうだったわよ」

その晩、いつものように遅く帰ってきた夫には「絶対に冷静に聞いて」と念を押した上で、ことの次第を告げたのだが、話を聞いた瞬間、夫はかつて見たことがないほど興奮し、怒り狂って、大声で娘を勉強部屋から呼びつけたかと思うと、ろくに細かい事情を聞くこともせず、娘をさんざん怒鳴りつけたのだそうだ。

「もう、ひどいもんだったわ。この馬鹿野郎、何を考えてるんだ、自分のしたことが分かってるのかって」

「そりゃ、ショックは受けるでしょう」

「でも、いくら興奮してるからって、そこまで言わなくたってっていうくらいにね、あばずれだの、売春婦だの、傷物だの、最低の女だの、もう、次から次へとそういう言葉が出てくるわけ。まいったわよ。美緒は、その場で真っ青になって固まってるし。いくら落ち着いてって言ったって、まるで駄目だしさあ。それだけ騒いでれば、当然、下にだって筒抜けになるわけだからね。

お祖母ちゃんたちは上がってくるし、未芙由だって出てくるし」

「誰だっけ、未芙由って」

「ほら、遠縁の」

「ああ、お手伝いさん」

「みたいな、子」

そういえば、尚子の家には住み込み家政婦同然の娘がいるという話を思い出した。他に身寄りがないから面倒を見てやっているという話だったか、とにかく尚子は、小遣い銭程度の金で、その娘に家事を押しつけて、お蔭で今のように毎日ひらひらと出歩くことが出来ているらしい。結構な御身分だ。

「お祖母ちゃんたちだって『近所迷惑だ』とか『何時だと思ってる』とか言いながら、何となく話に加わっちゃうわけじゃない？　家族会議よね」

「それは、ちょっと可哀想だったんじゃないの？　ただでさえ感じやすい年頃なのに」

「そんなこと言ったって、本当、あっという間に、そういうことになっちゃったんだもん。で、さあ、美緒も美緒で、真っ青になってはいるけど、ごめんなさい一つ言うでもないわけ。ただ、その場に突っ立って、ぷうっと膨れっ面になったまんま、『だって、しょうがないじゃない』みたいなこと、言うもんだから。結局、最後には、みんなして一斉に私を攻撃よ」

「なるほどねえ。母親の責任、か」

「都合の悪いことがあると、いつだって、そうなんだから」

「でも、そういうことはさあ、母親の責任っていうより何より、まずは相手だわよね」

「でしょう？　ところが、また美緒ときたら、最初のうち、こっちがいくら聞いたって、頑として言わないわけよ、相手の名前を」

それでも一家で娘を取り囲み、何度も厳しく問いつめて、やっとのことで相手の素性を聞き出してみると、何とほんの少し前に家にも連れてきたことのある少年だったという。中学のときの同級生だというが、現在はある程度の進学校に通っているというし、なかなか聡明で真面目そうにも見えたし、何よりも「妊娠」などという言葉とはほど遠い、実に幼く見える子だったという話を聞いて、仁美はふいに我が子を思い浮かべた。まだ早いなどと思わずに、人ごとではないと思って聞いていた方がよさそうな話だ。

「でさ、次の日はとにかく学校を休ませて、知ってる人のいないような、遠くの病院まで娘を連れて行ってさ。そうしたら、もう十週になるとかならないとか、そんなになってるわけよ。もう、性別が分かるくらいだって」

思わず「やだ、もう！」と、小さな悲鳴にも似た声が出てしまった。こういう話は正直なところ、好きではないのだ。きれいごとを言うつもりはないが、それでもやはり、仁美の中には「いのち」という思いがある。理由はどうあれ、中絶など簡単にして良いはずがないと思っている。だが、尚子の表情が一瞬のうちに強張りかけたのを見て、仁美は慌てて口調を変えることにした。こんなところで非難しているように思われるのも、また心外だ。正直なところ、所詮は人ごとでしかないのだから。

「――じゃあ、もうすぐ手遅れになるところだったんじゃないの？」

「だから、そういうところが子どもなわけ、何だかんだ言ったって。誰に言うことも出来なくて、一人であれこれ悩んでる間に、時間ばっかり過ぎたんでしょ。診察した医者には、もう、これでもかっていうくらいに嫌みをたっぷり言われるし、おばさんの看護師からまで、変に見下したような顔されるしさあ。当の本人だけ、分かってるんだかいないんだか、人ごとみたいに妙に澄ました顔しちゃってるし」

「澄ましてるわけ？　何でだろう」

「ホント、分からないわ。今どきの子っていうか。我が子ながら、ちょっと薄気味悪いと思った。だって、一応は好きな相手とだから、そういうことになったわけでしょう？　愛の結晶だってこと、分かってんのかしらって。もしも本人がどうしても産むって言い張ったら、そりゃあ、親としてはあくまでも賛成はできないけど、でも、理屈では、彼女は産もうと思えば産めるわけよね。それが、何だか知らないけど、けろっとしちゃってさあ」

「生命の重みが分かってないのかねえ」

「でもあの子は、小さい頃から飼ってた小鳥とかチワワとかが死ぬ度においおい泣いたような子なのよ。テレビで子どもの起こす事件を見てたって、『馬鹿だよねえ、生命は戻らないのに』とか、言うような子なのに」

「なるほどねえ――と、するると、要するに、そんなに好きな相手っていうわけでも、なかったとか？」

「――そういうことなのかなあ」

「今どきの子だもん、本当、分かんないからね。好奇心だけで、そうなるかも知れないし」

「だったらせめて、避妊くらいしろっていうのよね。知らないわけじゃないんだから」

とにかくその晩、尚子は夫に電話で指示されて、一人で先方の家に直談判に行ったのだそうだ。少年の両親は共働きだということだったが、母親も、また父親の方も既に帰宅していた。彼らは尚子の話を聞くなり顔色を失い、勉強部屋にいた息子を呼びつけて、尚子の前でことの真相を問いただしたという。すると少年は、最初は顔を真っ赤にして、すっかり怯えた表情でもじもじするばかりだったが、やがて、やっとのことで自分が相手であることを認めた。そして、美緒の妊娠は少し前に本人から聞かされていたと白状した上で、ただ小さく「すいません」と言って、うなだれたという。

「それを聞いて、向こうの両親は、もう、土下座よ。母親号泣。私が言うのも何だけど、惨めだったわよ、かなり」

息子のしでかしたことのために自分が土下座する光景を思い浮かべて、またもや仁美は思わず背筋が寒くなった。やはり、早いうちに釘をさしておくべきだ。「そういうこと」をするときには、くれぐれも気をつけなさい、と。

「でね。あれこれ質問したんだけど、とにかくその子は、ぼそぼそと『大丈夫だって言われたから』とか何とか、言うばかりなわけね」

「じゃあ、なに？　要するに美緒ちゃんの方が、自分の身体を守らなかったっていうこと？　男としての責任は、感じてはいないわけ？」

「でも、とりあえず口だけにしろ『すいません』って言ってるわけだしね。第一、それについては美緒も似たようなこと言ったのね。『まさか、自分たちに限って、こういうことになるとは思わなかった』とか何とか」

「何だろう、その自信っていうか、認識の甘さっていうか——あ、ごめんね、お宅のお嬢さんなのに」

「いいのよ。本当のことだしね。とにかく、こうなってくるとさあ、こりゃあ一方的に相手ばっかり責められない、っていう話になってくるじゃない？　美緒だって知識がなくて避妊しなかったっていうわけじゃ、ないんだし、無理強いも何もされてないっていうし」

「要するにレイプされたとか、そんなんでもないんならねえ」

そういえば思い出した。仁美の息子も、まだ小学生だった頃、受験勉強の真っ最中だというのに、買い与えたパソコンを使ってインターネットのいわゆるアダルト向けサイトを覗いたり、女性用の妙なコスチュームばかりを扱っているサイトを見ていたことがある。何かの拍子に、夫と共にそのことに気づき、仁美は愕然となった。その後の処理については男同士の方が良いと思ったから、夫に一任してしまったが、あのとき、仁美は息子がべつの生き物になりつつあるのを感じた。正直な話、気味が悪いと思った。次の日、いつもの調子で「ママ」と呼ばれても、笑顔で「なあに」などと振り向くことは出来なかったのを覚えている。

「で、次の日にすぐ手術でしょう？　赤ちゃんが育ってきてることも考えて、一泊だけでも入院した方がいいって言われて、私も病院に泊まり込んでさ」

　確かに聞いているだけでも大変な状況だったらしい。女の子を持つと、こういう苦労があるのかと何度も相づちを打っていたら、バッグの中で携帯電話が鳴った。疲れ切った表情で頬杖をついていた尚子が「出れば」とわずかに眉を動かした。

「大丈夫、メールだから」

「それでも、見た方がいいんじゃない？」

　促されて携帯電話を取り出す。受信したばかりのメールは、今日の約束の相手からだった。

〈予定通りでＯＫ？〉

　仁美は、ちらりと尚子を見て、手早く返事を打った。

〈ごめん、急用で友だちと会ってるから今日は無理。明後日なら何とかなりそう〉

　顔を上げると、つまらなそうな顔つきの尚子が、黙ってこちらを見ていた。

「嬉しそうな顔しちゃって」

「ごめんごめん」

「男でしょ。また変えたの？」

「人聞きの悪い言い方しないでよ」

「ちがう？」

「変えたわけじゃなくて、新しい出会いがあっただけ」

　ふうん、と疑わしげな顔をして、尚子は頬杖をついたままでそっぽを向く。

「いいわよねえ。呑気に遊んでる余裕があってさ」

尚子が何度目か分からないため息をついている間に、再び携帯電話が鳴った。

〈了解。じゃあ明後日のことは、また決めよう〉

もの分かりの良い男だ。つまり、それほど仁美と逢うことを渇望しているわけでもない。だがそれは仁美も同じなのだから、お互い様だった。この程度の関係が、一番良い。気楽だし、後腐れがないし。

「いいなあ、福本さんは」

「何よ、いきなり」

「まだまだ、たっぷり女していられて」

「鹿島田さんだって、そうすればいいのよ。娘ばっかり女になっていくところを、ただ黙って見てることなんかないんだから。いい？　私たち、今が盛りなんだよ」

すっかり冷めたはずのハーブティに手を伸ばし、尚子は「本当だよねえ」と呟いた。

「何か、つくづく馬鹿馬鹿しくなってきちゃった。せっかく育てたのに、たかだか十五年かそこいらで、これだもんねえ」

「でしょ。要するに、子どものことばっかり考えてたって、どうせ、つまらないことになるってことよ。もっと自分のことを考えなきゃ損するばっかりだよ」

「私なりには、かなり呑気に、気楽にしてきたつもりだし、それで満足だと思ってきたんだけどなあ。それでも、何だか、娘がそういうことになったっていうだけで、家の空気がすごく艶めかしくなったような気がしちゃってさあ。あれ、つまり、これまではまるっきり、うちの空気は渇いてたってことなのかなあとか、逆に思ったりして」

「まあ——確かにそういう部分も、あるんじゃないの？　もはや夫婦っていったって男と女じゃないわけだし」

さらりと言ってやった。尚子は、恨めしげな顔つきのままで、またため息をついた。

2

その日も、尚子おばさんは酔っぱらって帰ってきた。一人で夕食をとり、ぼんやりテレビを見ていた私は、がたん、という大きな音に、慌てて階段に駆け寄って、上から玄関を見下ろした。そこには、下駄箱に片手をついて、頭をぐらつかせながら靴を脱いでいる尚子おばさんがいた。上体が揺れて、今にも尻餅でもつきそうだ。

「——お帰りなさい」

階段を下りながら声をかけると、やっとのことで靴脱ぎから上がろうとしているおばさんは、ゆっくり顔を上げ、初めて私に気づいたような顔で、とろん、と目を細めた。

「ああー、未芙由ぅ。ありがとねぇ。出迎えてくれたんだ」

「大丈夫ですか。そんなに酔っぱらって」

尚子おばさんは私の腕に摑まりながら、やっとこさスリッパに足を入れ、ふうう、と長い息を吐いてから、重たそうに顔を上げる。

「そんなにって、あんた、そんなにはね、酔っぱらってなんか、ないわ、よ。だーい丈夫。ああー、気持ちいい」

振り返ると、玄関の施錠もされていないままだ。そんなことにも気づかない尚子おばさんは、今度は手すりにもたれるようにして、「よいしょ」「よいしょ」と呟きながらのろのろと階段を上がり始める。私は手早くダブルロックのドアに鍵をかけてから、おばさんの後について行った。

「パパは？」

「まだです」

「美緒は？」

「十時過ぎに帰ってきて、もう部屋に」

私が説明している間に、尚子おばさんはリビングのソファに座り、大きく顔をのけぞらせて「そう」とうなるような声を出した。

「ちゃんと、予備校には行ったんだ」

それは知らない。どこへ行っていたかなんて、私が知るわけがなかった。

「未芙由ぅ、悪いけどさ、お水一杯、持ってきて」

私は、今度は足早にキッチンに行って冷蔵庫からミネラルウォーターのペットボトルを取り出した。長野の家では考えられないことだったけれど、この家の人たちは、水道の水をほとんど飲もうとしない。

尚子おばさんは、よく冷えた水を美味しそうにごくごくと飲む。私はその様子を黙って眺めていた。一体いつまで、こんな状態が続くのだろうか。

もともとは、美緒の妊娠が発覚したことが始まりだった。もっといえば、発覚するように、私がし向けた。以前、美緒の部屋のゴミ箱から発見した妊娠検査薬の箱を、尚子おばさんが家事を受け持つ当番の日に、おばさんの目につくように、さり気なく美緒の机の下に落としておいたのだ。だって、それは、少しは娘の行動を知っておいた方が良いという、私なりの親切心のつもりだった。美緒は、尚子おばさんが思っているような子どもではありません。もっとずっと大人なんですよと知らせたい一心からだった。

ところが、おばさんが箱を見つけたまではよかったが、美緒ときたら本当に妊娠していたのだ。もう、その晩の騒ぎといったらなかった。お母さんが元気だった頃、私の家でもときどき、お父さんが怒鳴り声を上げて、大げんかになることがあったけれど、あんなものと比べものにならないほどの、ほとんど恐怖を感じるくらいの騒ぎだった。私は、あんな大声を上げるダンナさんを初めて見た。ふだんのダンナさんからは想像もつかないくらい興奮して、顔つきまで変わって。

尚子おばさんは相手の男の子の家に乗り込んでいって、今後もう二度と美緒には会わないし、連絡も取り合わないという誓約書を書かせてきたらしい。あの、まだ子どもじみた男の子が、どんな顔をしていたかと思うと、何となく哀れというか、気の毒な気がしなくもない。そして結局、美緒は子どもを堕ろした。

「ねえ、未芙由ぅ」

尚子おばさんはだらしない姿勢でソファに座り込んだまま、大げさな身振りで私を手招きする。そして、私が傍に立つと、私の腕を引っ張って、半ば強引に自分の隣に座らせた。

「一つさあ、聞いてもいい？」

「あ——はい。何ですか」

「未芙由ってさあ」

尚子おばさんは私の身体にもたれかかるようにしながら、一つ大きく深呼吸をした。それから、眠そうな目で私の顔を覗き込むと、「処女？」と言った。私は息を呑んだ。咄嗟に、どう答えるのが最良の選択かと思ったからだ。本当のことを言うべきか、嘘をついておく方が良いか。

「ねえ、いいじゃない。女同士なんだしさあ、教えなさいよ」

「あの——そうです」

「そうです、ということは、何かな、あれ？　処女っていうことかな？」

小さく頷く私を、おばさんの眠そうな目が見据えている。私は、すぐに視線をそらしてしまった。尚子おばさんは、「そっかぁ」と陽気な声を上げ、さらに私にしなだれかかってきた。

「いいよ、それで、うん、いい！　そんなもの、後生大事に持ってることないっていう時代かも知れないけどね、何でもかんでも、ただ早く済ませばいいってもんじゃ、ないんだからさ。未芙由は、まだいいよ！」

ねえ、と言いながら、私の顔を覗き込んで、尚子おばさんは一人でふにゃふにゃの笑い方をした。私は、自分の選択が間違っていなかったことを確信した。そう。おばさんは、私には処女でいさせたいのだ。美緒が、あんなことになってからというもの、おばさんの頭の中は、「そういうこと」で一杯らしかった。男と女のこと。交わること。どうやら、そういうことばかり考えているらしいのだ。

「第一、汚らしいっていうの」

「――汚らしい、ですか」

「そうでしょう？　単なる興味本位でさ、一体、何やってんのよ。ああいうものはね、まず心がつながってなきゃ、意味なんかないんだから。まるっきり」

それなのにさあ、と呟く声が、もう発音も何もかも溶けてしまいそうだった。私はおばさんの肩を揺すり、もう寝た方がいいと言った。尚子おばさんは頭をぐらぐらさせながら、「でも」とか「だって」とか言っていたが、それも束の間のことだった。もう限界なのだ。

「じゃあさあ、未芙由ぅ。あんた、パパが帰るまで起きててやってくれるかなあ」

「え――それは、いいですけど」

尚子おばさんは「じゃあ、頼むわね」と言うなり、私の肩に手をついて、やっとのことで立ち上がる。そして、斜め上から私を見下ろす格好になると、またもや、ふにゃふにゃの笑顔になって「おやすみね」と言った。肩にのしかかるおばさんの重みは、想像していた以上に重く、吐く息は酒臭かった。

ダンナさんが帰ってきたのは、もう日付が変わった頃だった。階下でカチャカチャと音がしたから、私はまた階段の上から玄関を眺め、ドアが開くなり階段を駆け下りた。冷たくて埃っぽい外の空気をまとって家に入ってきたダンナさんは、私に気づくと「おっ」という顔をした。

「お帰りなさい」

囁くような声で言った。

「どうしたの」

ダンナさんは、帰りがこんな時間でも、特に酔っている様子はない。私は、まだ靴も脱いでいないダンナさんを少しの間見つめて、それから、ぱっと首に抱きついた。

「尚子おばさん、もう寝ちゃったから。すごい酔っ払って」

ダンナさんのコートは冷たかった。首筋も、頬も、耳も冷えていた。今夜は電車で帰ってきたらしい。その冷たい耳元に、私は囁いた。

「だから、私が待っててあげたからね」

ダンナさんの腕が私の腰に回される。少しお酒臭い息と共に、ダンナさんは「そうか」と言い、それからほんの短い間だけ、私にキスをしてくれた。

「だからって、これはまずい。ルール違反だ」

ダンナさんの腕に力がこもって、私の身体を引き離す。その言葉の意味は、私だってよく分かっていた。こんな危険なことは、すべきではない。けれど、今夜はどうしても、こうしたかったのだ。こんなにゾクゾクするのは、初めてだった。

「悪かったね。遅くまで起きててもらって。もう、休んでいいから」

二階に上がるなり、ダンナさんは後からついていった私を振り向きもせずに、いつもより大きく聞こえる声で言った。私が何も返事をしないままで立っていると、ようやく少し離れた距離から振り返る。その目が一旦、美緒や尚子おばさんの部屋の方に素早く向けられて、それから私の方へ戻ってきた。いいか。約束を守るんだ。それがルールだろう？

「おやすみ」

私は一瞬、返事に詰まった。というのも、ついさっきのゾクゾクとした感じが忘れられなかったし、その一方で、あれ、ダンナさんって、こんな顔をしてたんだっけ、と思っていたからだ。今でも私は、もしかするとダンナさんの顔を覚え切れていないのかも知れない。毎日、朝と晩にはこの家で顔を合わせるし、外で二人きりで会うときだって、ダンナさんだと分かるくせに、それでも私は何度となく、こんな顔の人だっけ、と思うのだ。この人が尚子おばさんのダンナさんで、美緒と隆平くんの父親なんだっけ、と。

家にいるときには、私たちは出来る限り視線を合わせないように気をつけている。すぐ目の前にいても、お互いにあまり顔を見ない。すべてをうまく運ぶには、その方がいいからだ。どんなことがあっても、私はダンナさんとの関係を尚子おばさんや美緒や、そして隆平くんに知られてはならない。もちろん、下のお祖父ちゃんとお祖母ちゃんにも。それが、ダンナさんとの約束だった。ダンナさんにしてみれば当然のことだし、私にしたところで、まだこの家を放り出されるわけにいかない。お蔭で、尚子おばさんは今でも、ダンナさんは私に対してほとんど何の興味も持っていないと信じ込んでいる。家族の中で一番勘のよさそうな美緒でさえ、疑っている様子はなかった。まあ、あの子は自分のことでいっぱいいっぱいなんだろうけど。

「どうしたんだい。寝ないの」

私が突っ立ったままでいたものだから、ダンナさんは眉の辺りをぴくりとさせた。ちょっと気に入らないことがあるとき、ダンナさんは何よりも最初に眉の辺りにそれが出る。だけど、私と二人きりで過ごすときには、滅多にこんな顔はしない。いつも、ゆったりと口元をほころばせているし、優しいし、ときどきは声を出して笑うことだってある。つまり、この「眉ぴく」の顔は、ダンナさんが家にいるときにだけ見せる顔だった。要するに今のダンナさんは、完璧に尚子おばさんの夫としてのダンナさんでしかない。

「――おやすみなさい」

ダンナさんを困らせようなんて、思ってやしない。だから私はおとなしく挨拶をする。本当は寝る前にもう一度、抱きついてキスしてみたいと思ったし、それが無理でも、身体のどこかに触るか、せめてもう少し近くからじっくり顔を見ておきたかった。けれど、ダンナさんは「ああ」と低い声で応えると、もう向こうを向いてしまった。

階段を下りる途中、私は未練がましく一度だけ振り返って上を見た。ダンナさんがいるはずもないのに。ダンナさんは神経質だし、心配性だ。だからこそ、私との秘密は守られているのだと思う。いや多分、ダンナさんという人はこれまでにもずっと、こんな秘密を持って、家にいるときの顔と、外にいるときの顔とを使い分けてきた人なのではないかと思う。これは私の勘だけど、ダンナさんは地味で目立たない雰囲気とは裏腹に、実は意外と色々なものを抱え込んでいて、結構、びっくりするような経験をしてる人なんじゃないかと思う。それに女とも、もしかすると相当、遊び慣れてる。何となく、そう感じるのだ。特に抱かれているときに。ああ、この人は慣れてるんだなあ、と。

ダンナさんは、私にお小遣いをくれる。その金額は、尚子おばさんがくれるお金よりもずっと多かったし、場合によっては私自身が外で働いてもらうアルバイト料よりも多い。私は、そうしてもらったお金をせっせと貯金していた。そうしなさい、とダンナさんが言ったからだ。買い物をしたいとか、お洒落をしたいと思っても、今は出来るだけ我慢しなさいと。そうでなければ持ち物から、尚子おばさんに何か感づかれる心配があるし、ダンナさんはダンナさんなりの方法で、私の将来を心配してくれているのだそうだ。

「気がついてるかな。君はどんどん変わってきてる」

ときどき、ダンナさんは私の耳元で言うことがある。特にシャワーを浴びた後などは、ダンナさんは長い時間、私の濡れた髪を触ったり、くすぐったくて笑い出したくなるくらいに、私の身体のあちこちを撫で続けていたりする。そういうとき、私は自分がとても美人で、ものすごく都会的な大人の女になった気分になる。大人の男の人を、私の魅力が惑わしている感じがして、すごく嬉しい。

「いい子だ」

ダンナさんは、私が余計なことを言わないからいいと言う。贅沢しようとしないのもいい。何でもかんでも欲しがらないのがいい。苦労しているからいい。耐えることを知っているからいい。口数の多い女は駄目だ。物欲の強い女は下品だ。すぐに感情的になる女は信用できない。そんな話を聞く度に、私は「じゃあ」と思う。

じゃあ、尚子おばさんは？　だけど、口には出さない。余計なことは言わない。ダンナさんに嫌われないために。

ダンナさんに抱かれているとき、私は、自分が幼い少女に戻ったような気分になることも出来る。優しかった頃のお父さんのことを思い出したりもする。

ダンナさんが休みの日、ゴルフの約束がないときは、私はドライブに連れて行ってもらえる。朝早く、ダンナさんはゴルフの用意をして家を出る。私はいつもの通り、アルバイトに行く格好で出かける。尚子おばさんは「大変ね」とか「頑張って」とか言いながら、ときにはパジャマの上に何か羽織っただけの格好で、大あくびしながら私を見送ってくれる。

心配性のダンナさんは、いつだって人目を気にしているから、絶対に渋谷や代官山なんかで私を待っていてはくれない。だから電車に乗って、私は違う街まで行く。行き先は、大抵はダンナさんが考えてくれていた。動物園、水族館、テーマパーク、千葉の海、富士山——もちろん、ただのドライブのこともある。とにかく、私はそうやって、これまでの月日を過ごしてきた。東京に来て、この家に住まわせてもらうようになって、長い長い眠りから覚めて、それからすぐ。あの頃から、ずっと。

3

翌朝、尚子おばさんはひどいあり様で起きてきた。どうやら化粧を落とさずに眠ったらしい。全体にすっかり浮腫《むく》んでいる顔で、まだアイシャドーの残っているまぶたは泣き腫らしたみたいに見えたし、滲んだ口紅は唇からはみ出して、髪の毛だって方々に跳ねているという具合だ。

「ああ、気持ち悪い」

その声はひどく嗄れていて、風邪でもひいたかのようだ。本当は、今朝はおばさんの当番だった。だが、いつまでも起きてきてくれないから、代わりにダンナさんのコーヒーを淹れたり、下から朝刊を取ってきたりしていた私は、少しの間、声をかけることも出来ずにいた。

「駄目だわ。胃がむかむかして」

ちらりと視線を動かすと、テーブルに向かって新聞を広げていたダンナさんの眉が、ぴくぴく動いていた。このところ、家族と一緒にいてもほとんど喋りもせず、ひたすら無表情で黙りこくっていることの多い美緒は、わざとらしいくらいの仕草で、尚子おばさんから顔を背けた。そして「朝食りんごヨーグルト」を食べ終えると、がたん、と席を立った。その姿をダンナさんが目だけで追う。

「黙って行くのか」

振り向きもせずに「行ってきます」と吐き捨てる美緒の後ろ姿を、ダンナさんはやはり苛立った顔つきで見ていた。だが尚子おばさんの方は、いつものように「行ってらっしゃい」と声をかける元気もない様子だ。

「頭も痛いし。ああ、ホント、駄目」

おばさんはこめかみを押さえる。

「薬、飲んだ方がいいかなあ」

もう片方の手は、胃の辺りをさすっている。

「何かさあ、嫌な夢、見てたなあ。知らない町を歩いててさあ、ドラマのロケか何かで、道がふさがれてるわけよ」

誰も返事しないのに、おばさんはがらがら声のまま一人で喋っている。

「ああ、喋ってるだけで、何かこみ上げてくる感じ。今、薬なんか飲んだら余計に気持ち悪くなりそうな気もするなあ。ああ、やだ。もう」

「──大丈夫ですか」

あまりに一人で喋っているから、私が声をかけないわけにいかなかった。尚子おばさんは、返事をする代わりによろよろと冷蔵庫に歩み寄ったかと思うと、「ううん」とうめきながらドアを開け、そのままの姿勢で、今度はゆっくりテーブルの方を振り返った。

「──そこか」

ミネラルウォーターのペットボトルがのっているのを見つけたらしく、おばさんは大きく息を吐き、相変わらず胃の辺りを押さえながら、またもや今にも倒れそうな雰囲気でテーブルに歩み寄ってきた。

「なあ。何、やってんの、君」

新聞から目を離して、ダンナさんが「眉ぴく」の表情で言った。けれども尚子おばさんは、ダンナさんの声など聞こえていないかのような表情で、そのままテーブルにのしかかりそうな姿勢になっている。ばさばさと新聞を畳む音がして、ダンナさんがちらりと私を見た。

「しょうがないな。昨日の夜は、どうだったの」

私もちらりとダンナさんを見て、それからおばさんを見た。後から叱られるような言い方はしたくない。だけど、こんな状態になっていながら、かばい立てするのにも限度がある。

「結構、酔ってたみたいっていうか」

ダンナさんは、鼻から大きく息を吐いて、呆れかえった様子で尚子おばさんを見据える。

「まったく。何やってんだよ。そんなみっともない格好を、子どもに見せんなよ」

「分かってるっていうざまかよ、それが」

「——分かってるけど」

「——しょうがないじゃないよ」

「何が、しょうがないんだよ。だらしなさ過ぎるって言ってるんだ」

ダンナさんが、チッと大きく舌打ちをしたときだった。それまで、まるで死にかかっているように見えた尚子おばさんが、突然、がばっと身体を起こした。

「いいじゃないよっ！　私だって、飲みたいときくらい、あるんだからっ！」

私は、何となくその場に居づらくて、後ずさりをするように流し台の方に寄った。

「たまに酔っ払ったからって、何なのよっ！　お酒飲めばねえ、酔うわよ！」

「――飲むなとは、言ってないじゃないか」

「あら、そう？　だったら、いいじゃない。パパに迷惑なんか、かけてないんだし。大体ねえ、何で聞かないわけ」

「何を」

「――誰と飲んでたんだって。どこで、どういう相手と飲んでたんだって、どうして聞かないのよっ」

尚子おばさんの不快な嗄れ声が、室内の空気を震わせた。ふう、とため息をついて、ダンナさんが立ち上がった。

「じゃあ、誰と飲んでたんだ」

「誰だって、いいじゃないっ、もうっ！」

「あのなあ」

ダンナさんが片手をテーブルにつき、身を乗り出すようにして尚子おばさんを見下ろす。眉間に皺を寄せたその顔は、ひどく苛立ち、また、冷たそうに見えた。

「言いたくないんなら、わざわざ聞かせるなよ。人が仕事に行くっていうときに、二日酔いの頭でからむな」

「――からんでなんか、いないじゃない」

「だったら、出がけに人を苛々させるなっ。大体、誰のお蔭で毎日そんなに出歩いて、遊び回っていられると思ってるんだっ！」

畳んだ新聞をばさっとテーブルに叩きつけると、ダンナさんは鼻から大きく息を吐き出し、ワイシャツの襟元に手をやりながらリビングに向かう。朝食のときには上着をソファの背に掛けるのが、ダンナさんの癖だった。その上着を羽織りながら、ダンナさんはまだ、憎々しげな表情で尚子おばさんの方を見ていた。

「グレーのスーツ、クリーニングから戻ってきてるだろうな」

「――グレーって。どっちの話」

「チャコールの方！　明日、着ていくからなっ」

「戻ってきてるわよっ！」

突っ伏した姿勢のまま、尚子おばさんが声を張り上げる。ダンナさんは再び大きく息を吐き、しかめっ面のままでリビングを出て行った。

「あの――行ってらっしゃい」

私は流しの前に立ちつくしたまま小さく声をかけたが、ダンナさんの姿は、もうリビングから消えていた。

「未芙由ぅ」

「――何」

「鍵、お願い」

くぐもった声で言われて、今度は慌ててダンナさんの後を追う。長野の家では、昼間はいちいち戸締まりなんかしていなかった。だが、ここは東京だ。普段の尚子おばさんは家族が順番に出かけていく度に、いちいち階段を下りて鍵をかけるのを習慣にしている。だけど今日は、美緒が出かけたきり、鍵はかけられていないはずだった。

「君、今日はアルバイトは」

階段を駆け下りると、もう靴を履いていたダンナさんが小声で言った。私は「あります」と答えた。

「時間は？　遅い方？」

「今日は、早番だから――」

「じゃあ、昼過ぎにでも携帯に電話する。晩飯を食いに行こう」

私は、ぱっと笑顔を作った。ダンナさんの「眉ぴく」が少しおさまった。

「行ってらっしゃい」

ダンナさんは返事をする代わり、小さく頷いて出て行った。玄関のドアはいつものように、腹が立つくらいに静かな音で、ぱたん、と閉まった。

「未芙由ぅ。気持ち悪いよぉ」

二階に戻ると、尚子おばさんはまだテーブルに突っ伏したままだ。寝癖がついた髪は艶もなく、お母さんがいた病院の入院患者を思い出させた。跳ねた髪で、ときには点滴をしたままの格好で、ゆらり、ゆらりと病棟を歩き回っていた病人たち。

「――本当に大丈夫ですか？　飲み過ぎなんじゃ、ないですか？」

おばさんはテーブルに両腕を伸ばしたままの姿勢で、浮腫んだ顔だけを上げ、ひどく気だるげで眩しそうな目つきになった。

「私、昨夜、そんなに酔ってた？」

「かなり」

「未芙由に何か、言った？」

私は「何かって？」と首を傾げて見せた。処女かどうか聞かれたことなんか、改めて言いたいわけがない。それに、「で、どっちだったっけ」などと蒸し返されたりしたら、それもまた嫌になる。ところが、尚子おばさんは「だから」と、今度は遠い目をする。

「どこで飲んだとか――言わなかったかっていうこと。何かさあ、玄関の前に立ったところまでは何とか覚えてるんだけど、その後はまるっきり、記憶が途切れてるんだよねえ」

「家に着いてから、ですか」

「どうやってここまで帰ってきたかも、ちょっと怪しい、かな。タクシーに乗ったんだろうとは思うけど、半分、夢みたいで――あのさ、本当に、何か言ってなかった？」

「だから、何を」

「誰と一緒だったとか」

何だ、そういうことが聞きたかったのかと思った。誰と飲もうと、どうしようと、そんなことは私には何の関係もないのに。

「何も」

「そっか――じゃあ、平気、か」

尚子おばさんはふう、とため息をつき、またテーブルに倒れ込む。この分では、いつものおばさんに戻るまでには相当な時間がかかるに違いない。壁の時計をちらりと見て、私はテーブルの上に残されていた食器などを手早く流しに運び始めた。スポンジを泡立てている間に、またもや背後から「未芙由ぅ」と呼ばれる。

「ねえ、あのさあ、今日、あんた、バイトはどうなってんの」

「今日は――ええと――早番と遅番と、両方入ってて」

「ええっ、まじぃ？　じゃあ、未芙由も帰り、遅いわけ？」

「と、思います。今日は店を閉めた後で、何かの整理を手伝って欲しいとか、そんなことも言われたんで」

少ない食器をさっさと洗ってしまってから振り返ると、おばさんはテーブルにぺたりと頬をつけたままの格好で、どろりとした生気のない目を私の方に向けていた。嗄れた声が「そっかあ」と聞こえた。

「今日、未芙由は早番だけだと思ってた」

「――すいません。昨日になって、頼まれちゃって」

「じゃあさあ、私、今日出かけたら駄目だと思う?」

「出かけるって——だって、おばさん、そんな調子じゃ無理なんじゃないですか?」

「それはね、大丈夫。ソルマックって、いいんだって? 知ってる? アレ飲んで、その後スポーツクラブに行ってサウナとか入って、汗がんがん出すから」

尚子おばさんは、いかにも気だるげに、ゆっくりと腕だけを動かしながら、ひどく長いため息をついた。

「でも——行かない方がいいのかなあ」

私に答えられることではなかった。だから、わざとそわそわと落ち着かない素振りを見せることにした。

「あの、おばさん、私そろそろ——」

「おとなしく家にいて、主婦してるのが、いいのかなあ」

「あの——一応、今日はおばさんの当番ってことになってるんですけど」

おばさんは浮腫んだ顔をさらに膨れっ面にして、「分かってる」と言った。そして、またずるずると倒れ込む。

「分かってるけどさあ」

一体、何があったというのだろう。聞いてみたい気がしたが、本当に時間がなくなってきている。私はおばさんが突っ伏しているままのテーブルの、空いている部分だけ濡れ布巾で拭きながら「じゃあ」と口調を変えた。

「遅刻するとまずいんで、私、もう行きますから」

低くうなるような声が「うん」と答える。私はそそくさと自分の部屋に戻って、コンビニで揃えた化粧品が入っているポーチと、安売りだけど可愛かったピアスにペンダントを手提げバッグに放り込み、それから、あまり持っていない服の中でも、出来るだけよそ行きっぽく見えるものを選んだ。何しろダンナさんが連れて行ってくれる店は、いつもちょっとお洒落で大人っぽい雰囲気の場所ばかりだ。出来る限り身ぎれいにして行きたい。

一階の陽当たりの悪い部屋から二階への階段を駆け上がり、そのまま一直線にリビングを通り抜けて、玄関に下りてしまおうかと思ったが、やはり気になってダイニングを覗いてみた。尚子おばさんは相変わらずの格好のままだ。

「行ってきます――おばさん――風邪ひきますよ――おばさん！」

寝癖のついた頭がびくん、と動いた。何だ、眠っていたのかと、私はいよいよ気がかりになった。こんなところで、たった一人で。

「おばさん――」

「だいじょぶ！」

嗄れ声が響いて、尚子おばさんが顔を上げる。弛緩しきった浮腫んだ顔。本当に一体、何があったというのだろう。このところのおばさんは、ただでさえ少し変だったけれど、今日はまた特別だ。

「悪いんだけどさあ、鍵、自分でかけてってね。もうさあ――こういうとき不便なんだよね、玄関だけが下にあるっていうのは。面倒ったら、ありゃしない」

もしかすると、再び突っ伏してしまうのではないかと思ったが、今度は尚子おばさんは、うめき声にも聞こえるほどの息を、低く、長く吐き出しながら、ゆっくりと立ち上がった。こちらに向かって歩きながら、初めて私に気づいたような表情になって、小さく笑う。

「もうちょっと寝て、それからちゃんと起きるから。色々、ごめんね」

私の前を通るとき、おばさんは私の二の腕の辺りを撫でさすりながら「ありがとね」と、もう一度力のない笑みを浮かべた。

「助かった、未芙由がいてくれて。ホント。美緒なんかより、よっぽど頼りになる」

よろよろと自分の寝室に戻っていく尚子おばさんの後ろ姿が、何となく頭にこびりついた。おばさんは幸せなんかじゃない。多分。たとえ、ダンナさんに浮気されていることを知らないままでも。

その晩、ダンナさんは私を韓国料理店に連れて行ってくれた。韓国料理といったら焼肉だけだとばかり思っていた私は、ダンナさんがメニューを見ながらわけの分からない料理ばかり注文するのに目を丸くした。何とかポックンとか、何とかゲタンとか、何とかサルとか、とにかく私の耳には聞き慣れない言葉ばかりを、いかにも慣れた調子ですらすらと読み上げていく。そして、その途中で何回か私を見た。

「辛いものは大丈夫?」

それほど辛いものを食べたことがないからと曖昧に首を傾げていると、次には「ニンニクは?」と聞いてくる。私はようやく「知らないの?」と少し緊張から解放されて、聞き返した。

「いつも、家でスパゲッティとか作るときとか、一杯使ってるんだよ。ショウガ焼きとか作るときだって、すり下ろしたの混ぜてるんだから」

本当は、知らなくたって無理もない話だ。だってダンナさんは、平日はまったくと言っていいほど家で晩ご飯なんて食べないんだし、土日にしたって毎週というわけではない。せいぜい一週間置きといったところだ。だけどダンナさんは「そうだった」と優しそうに頷いた。今朝のダンナさんとは別人みたい。尚子おばさんは、知っているだろうか。ダンナさんが、こんな顔で笑うことを。

ダンナさんの前には生ビール、私の前には、ダンナさんの選んでくれたトウモロコシのお茶が置かれた。初めて飲むお茶だったけれど、何度も湯気を吹いてから少しだけ飲んでみて「美味しい」と言うと、ダンナさんはまた目を細めた。

「君は何を食べさせても喜ぶから、いいな」

「――知らないものばっかりだから」

「これからどんどん知るようになるさ。そういう意味じゃなくて、多分、君の個性なんだろうと思うよ。素直なんだ」

「素直? 私が?」

「大事にしなさい、そういうところ」

こういう話をするときのダンナさんは、半分お父さんみたいにも、学校の先生みたいにも感じられる。でも、私は自分が素直かどうかなんて分からない。それを、どうしたら大事に出来るかなんて、もっと分からないに決まっている。

「今朝、あれからどうだった？」

ビールのジョッキを傾けながら、ダンナさんがさり気ない口調で言った。まるで、テレビ番組の続きを聞くみたいな調子だ。

「今朝？　ああ、おばさん？」

だから私も、出来るだけ普通に応えた。口にした途端、よろよろと寝室へ戻っていく尚子おばさんの小さな後ろ姿が思い出された。おばさんは、トウモロコシのお茶なんて、飲んだことがあるんだろうか。ダンナさんが、こんなに韓国料理に詳しいことを知っているだろうか。

「今日も、出かけるみたいだった」

「あんな調子で？」

その途端、ダンナさんの表情がわずかに変わった。私は、その顔をちらりと見てから、ちょうど運ばれてきた料理に目を移した。小皿に盛られた何種類かのキムチと、和え物みたいな皿がいくつか。それから、見るからに辛そうな色の炒め物と、薄いお好み焼きみたいな料理だ。

「薬飲んで、休んで、それからサウナに入れば大丈夫だって言ってた」

私は、まずは、辛くなさそうな色の料理に箸を伸ばした。お好み焼き風の料理の、四角く切り分けられた一片を口に運び、ゆっくり嚙んで味を確かめていたらダンナさんが何も言わずに黒っぽいタレの入った小皿を、私の方に置いてくれた。私は、お好み焼きよりも薄く、ソースの塗られていない食べ物を口に運んだまま、にっこり笑って見せた。

「何もつけなくても、美味しいよ」

「そうか。たくさん、食べなさい」

「これ、何ていうの」

「チヂミ。これは海鮮チヂミだ」

「かいせん？」

「海の幸が入ってるチヂミのこと」

ああ、と頷きながら、私はあらためてチヂミという料理をしげしげと眺めた。なるほど、そういわれてみるとタコの足みたいなものやエビが見えている。そうか、海鮮って海の幸のことをいうのかと、私はその言葉を忘れないように頭の中で繰り返した。ダンナさんといると物知りになるような気がする。それが嬉しい。

「お醤油じゃないんだ」

ちょんちょん、とタレにつけて次を食べる。ダンナさんは何か考えるような顔をしていたが、ふいに「なあ」と私を見た。

「君、料理人になるつもりはないの」

「料理人？」

突然、何を言うのかと、口をもぐもぐさせながら見ている私に、ダンナさんは大きくゆっくり頷いてみせる。

「意外と向いてるんじゃないのかな。家で作る飯だってなかなか上手だし、尚子もそう言ってる。ああやって、当番で飯作りを受け持つのも、べつに苦にならないんだろう？」

「そりゃあ、まあ――慣れてるし。もともと料理は嫌いじゃないから」

「だったら、好きなことを生かすに限る。そういう方面の専門学校に進むとか、たとえば、どこかの店に修業に入るとか、そういう道を考えてみるっていうのは、どうなんだい」

それからダンナさんは、料理にだって色々な専門分野があることや、最近は女性の料理人も増えてきている話などをし始めた。フランス料理やイタリア料理、もちろん中華でも日本料理でもいい、菓子やケーキ職人になることも出来るだろうという話を聞いて、私は突然、頭の中に花が咲いたように感じた。つまり、パティシエということだ。私が？　白衣を着て？

「前に、レストランでアルバイトしてみたかったって言ってたろう。あのときは、調理場の仕事は考えなかった？」

私は小さく首を振った。あのときは、レストランで働けるとしたらウェイトレスしかないとばかり思っていたからだ。コックなんか、考えたこともなかった。

「これから始めるつもりだったら、基礎からきちんと習うべきだ。いい先生を見つけてさ。そうすれば、ゆくゆくは海外で修業出来るようになるかも知れないし」

「海外？　私が？」

「それがプロの強みだ。どんなところに行っても通用するだけの技術と、いざというときに頼れる人脈さえ持てば、世界中どこでも行けるだろう」

「――そんなこと、本当に出来るのかな」

当たり前じゃないか、と笑っているダンナさんを見ながら、私は、ひたすら目を丸くしていた。一つは、やっぱりダンナさんは大人で、詳しいことは分からないけど、お役所に近いような仕事をしていて、色んな世界に詳しいらしいことに。そしてもう一つは、私自身の未来に、ひょっとすると外国で暮らせるかも知れないくらいの可能性があるのか、ということに。

幼い頃から山ばかりの景色の中で育って、あの向こうにはどんな世界が開けているんだろうかとずい分、考えたことがある。今、私は生まれて初めて、目の前が広々と明るく開けたような気分だった。

「外国にまで、行けちゃうんだ――」

「かも、知れないっていうことだけどね。まあ、要は君の努力次第だ」

実は、専門学校へ行くつもりにはなったものの、一体どんな方面へ進めばいいのかが、どうしても今ひとつ決められないまま、時間ばかりが過ぎていた。とにかく確実に、ちゃんと就職先の見つかる方面へ進まなければならないというのが一番の条件だから、アニメーションとかグラフィックとか占いとか、ちょっとくらい魅力を感じたとしても、不安要素の残るところに決める勇気はなかった。だけど、確かに料理人ならいいかも知れない。

「そのためには、必要に応じて外国語だって勉強しなきゃいけないかも知れないし、栄養の勉強とか、カロリー計算とかもあるだろうし、そう簡単な道じゃないとは思うけどね」

何だかドキドキしてきた。つい、あれこれと考えている間に、ダンナさんは辛そうな炒め物も、次に運ばれてきた料理も、もうぱくぱくと食べ始めている。

「まずは、学校に行くのがいいのか、弟子入りがいいのか、それも考えないとな。まあ、僕もちょっと心当たりを聞いてみるよ」

ダンナさんはご飯を食べるのが早い。それは、この後きっとホテルに行くからに違いなかったが、いつもならもっとゆっくり食べて欲しいのにと思う気持ちも、今日は起こらなかった。ダンナさんは私のことを考えてくれている。それが分かったからだ。ちょっとは申し訳ないと思いながらも、私は尚子おばさんに勝ったような気分だった。

4

鹿島田尚子の雰囲気が変わった。

とはいうものの、いつものヨガ用のトップにフィットネスパンツというスタイルだし、ヘアバンドだって特に目新しいものではない。並んで汗を流しながら、福本仁美はちらちらと尚子を観察し続けていた。髪の色が変わっただろうか？　化粧？　何が違うのだろう。

「分かる？」

五十分のクラスを終えて、早速そのことを言うと、尚子はぱっと表情を輝かせる。

「まつげパーマっていうの、やってみたの。それと合わせてスーパーマスカラっていうのも塗ってもらって」

顔の汗を軽く押さえながら、ゆっくりと瞬きして見せる尚子の目元を見て、仁美は思わず「へえっ」と声を上げてしまった。そう言われてみれば確かに、以前よりもまつげが長く、くっきりと美しく見える。たったこれだけのことで、こんなにも表情が違って見えるものなのかと思った。

「何か、気合入ってるわねえ。ちょっと」

つい冷やかし半分で言うと、尚子は小さく肩をすくめて意味ありげな笑みを浮かべる。その顔を見ていて、いや、まつげだけの問題ではない、と気づいた。眉の描き方も変わったし、そんなことより何より、肌そのものがずいぶんと調子が良いようだ。

「何か、やったでしょう。他にも」

シャワーを浴びて、並んで化粧台の前に陣取ったとき、疑惑は確信に変わった。相変わらず人のアラばかり映し出す鏡に向かうと、仁美の肌との違いが歴然としていたからだ。以前は絶対に、そんなことはなかった。このくらいの年齢になれば誰も彼も、ある程度は仕方がないものかと、密かに諦めの混じった安堵のため息をついたのは、尚子の肌だって似たようなものだと、見て分かったからだ。

「言いなさいよ。ちょっと」

肌が乾燥しないうちに、顔に化粧水をたたき込みながら、仁美は鏡の向こうの尚子から目を離さなかった。すると尚子は、またもや小さく笑った後で、すっとこちらに身体を傾けてきた。

「実をいうとさ」

「なによ」

「ボトックス」

「えっ、やったの？」

思わず隣を見た。すぐ傍で、素顔の尚子が、にんまり笑っている。そういえば目尻も、小鼻から口元にかけても、以前よりもずっとなめらかな肌になったようだ。

「そうか、やったんだ」

「思い切ってね。ことに、ほら、美緒のことがあってから、ある日気がついたら眉間に、くっきり入るようになってたのよ。こう、びしっと縦に二本。ああ、これはもう早いうちに手を打たなきゃと思って」

「――いくらだった？」

「何だかんだで、十五万ちょい」

「それと、まつげパーマは別でしょう？」

尚子は「もちろん」と明るい声を上げて笑っている。仁美は、そういえば、この人の笑い声を聞くのは久しぶりだということに気がついた。以前は陽気で、何かというとよく笑っていた印象があるのだが、最近は確かに憂鬱そうな顔をしていることが多かったかも知れない。

それにしても、十五万以上とは。

「ボトックスって、しばらくしたら効果がなくなるんだわよねえ」

「まあ、半年に一度くらいは、打たなきゃならないみたいね」

　ふうん、とため息混じりに頷いて、仁美は、自分の顔に美容液をすり込み始めた。どう考えても、一年に三十万以上の金額など、かけられそうにない。いや、それだけの余裕があったら、もっと他のことに回したい。

「ご主人、喜んでるんじゃないの？」

「まさか。気づきもしないわよ」

　顔中を撫で回しながら、やっかみ半分で、仁美は鏡の中の尚子を見た。だが、たった今陽気に笑っていたはずの尚子は、つん、と口元を尖らせて、もうつまらなそうな顔になっている。

「じゃあ、内緒で？」

「向こうが気がついたら、ちゃんと言おうと思ってたんだけどね。まるっきり。まつげのことも。もう、馬鹿馬鹿しくて、正直に言う気になんて、誰がなれるかってなもんよ」

　あらまあ、と笑いつつ、仁美の夫だったら気がつくだろうかと、ふと思った。人の家のことは言っていられない。仁美の夫だって、気づかないに違いない。おそらく。絶対に。そういう夫だからこそ、こちらもこちらで好きなようにやっているのだ。

「まあ、べつにあの人のためにやったってわけでも、ないからね。あくまでも、自分のため。私自身の人生のためだから」

「――そりゃあ、そうね」

　尚子は、ボトックス注射の効果でも確かめるかのように、鏡に向かって自分の顔を突き出し、口元を伸ばしたり縮めたりしながら「それにさ」と言った。

「それに、何よ」

彼女の視線が仁美をとらえた。片方の眉だけを動かして、にやりと笑う。

「彼はね、喜んでくれてるから」

「――彼？　彼って」

「吉岡くん」

仁美は首を傾げた。初めて出てきた名前だ。第一、尚子が「くん」をつけて呼ぶ男性など、これまで一人でもいただろうかと考えているとき、尚子は今にも笑い出しそうな、それでいて焦ったそうな、いかにも奇妙な顔つきになった。本当に、眉間に皺が寄っていない。おそるべし、ボトックス。

「誰だっけ。吉岡くんって」

「覚えてない？　ほら」

「ごめん。知らない。全然」

「また。もう。知ってるってば。ほら、前に三茶でさ」

「三茶で？　吉岡？　吉岡――あっ！」

思わず大きな声を出してしまった。仁美は、目も口も精一杯に開いた顔で、まじまじと隣を見つめた。

「ひょっとして、あのときの彼？　いくつって言ってたっけ？　あの――」

「三十二」


「そうそう、そうだった！　ちょっと、まじ？」

仁美はめまぐるしく頭を働かせ始めた。何週間か前、尚子と二人で三軒茶屋のワインバーに飲みに行ったときのことだ。主にサラリーマンなどが多く立ち寄るカジュアルな雰囲気の店だった。ひょんなことから隣のテーブルにいた男同士二人連れの客と、何となく言葉を交わすようになった。少し酔った勢いもあって、互いにからかい半分に、それぞれの年齢や職業を当てっこしたりして、それなりに盛り上がった記憶がある。とはいえ中学生の子どもを持つ母親としては適当なところで帰らなければならなかったから、確か九時前には店を出たと記憶している。そういえば尚子の方はまだ飲み足りない様子だった。もう少し、とか何とか言って、ぐずぐずしているのを、仁美が急き立てて店を出たのだ。

「ちょっと。まさかあの後、戻ったの？　店に？　一人で？」

「ちがうちがう、あの後246まで出て、あそこで福本さんと別れたじゃない？　それで、しばらくの間タクシーを待ってたら、後ろから声をかけられたのよ。『あ、こんなところにいたんだ』とかって。そのときは向こうも、もう一人になってたんだけど、何となく、じゃあもう一軒行こうかっていう話になって」

「吉岡って、どっちの子だっけ」

「福本さんの並びにいた方。面長の」

尚子は、いつになく照れくさそうな表情で、奇妙に身体をくねらせるようにしながら笑っている。仁美は直感した。彼女は、もうその男と関係を持っている。

あーあ。

やっちゃった。

馬鹿な人。

もちろん仁美だって、人のことを言えた義理ではない。夫のいる身でありながら、他の男と会っているという点では、尚子よりもよほど先輩だ。

ただし仁美は自分にルールを課している。それは、何があっても「遊び」であることを忘れない、ということだ。心まで相手に持っていかれては家庭生活がままならなくなる。それどころか、母親でいられなくなる可能性さえ出てくるかも知れない。だからこそ仁美は、もっとも後腐れのない方法として出会い系サイトなどを使っているのだし、短いときには一度限り、長く続いてもせいぜい一、二カ月程度で相手との関係を終わらせる。自分の私生活を必要以上に明かそうとは思わないし、また、仁美の方でも、相手にそういうことを要求はしない。

要するに、遊びとしての恋を楽しめれば、それでいいのだ。そのために、ときとして気恥ずかしくなるくらいの台詞は必要でも、真心などはいらない。

「それで、つき合っちゃってるんだ、彼と」

「まあ——何となく。かな」

「ヤルじゃない。そんな年下と」

冷やかし気味に言ってやると、尚子はさらに嬉しそうな顔になった。

やばいんじゃないのかなあ。こういう顔しちゃったら。

だが、まあ、それ以上は仁美には関係のないことだった。お互い子どもではない。尚子だって自分なりに考えているに違いないし、余計な口出しは、野暮というものだ。

「私さあ、忘れてたんだよね」

「何を？」

「誰かを待つっていうことが、こんなに楽しいもんだって」

このところの彼女からは想像もつかないほど、うっとりした表情になって視線を宙に漂わせる尚子を見ていて、仁美は笑っていいのか、呆れたらいいのかも分からない気分になっていた。

「あのさ」

改めて彼女の方を向くと、尚子はきれいにカールしたまつげをぱちぱちとさせて、小娘のように首を傾げる。

「気をつけた方が、いいと思うよ」

「何を？」

「鹿島田さん、べつに家庭まで壊すつもり、ないんでしょう？」

軽く横っ面でもはたかれたような顔つきになって、尚子はすっと視線を外した。

「そりゃあ――そうよ。当たり前じゃない。だけど、福本さんも言ってくれたじゃない？　まだまだ女として生きることを考えなきゃ、もったいないって」

「ちょっと待ってよ」

思わず慌てて尚子を見た。それではまるで仁美がそそのかしたみたいではないか。何かあったときに限まれるのでは、たまったものではない。

特に、こういう人には気をつけなくちゃ。遊び慣れてないし、依頼心が強いし。

子どもっぽく、拗ねたような顔をする尚子を見ながら、仁美は、これからの彼女との接し方については、もう少し考えなければならないと、始めて警戒心を抱いていた。とにかく早い段階で釘を刺しておく必要がある。

「いい？　これだけは肝に銘じておいた方がいいと思うから、言っておく」

いつもの喫茶店に場所を変えて、仁美は尚子と向き合った。

「絶対に深追いはしないこと。それから、いつでも逃げ道を用意しておくこと。それより何より、どんなことがあっても、あくまでも自己責任。それが守れなかったら、こういうゲームは、やらない方がいいのよ」

尚子は殊勝な面持ちで俯いている。

「分かった？　本気になんか、なっちゃ駄目なんだからね」

「そう、思う？」

「当たり前じゃないっ——ねえ、その吉岡くんって、独身？」

「もちろん」

「鹿島田さん、自分の家のことは話したの？」

「だって、最初に会ったときに、ゲームみたいにしてお互いのこと、喋ったじゃない」

そうだったかも知れない。だがあのとき、仁美の方は単にワインの酔いに勢いづいて喋っていただけだから、隣の席の男たちの顔さえも、きちんと覚えてはいなかった。単なる若造のサラリーマンという、それだけだ。

「その彼、つき合ってる子とかは、いないのかしらね」

「少し前に別れたんだって」

「それで今度は年上の人妻か」

「言われちゃった。タクシーを待ってたときの私の後ろ姿がね、すごく淋しそうに見えたんだって。それでつい、声をかけないわけにいかなかったって」

ふう、とため息をついている尚子の顔は、完璧に恋をしている女の顔だった。

まったく。

だから駄目なんだわよ。初心者は。

最後には傷つくに決まっているのに。今さら、これまで築いてきたすべてを喪《うしな》うことが、どれほどのエネルギーを費やすかも考えないで。

だが、やめておけと言えば言うほど燃え上がるのが、この病気の厄介なところだ。ことに年齢が高くなるほど、その傾向は強くなる。実は、仁美の周囲には他にもそういう状態になっている女があと何人かいた。そのうちの一人は高校時代の同級生だが、仁美に会員制の出会い系サイトを紹介してくれた、いわば遊びの先輩だったというのに、ミイラ取りがミイラになるというか、今やダブル不倫の泥沼状態で、お互いの家庭は惨憺たる状況になっているらしい。

「いい？　とにかく、絶対に家庭を壊すような真似したら駄目なんだからね」

「――そうだよね」

「彼だって、何も自分より一回りも年上の人妻と本気でつき合ったり、ましてや生涯の相手にしようなんて思ってやしないんだから」

「――そりゃあねえ。常識で考えればねえ」

「何かあったとき、馬鹿をみるのは女なんだから。分かった？　絶対に感づかれないようにしなきゃ、駄目よ」

　早い段階で言うべきことだけは言っておかなければならない。それがこの先、何かあった場合に、仁美が責任をなすりつけられたり、逆恨みされないための唯一の方策だ。

「いいわね？　私、言ったからね。自己責任。何かあったからって、誰かに頼ることも、誰を恨むことも出来ないんだから」

　ハーブティを飲みながら「分かってる」と呟く尚子は、やはり確実に若返って見える。カールしたまつげが、頬に微かな陰影を落としているのを見て、仁美はいよいよ彼女が羨ましくなった。綺麗になっちゃって。聞いている方が恥ずかしくなるような言葉まで口にして。

　本当は仁美だって、本気の恋愛がしてみたいとは思っている。まるで手当たり次第のように、出会い系サイトばかり利用している今の状態は、正直なところ何とも味気ないし、いかにも軽薄だという印象も否めない。今どきの小娘のように、どこか自分を安売りしているように感じなくもない。だが、それでも「遊び」のルールは変えてはならないと自分に言い聞かせてきた。家庭に波風は立てない。息子を動揺させることだけは、したくないのだ。何があっても。

「ねえ、話は変わるんだけど。今どきの若い男の子って、どんなブランドとかが好きなのか、知ってる？　服とか。小物とか」

少しの間、深刻そうな顔つきだった尚子が、ふいに表情を変えて口を開いた。

「ブランド？」

「彼にさあ、何かプレゼントしてあげたいかなあって。あ、いや、あのね、誕生日が近いらしいのよね」

駄目だ。彼女は完全に舞い上がってしまっている。仁美は「今どきの、ねえ」と考える振りをしながら、さて、この先彼女はどんな道をたどることになるのだろうかということばかりを考えていた。

5

ダンナさんのひと言のお蔭で、東京に来て以来、初めてというくらいにワクワクした何日間かを過ごすことが出来たと思ったのに、そんな喜びも束の間だった。改めて本屋などで立ち読みして調べてみて、私は本当に、心の底から驚いた。お母さんがガンだと分かったときと同じくらいに、がつんとやられた感じだった。

確かに一瞬は嬉しかったのだ。この東京には、何とまあ調理師学校の多いことかと。よりどりみどり、この中から自分の気に入った学校を見つければいいのかと思ったら、本気で周囲がバラ色に見えるような気がした。だけど、もう少し調べてみて愕然となった。それらの学校の、授業料の高いことといったら！　年間百万以上は当たり前、中には一年に二百万円以上払わなければならない学校も少なくないではないか。二百万も！　目の前が真っ暗になった。

そういうことか。

一筋の光を求めるように、書店で学校案内を見たり、ネットカフェでパソコン検索してみるにつれ、やがて、私の中には何ともいえない嫌な気分が広がっていった。ふん、と、鼻でも鳴らしたくなるような。舌打ちでもいい。何かを蹴飛ばすんでも。もう、笑っちゃうよな、とでも言うしかないような。

そういうことなのだ。要するに。貧乏人には、チャンスさえやらないって。

やっぱり。

それが、この世の中なんだ。

最初は、何となく感じていただけだった。だけど、東京での暮らしが長くなるにつれ、渋谷だけでなく原宿も、代官山も迷わずに歩けるようになるにつれて、私は日々、どんどん強く感じるようになっていた。この都会では、誰もが面白おかしく生きているように見えるけれど、本当に、この街を自分のものと感じて、生き生きと、のびのびと、すいすいと暮らしているのは、ある程度お金を持っている連中に限っての話だって。そうじゃなかったら、よっぽど可愛いとか、すごい知り合いがいるとか、とにかく、一般人と違うところがあるのでない限り、東京という街は、絶対にこっちを向いてなんかくれない。

たとえば渋谷の街を見ていれば分かることだ。ちょっと見は、行き過ぎる皆が皆、お洒落で、可愛くて、何一つ不自由してなんかいない印象を受ける。だけど、そんなのはただの見せかけだ。少し目を凝らしていれば、すぐに別の連中があぶり出されてくる。

信じられないくらい子どもっぽい少女が、どこから見たって援交相手と分かるオヤジに手を引かれて、真っ青な顔をしてホテルに入るところを、私は見た。思いっ切り厚化粧してる髪の長い女の子が、すれ違いざまにひどく不潔な汗と垢の臭いをさせていたことがあった。超ミニのスカートを穿いて、かなり派手で大胆な服を着た女の、流行りのサンダルから出ている足の爪が、真っ黒に汚れていた。ラッパーみたいな服装の若い男が、ビルとビルの隙間に入り込んで一人で泣いていた。茶髪に派手なスーツを着た男たちに取り囲まれて、ジーパン姿の男が頭を踏みつけられていた。

渋谷の街では、年がら年中あちこちで嬌声が上がる。笑い声にしては甲高すぎる、わざとらしい、まるで悲鳴みたいな声が聞こえる。だけど、本当に心から笑っている、幸せそうなヤツなんか、実はそれほど多くない。こんなにも人が溢れている街だけど、ひしめき合っている人間の全員に、ちゃんと行く場所があるのかどうかなんて、分かったもんじゃない。どぶ川に浮いてるゴミみたいに、何となく人の流れに紛れ込んで、フワフワと流れてるだけの人間だって、きっとたくさんいるに違いない。

その証拠に、私はほぼ毎日デジカメプリントショップの店頭にいて、やはり毎日のように同じ顔を見かけることがある。それも、日に何度も。べつに働いている様子もないし、この近くに用があるという雰囲気でもない。ただ、いつも無表情のまま、ぶらぶらと人混みに紛れて流れていくのだ。そういう連中を見ると、私は回転寿司を思い出す。最初は新鮮だったはずなのに、誰にも選び取ってもらえなくて、だんだん乾いてきちゃったネタみたいなものだ。

要するに、この街、この世の中は、お金のない人間には、チャンスすら与えてくれないように出来ている。そうに違いなかった。

貯金がないというわけではない。ダンナさんの言いつけを守って、私は尚子おばさんからもらっているお金の他は、バイト料にも、ダンナさんからもらうお金にも、ほとんど手をつけずに貯金に回してきた。それに、お母さんの保険金から分けてもらった五十万円がある。実をいうと、私は自分の預金通帳を取り出して眺めては、その数字が増えていくことにうっとりすることが、日課になっているほどだ。だけど、さすがに二百万までは、まだ貯まってはいなかった。

もちろん学校によっては、今の貯金でも一年分の学費に十分なところだって、ないわけではない。だけど、私が行ってみたいと思った学校の学費には足りないのだ。その学校の説明には、「和食・洋食・中華・製菓など、調理全般についての理論と基礎を学びます」と書かれていた。すべて有名料理店の現役シェフなどによる指導。一流の素材を使って、見る目そのものを養う。栄養学、公衆衛生学や食品衛生学も習い、もちろん卒業時には調理師の資格も与えられる。

「――これから先、果てしなく続く調理のプロとしての道の、最初の入り口に立った諸君にとって、まず必要なことは、もっとも幅広い可能性と選択肢とを用意することであり、さらに、諸君の適性を見極めるに十分な指導陣が揃っていることです。本校には、それらのすべてが整っています――」

インターネットのホームページで最初にその文章を読んだとき、私は、この学校こそが私にふさわしいと感じた。これで私の未来は間違いなく開けると。

それなのに。

馬鹿にしている。二百万なんて。

もちろん、きちんと手続きを踏めば、学費分納とか、奨学金制度のような方法もあるにはあるらしい。だが、働きづめでなければ通いきれないというのは、あまりにも過酷な気がした。学校と仕事の両立なんて、私にはとても無理だと思った。この一年で、私はずい分、自分のことを知ったと思う。自分なりに悟った部分もある。つまり私は、そこまで根性のある人間ではないということだ。きっと途中で疲れてしまう。嫌になるに違いない。どれほど高い学費を払ったとしても、学校そのものが続かなくなってしまったら、意味がない。

ダンナさんに頼めないものか。学費を出してもらえませんか。いえ、貸してもらうだけでもいいんです――いや、そうしたらダンナさんは言うだろう。そんな高い学費を払って学校に行くくらいなら、現場で学べ、どこかに弟子入りしろと。この前だって、そんなことを言っていた。それにダンナさんは、私が何も望まないからこそ、気に入っているのだ。くれと言わないから、お小遣いをくれる。食べたいと言わないから、レストランに連れて行ってくれる。

弟子入りなんて。

まだ、どの道に進みたいかもはっきりしないのに、そんなの無理に決まってる。第一、見知らぬ人の中に放り込まれて、もしも虐められたら、どうしたらいいのだ。私には、逃げて帰れる場所がないのに。ただ耐えろと？　そんなの、無理だ。私の性格では――。

じゃあ、諦める？

諦めて、何をすればいいのか、また考えは堂々巡りになる。

それなら、あと一年待つという手もある。今のまま居候を続けて、これまでより、もっと時給のいいアルバイトを探して。とにかく必死で貯金して。

また、あと一年も。

もちろん、やろうと思えば出来なくはないとは思う。現に今日まで我慢してきたのだ。いや、そんなことより、本当に学校に通えるようになったとしたら、そのとき私はどこに住めばいいのだろう。学校の寮があればいいが、それにもお金がかかるのだとしたら――つまり、どっちみち尚子おばさんの家からは、簡単に出るわけにいかないということなのか。

考えても考えても、出口のない迷路に入り込んだかのようだった。

隆平くんが帰ってきたのは、そんな頃だ。私がキッチンで米を研いでいたら、突然「なあ」と背後から声をかけられて、私は思わず小さな悲鳴を上げてしまった。おそるおそる振り返ると、隆平くんは、どこか憮然とした顔つきで、ジーパンのポケットに手を突っ込んだまま、こちらを見ていた。

「何だよ。泥棒か何かと思った？」

濡れた手のまま、私は額にかかった髪をかき上げて「そんな」と慌てて首を振った。これまで隆平くんとまともに口をきいたことは、ほとんどない。それに、私には何となく後ろめたさのようなものがあった。本人が留守なのをいいことに、私は隆平くんの持ち物を色々と使ってしまっている。布団も、スタンドも、ＣＤプレーヤーも。それから、マンガもたくさん自分の部屋に持ち込んでいるし、辞書だって借りたままだ。もちろん、すべて尚子おばさんがそうしろと言ったからだけど、それでも決まりが悪いことは確かだ。

「あの――いらっしゃい――」

「じゃ、なくて。それを言うんなら、おかえんなさい、だろ」

「あ――お帰りなさい」

「ただいま。飯は？」

「え――あ、食べますか」

私は軽いパニックに陥っていた。もう長い間、隆平くんが家で夕食をとることなどなかったから、計算に入れていない。それどころか最近は、尚子おばさんの分でさえ作っていいものかどうか迷っているくらいだ。だから今夜も、私は自分と、いつ食べるか分からない美緒のためだけに豚の薄切り肉を焼き、サラダを作るつもりでいた。

「食べるよ。腹、減ってんだもん。母さんたちは？　何時頃帰るって？」

答えられなかった。曖昧に首を傾げていると、隆平くんは「ま、いっか」と言い、テレビをつけてソファにふんぞり返った。

「どっちみち、そろそろ帰ってくんだろう？」

リモコンでチャンネルを替えながら、隆平くんが声を張り上げる。私は、それよりもずい分小さな声で「多分」と答えた。それから急いで冷蔵庫とフリーザーを覗き、隆平くんのために作れるメニューを考えた。買ってきた豚肉を焼いただけでは、とても足りないことは明らかだ。ましてや、隆平くんは男だし、若いんだし――。

野菜は色々と揃っている。冷蔵庫には蒸し焼きそばが何玉か入っていた。それからフリーザーを見ると、ずい分前に尚子おばさんが買ってきた冷凍餃子もそのままになっていた。鶏のもも肉もある。私は、美緒が好みそうなあっさりした夕食メニューを取り消しにして、鶏肉野菜炒めに豚肉ともやしの塩焼きそば、そして揚げ餃子を作ることにした。そうとなれば、ひたすら野菜を刻むだけだ。キャベツにニンジン、タマネギ、ピーマンと、手当たり次第に取り出した野菜を、とにかく端から刻み始める。

「なあ――なあってて！」

振り向くと、リビングの方から隆平くんが首を伸ばしてこちらを見ている。

「俺、何か手伝おうか？」

「あ――いえ、大丈夫ですから。あの――座っててください。すぐ、作りますから」

「だって、すぐ出来たって、みんなが帰ってこねえんじゃあ、しょうがねえじゃん」

みんなって。

誰のことを待つつもりなの、と言いそうになった。美緒は予備校に行っている。ダンナさんはいつもの通り。そして尚子おばさんは――おばさんは本当に最近、何時に帰ってくるか分からない。夜中の十二時、一時ということだって、ざらにある。だけど、それを私の口から言うわけにはいかなかった。じきに分かる。隆平くんが自分で確かめればいいまでのことだ。

「ああ、何かいい匂いしてきた」

フライパンを火にかけて、しばらくすると、今度はすぐ耳元で隆平くんの声がした。私は菜箸を使いながら振り向いた。驚くほど近くに、隆平くんの喉仏が見えた。

6

夫が離婚したいと言い出した。

「何を言い出すのよ、いきなり――」

福本仁美は、ネクタイを緩めながらそっぽを向いている夫の顔を凝視した。今夜も遅く帰ってきて、酒臭い息を吐きながらキッチンに来るなり冷蔵庫を覗いたりしているから、聞いてやったのだ。「お茶漬けでも食べる？」と。それに対する答えが、「別れてくれないか」だった。

「馬鹿なこと言わないで」

夫は、ちらりとこちらを見た。けれど、目は合わせようとしない。どこか斜め下の方を見ながら、「馬鹿なことか」と呟くだけだ。仁美は、自分の中で一気に何かが膨らむのを感じた。これまで何度となく口にしたいと思い、投げつけたいと思い、その都度、懸命に呑み下してきた言葉の数々が、ごちゃ混ぜになって噴き出してきそうだった。けれど、言ってはいけないと自分に言い聞かせる。本当に本当の終わりが来るまでは、決して口にしないと誓ったからだ。せめて、息子が成人して、一人前になるまでは。

「馬鹿なこと、ね」

夫が再び呟いた。上体は軽く揺れている。

「馬鹿げて、ますかね。俺と別れるっていうことが」

酔っているのだ。今夜に限ったことではないが、夫はしたたかに酔っている。どうせまた、女のところにでも行っていたのだろう。そして、結婚でも迫られたのに違いない。いつになったらはっきりさせてくれるの、本当に奥さんと別れてくれるの、と。

「大体、酔ってするような話?」

この分だとお茶漬けの用意も必要ないらしいと判断して、仁美は、湯沸かしポットに水を満たし、給湯システムの操作パネルを開いて、明日の朝六時には風呂に入れるようにタイマーをセットし、さらに炊飯器のタイマーもセットして、最後に流し台の蛍光灯を消した。エプロンを外しながら振り返ると、夫はまだそこにいた。上着は脱ぎ捨て、だらしなく緩めたままのネクタイ姿で、黙ってこちらを向いている。

「寝るわ、もう」

「話は終わってないじゃないか」

「だから、言ってるじゃない。そんな話、酔ってすることじゃないでしょうって」

夫がすうっと背筋を伸ばす。仁美はキッチンカウンターを回り込んで、夫とテーブルを挟んで向き合った。

「もちろん、酔ってなかったとしたって、私の答えは一緒だけど」

「――みず」

いつもこうだ。夫は、タイミングや相手の都合というものを、まるで考えない。人がキッチンにいる間に言ってくれればいいものを。仁美はため息を一つついてから、再びカウンターを回り込み、浄水器の水をグラスに満たした。

黙ってテーブルの上にグラスを置く。夫も黙ってそれを取り、一息に水を飲み干して、馬鹿長いため息をついた。

「別れないのか」

「だから言ってるでしょう。そういう話は」

「酔ってないときに言ったら、返事の内容が変わるのか」

「どういうときでも答えは同じよ」

「別れないのか」

「別れません」

「――おまえの方が、別れたいんじゃないのか」

夫が、ゆっくりこちらを見た。初めて、視線がぶつかった。その途端、仁美はなぜかしら、ぞくっとする感覚を覚えた。こんな目をする人だったろうか。いくら家族に無関心とはいえ、家庭を顧みない夫だとはいえ、こんな目をしていたことは、かつてなかったような気がする。もしや、という思いが頭をかすめた。だが、急いでその考えを打ち消す。

「何で、そんなこと言うのよ」

「ちがうか？　答えろよ」

「ちがうわ」

まさか、知られているはずがない。仁美が他の男たちと遊んでいることなど、夫が気づくはずがない。何度もそう自分に言い聞かせるが、わずかに鼓動が速くなっているのが自分でも分かった。夫は、まだこちらを見ている。だが、一杯の水を飲んだくらいで醒めるような酔いではないらしい。一瞬だけ瞳に込められた力はすぐに抜け、やはり身体が揺れていた。

「――ちがうんだな。要するに、別れたいわけじゃ、ないんだな」

「ちがうわよ」

じゃあ、と呟いたところで、夫は、しゃっくりが出始める。仁美は苛立ち、今度は腕組みをして相手を見た。

「こんな夜中に酔って帰ってきて、一体、何を言いたいわけ？　明日の朝だって早いことくらい、分かってるでしょう？」

「分かってるよ。ああ、早いさ。明日も明後日も。一体、誰のためにこんなに毎日、朝っぱらから働いてるんだ？　ええ？」

「決まってるじゃない。私たち、家族のためでしょう」

そうだ。という声が、またしゃっくりで途切れた。

「いいさ。それで」

「だったら、それでいいじゃない」

「いいのか。それで」

「何が言いたいのよ」

するると夫は上体を揺らしながら、顎を引き、ゆっくりと片方の手を挙げて仁美を指さした。

「じゃあ、聞くぞ。いいか。俺が、そうやって朝から晩まで必死で働いてる間に、おまえは——おまえは一体、何をやってるんだっていう——そういう話だ」

一瞬、全身の毛穴が開いたような気がした。だが仁美は密かに生唾を呑み下し、大きく息を吸い込んで、わざと夫を凝視した。

「あなたねえ、何が言いたいわけ。私が何をやってるんだ？　何をやってると思ってるわけ？　一体、何を言わせたいのよ」

頭の中では、どうしよう、どうしようという言葉ばかりが渦を巻いていた。夫は何を言い出すのだろう。何か、証拠でも摑んでいるのだろうか。ここは先手を打つ必要がある。いかにも落ち度がありそうな素振りなど、決して見せてはならない。

「酔って帰って、言いがかりはやめてよっ」

ぴしゃりと言ってやった。そのまま、さっときびすを返して寝室へ行く。素早くベッドに入り、固く目をつぶっていると、やがて、床を踏み鳴らすようにして夫が入ってきた。鼻から何度も荒々しい息を吐いている。ただ服を脱ぐというだけのことに、どうしてと思うほど、ばさばさと雑音を立てる。若かった頃は、そんなことはなかったと思うのだが、いつの頃からか、夫は何をするにも騒々しくなった。ただベッドに横になるだけのことで、何をどうすれば、こんなに耳障りな、また、こちらのベッドまで振動が伝わってくるくらいな動きが出来るのだろうか。

少しして、やっと静かになったと思ったら、今度はもう激しいいびきが聞こえてきた。夫に背を向けたまま、仁美は小さく舌打ちをし、そして、闇を見据えた。

何が何でも別れない。

どんなことがあっても、しらを切り通す。

それにしても。

もしも、仁美の浮気に気づいたのだとしたら、どうしてだろうかと思った。携帯電話のメールは送受信ともに、すべてその都度削除しているし、手帳にも男の名前は書かないようにしている。これまで関係した男に、自宅の住所や夫の職業などを聞かせたことは一度もないし、夫の会社がある丸の内や銀座付近では、絶対に待ち合わせをしないと決めている。

——おまえは一体何をやってるんだ。

とても眠るどころではなかった。その晩、仁美はほとんど一睡も出来ないまま朝を迎えることになった。

翌朝、寝不足の頭で息子の弁当を用意し、食事の支度をしていると、いつものように朝風呂から上がってきた夫は、新聞を読みながら黙って朝食をとり始めた。仁美は、ちらちらと夫の様子を見ながら、とりあえず息子を送り出し、それから自分もテーブルについた。

一晩中、まんじりともせずに考えた。守りに入ったら負けだ。まずは、こちらから攻撃に出る方がいいと判断した。

「昨夜もずい分飲んだみたいね」

トーストにマーガリンを塗りながら、まず言ってみる。夫は反応しなかった。これはいつものことだ。ことに出勤前、彼は、自分から用があるとき以外は、ほとんど仁美を無視し続ける。

「知らないわよ、少しは注意してくれなきゃ」

それでも一方的に話す。これも、いつものことだった。ねえ、とか、聞いてるの、などとせっつけば、夫はすぐに癇癪を起こすのだ。朝の貴重な時間を邪魔するな。新聞を読みながら、今日一日の戦略を立てているのだから、余計な情報を入れないでくれ。もう何年も、同じことを言われ続けている。

「あんなに酔っ払って」

濃いめに淹れたコーヒーにミルクを注ぎ、スプーンでゆっくりかき混ぜる間も、仁美はやはり、広げた朝刊の上にはみ出している、夫の額の辺りを見ていた。このところ、ずい分白髪が増えてきた。ことに整髪料を使う前の、洗いっぱなしの髪だと、それが目立つ。

「自分が何喋ったか、覚えてるのかしら」

コーヒーをすする間、ばさばさと新聞をめくる音がする。たったこれだけの動作でも、やたらと騒々しい。ばさ。ばさ。どうして何度も音を立てる必要があるんだか。

「覚えてるさ」

低い呟きが聞こえた。仁美はマグカップを持ったまま、「え」と顔を上げた。夫が、黙ってこちらを見ている。

「別れたいって言ったんだ」

もう一度、全身を悪寒のようなものが走り抜けた。本当に、何という目をするんだろうか。どうしたら、こんなにも冷ややかな、人を突き放すような目が出来るのだろう。仁美は息を呑み、夫を見返した。

「——覚えてたんだ」

「おまえは、嫌なんだよな」

「当たり前でしょう？　だって、理由がないもの」

夫が身体の向きを変えた。仁美と正対する格好になり、彼はゆっくり眉間に皺を寄せた。

「ないか」

「ないわ。少なくとも私の方には」

眼鏡に指紋がついている。ふと、昔は夫の眼鏡に曇りを発見すると、その都度拭いてやっていたことを思い出した。見ている方が気持ちが悪いのよ、と言うと、彼はいつも黙って仁美のすることを見ていたものだ。

「――あなたには、あるわけ？」

夫の視線がすっと流れる。冷静でいようと自分に言い聞かせ続けているのに、胸の奥で、何かが微かに動いた気がした。

「それとも、誰かに言われてるとか？」

「――何を」

「決まってるじゃない。離婚して欲しいって」

夫の眉間の皺がさらに深くなる。仁美はマグカップをテーブルに戻し、大きく息を吸い込んだ。

「そんなことだろうと思ったわ。あなた、私が何も知らないとでも思ってるの？　これまで、あなたがしてきたことにも、何にも気がついてないって思ってるわけ？　そんな鈍感で、馬鹿な女房だって？」

再び夫の姿勢が変わった。卑怯者、という言葉が喉元まで出かかった。言うまい。言ってはいけない。これ以上は、駄目だ。取り返しがつかなくなる。ほとんど歯を食いしばるような気持ちで、仁美は深呼吸を繰り返し、手元のトーストに視線を落とした。

「とにかく私は、別れませんから。何があっても」

「どうしてそこまで意地になるんだ」

「当たり前でしょう？　私たちには責任があるじゃないの。祐馬を一人前に育てるのが、親としての責任じゃない」

「――子どものためか」

「決まってるじゃないっ」

「要するに、愛情じゃないわけだよな」

「祐馬への愛情よ！」

「じゃあ、俺はっ！」

突然、破《わ》れ鐘のような声が響いた。仁美は、呆気にとられて夫を見た。夫はさらに表情を険しくして、こちらを睨みつけている。

「――俺は、ですって？　あなたが愛情を求めてるわけ？　私に？　だったらどうして、外に女ばっかり作っていられるのよ！　もう何年も、こっちのことなんか見向きもしなかったのは、どこの誰なのっ。その人がよくも涼しい顔で『俺は』なんて言えるわねえ！」

「だから、俺への面当てで、男を作ってるのかっ」

今度こそ本当に、背筋がぞっとした。だが仁美は、自分も食いつくように夫を睨みつけた。

「何、馬鹿なこと言ってるのよ。何を根拠に、そんなでたらめが言えるの」

「――見たものがいるんだ。現場を」

「現場？　何の現場よ。ええ？　どこの誰が、何を見たっていうのっ」

これまで関係した男たちの顔が、くるくると順番に思い出された。それと共に、待ち合わせをした街、ホテル、行った店なども、次々に浮かんでくる。だが、決めている。何が何でも、しらを切り通すのだ。

「言ってよ。ねえ。いつ、どこで？　誰が何を見たっていうのよ」

「——詳しいことは、知らんがな。三軒茶屋あたりの、ワインの店かどこかだそうだ」

その途端、ぴんと来た。三軒茶屋でワインと言ったら、一カ所しか思い浮かぶ店はない。数年前ならともかく、ここ最近であそこに行ったとしたら、必ず鹿島田尚子も一緒だった。仁美は思わず声を出して笑ってしまった。背中から力が抜けていく。本気でおかしくて、しばらくの間、次の言葉が出なかったほどだ。

「誰が見たんだか知らないけど——ああ、苦しい」

ようやく笑いがおさまると、仁美は相変わらず顔を歪めている夫を見た。

「そりゃあ、確かに行ったわよ。そういう店に、何度かね。でも必ずお友だちと一緒だったわ。何だったら、彼女の連絡先でも教えましょうか？　まあ、そんなことすれば、多分慌てるのは向こうだと思うけど」

「——なんで」

「だって、私はカモフラージュに使われてるんだもの。その人の不倫のね」

言いながら、また笑い出してしまった。夫は本当に馬鹿だ。どうせならもっと確かな証拠を摑めばいいのに、こともあろうに、そんな程度の目撃証言で離婚を言い出すとは。要するに言いがかりをつけて、自分の都合で別れたかったのだ。そういうことだ。

「あなた、自分がやましいことばっかりしてるもんだから、ちょっとした噂程度でも、そんなふうにしか受け取れないんじゃないの？　それで、カマかけたつもり？　それとも、けちくさい根性が働いたのかしらね。これで慰謝料を払わずに済みそうだとか」

再び、ばさ、ばさ、と音を立てて、夫は新聞を目の前に広げた。仁美は、一人で笑い続けた。

7

数日後、鹿島田尚子と会うと、仁美は真っ先にこの出来事を話して聞かせた。

「最後に、言ってやったわ。『もしも、あなたの離婚を待ち望んでる人がいたら、早い段階で言ってやった方がいいんじゃないの？　うちの女房は、何が何でも別れないって言ってる。最低でも息子が嫁をもらうまでは、絶対に離婚しないそうだ』って」

尚子は、心なしか青ざめた顔で仁美の話を聞いている。いつもの喫茶店のテーブルに身を乗り出し、「それで」「それから」と聞いてくる彼女は真剣そのものの顔をしていた。

「じゃあ、結局、大丈夫だったわけね？　本当のことは、まだバレてないんだ」

「一瞬、ヤバイかと思ったけどね。こりゃ、覚悟しなきゃならないかなって」

あの、まんじりともしなかった夜のことを思い出して、仁美は思わず苦笑した。確かにあの夜は、我ながら相当に動揺していたと思う。もしも夫が興信所でも使って、確たる証拠を握っていたら、もう逃げようがない。そうなったら、土下座してでも泣いてすがるより他ないだろうかとまで考えていた。

「怖いなあ」

尚子は、ほう、とため息をつき、半ば呆然とした表情で宙を見つめている。

「本当よ。生きた心地がしなかった」

「よく切り抜けたもんだわねえ」

その顔を見れば分かる。尚子も、人ごとではないと思っているのに違いなかった。考えてみればお互いに、ずい分と危険な遊びをしているものだ。

「とにかくさ。そんなわけだから、万に一つも、うちのダンナから連絡があったりしたら、うまいこと言って。ね」

「そりゃ、言うには言うけど——だけど、まいったなあ。要するにお宅の御主人には知られちゃってるっていうことでしょう？　私の方のことが」

尚子は恨めしげな目つきで、ちらりとこちらを見る。仁美は思わずごまかす笑いを浮かべながら、確かに尚子の不倫のことまで言うことはなかったのだと思った。何とか逃げおおせそうだと分かった途端、安心して、つい口が滑った。

「まさか、うちの主人に話したりなんていうこと、ないでしょうね」

「当たり前じゃない」

「本当に、そう言いきれる？　男同士、妙な仲間意識みたいなものを持って、『ご忠告までに』

なんていうこと、ない？」

仁美は笑いながら「ないない」と手を振って見せた。夫はそういうタイプではないし、ましてや、女房の友人や、その亭主などに連絡を取りたがるような男ではない。もしも、今ここで仁美が煙のように消えてしまったとしたって、実家や数軒の親戚を除けば、彼には連絡できる心当たりもなければ、仁美のたった一人の交友関係さえも見つけられないに違いない。そういう男だ。だから、腹が立つ。

「取りあえずさ、私もちょっと、少しの間、おとなしくしていようと思ったわ。今、向こうが本気であら探しをしようと思ったら、まじでヤバイことは確かだもんね」

それに近ごろ、仁美は仁美なりに感じている。結局のところ、いくら相手を取っかえ引っかえして遊んでも、心が満たされるわけではないということだ。無論、つき合う相手が変われば気分は変わる。その一瞬は気持ちも浮き立つし、日々の暮らしにも張りが出る。だがそんな気持ちさえ、最初の頃に比べればまるで長続きしなくなった。ただ、心が擦り減る一方だと気づいた。どれほど割り切っているつもりであろうと、楽しい気分など、そう長く続くはずはなかった。仁美も仁美だが、向こうだって、自分が抱こうとしている女が、どういう素性で、どんな性格で、何を望んでいるのかなど、知りたいとも思ってやしないのだ。その後腐れのなさがいいとは分かっていながらも、結局はどうにも割り切れない、何とも虚しい思いばかりが残ることになる。

「その方がいいかもねえ」

尚子も深刻そうに呟いた。

「あれ、鹿島田さんも、そう思ってるわけ？」

するると、彼女はさらに憂鬱そうな表情になって、深々とため息をついた。

「――そう思う部分も、あるにはあるよね」

だが、出来ないということか。何といっても今、尚子は吉岡という若い男に夢中だ。誰が目撃したのか知らないが、夫に告げ口をした人物が見た通り、仁美自身も何度か吉岡には会っている。尚子がそれを望んだし、仁美の方でも、どんな男が相手なのか見てみたい気持ちが働いたからだ。そして、尚子の若い愛人が、それなりに好感の持てる相手であることに半ば安心し、また嫉妬した。尚子が席を外している間に、彼は言っていた。先のことは分からない。だが、取りあえず今現在は尚子をそれなりに愛おしく感じていることは確かだ、と。可愛いと思うとも言っていた。あのときは、はっきり言って不愉快だった。

「つまり、彼と会わないようにするってこと？」

彼のためにまつげパーマをかけ、顔に注射針まであてた尚子は、髪の色も明るめに変えて、最近は服の趣味も違ってきている。もともと小柄なせいもあってか、一歩間違うと若作りと言われそうな服を着ても、その色遣いやアクセサリーを工夫することで、それなりに着こなして見せているから、余計に腹立たしかった。同い年なのに。きっと世間の人は、そうは見ないに違いない。

「だって、特に今みたいな話を聞いちゃうとさあ、自分のところが、そんなことになったらどうしようって、やっぱり考えちゃうじゃない？」

尚子は長いまつげをパチパチとさせ、「私だったら」とわずかに唇を噛んだ。

「私だったら――福本さんみたいに突っぱねたりしないで、いざとなったら、『わかった。じゃあ、別れましょう』とか、言っちゃいそうな気もするしねえ」

「馬鹿なこと言わないでよ」

今度は仁美が身を乗り出す番だった。

「そんなことしたら、人生が台無しになることぐらい、分かってるんでしょうね」

もちろん、というように頷く尚子は、それでも視線を宙に漂わせて、何となくそうなることを望んでいるようにも見えなくはない。夢見ているのだ。新しいドラマを。

「ちょっと。本気で別れたいわけじゃないんでしょうね？」

「本気じゃないけど――でも、別れたくないわけでもないようなっていうか」

「何て言って別れるのよ」

「だから、もしも、もしも、お宅の御主人みたいなことを、うちのパパが言い出したらっていう話じゃない」

「つまり、何か疑うようなことを言われたらっていうこと？　だけどねえ、鹿島田さん。もしも、こっちに落ち度があるなんていうことになったら、慰謝料だって取れないし、あなたの場合、御主人が家を出て行くことはあり得ないわけだから、要するに、身一つで放り出されておしまいっていうことなのよ」

「――そうだよねえ」

「この歳になって、そんなことになったら、どうするっていうのよ」

頬杖をついたまま、「うーん」としばらく宙を見つめていた尚子は、やがて「そうなったら」と小さく呟いた。

「何だか、すごく身軽になっちゃえるのかも」

「本気で言ってんの？　もう、馬鹿なこと言わないでってば」

「馬鹿なことかなあ。そんなに？」

上目遣いで、拗ねたようにこちらを見て、それから尚子はまたため息をつく。

このところの尚子は、いつ会ってもとにかくため息が多い。それが、吉岡への思いの深さのようにも、また、尚子自身の精神の不安定さのようにも思えて、仁美はいつも落ち着かない気分にさせられた。「関係ない」と思いつつも、多少の後ろめたさを感じないわけにはいかない。一方では不愉快だ。馬鹿馬鹿しい。小娘じゃあるまいし、何をため息などついているのだと、鼻で笑ってやりたい。しかも、何だか無性に腹立たしい。

「だってさあ、一度限りの人生じゃない？　やり直すんなら今のうちっていう気、しない？　今ならまだ多少の無理だってきくし、そんなに老後のことばっかり考えなくたって大丈夫だし」

「だけど、現実問題として、出来ると思うわけ？　第一、ダンナはともかく、子どもたちはどうするのよ」

するると、尚子はさらに拗ねた顔になった。

「お宅の子と違うもん、うちは。上はもう成人して、どこで何をやってるんだか知らないけど、まるっきり帰っても来ない。下は下で、あの通りでしょう？　何ていうかなあ、美緒のあの一件以来ねえ、こう、力が抜けちゃったんだよね」

「どうして？」

「いくら頑張って子育てして、必死でいいお母さんしてきたつもりでも、結果があれじゃあって。そうでしょう？」

「結果なんて、まだ出てないじゃない。そりゃあ、ああいうことはあったかも知れないけど、美緒ちゃん、まだ高校一年でしょう？　これからもっと母親が必要になるんじゃないの？　女同士としてっていうか」

浮かない表情のまま、尚子はやはり宙を眺めている。

「もし——必要としてくれるんだったら、もっと早く、何か話してくれたと思わない？　あんな、取り返しのつかないことになっちゃう前に」

「——それは、どうか分からないけど」

「私、あの子に彼氏がいることだって、あの少し前まで知らなかったんだから。その相手だって、まだ中学生みたいに見える子だったから、すっかり安心しきってたのに。要するに、裏切られたわけよ。まるっきり」

「やめなよ、そんな言い方」

「そのくせ、何が気に入らないんだか知らないけど、今だってあの子、私ともパパとも、誰とも、ほとんど口もきかないんだから。自分が悪いくせに、ふてくされちゃって、目だって合わせようとしないくらい。まったく、何考えてるんだか知らないけど、あれじゃあ、いくら母親だって、守ってやりようがないわよ」

　娘はにこりともしない。男たちは好き勝手なことばっかりしている。階下にいる舅と姑は、息をひそめてこちらの動向を窺っているばかり。唯一、生き物らしく動き回っているのは、家政婦代わりの親戚の娘だけだと尚子は言った。

「その子だって、いつまでも家に置いといていいっていうわけじゃないからね。本人も、出来れば今度の春からは、どっかの専門学校に行きたいようなことも言ってたし。そうなれば、そのうち出て行くでしょう？　それで、あの子が出て行った後、私、どうすればいいと思う？」

「どうすればって。また家族水入らずで暮らすだけじゃない」

　すると尚子は「水入らずなんて」と鼻で笑った。

「水入らずのひとときとか、一家団欒とか、そんなもの、とっくになくなってるの、うちは。結局、私だけがまた前みたいに一人で家中のことをしなきゃならなくなって、一人で夕ご飯食べて、時間ばっかり気にして滅多に自由に出かけることもままならなくなるわけよ。そうこうするうち、お祖父ちゃんかお祖母ちゃんが倒れたりでもしてごらんよ。今度は介護の日々。で、子どもたちが独立したら、あのパパと二人きりになって、そのうち定年でも迎えたら、それこそ嫌っていうほど顔をつき合わせて——どう考えたって、この先あの家にいて、いいことなんてあるように思えないいんだよね」

　聞いている方も憂鬱になってきた。そんなことを言うのなら、仁美だって大差はない。親と同居していない分、ある程度は介護の問題などから逃げられる可能性は高いとしても、子どもは一人きりだし、しかも息子だ。どんなに可愛がって、一生懸命育てても、やがては母親など疎ましくなるに決まっている。そして、自分たち夫婦の老後に関しては、まったくあてにするわけにはいかない。無論、そんな頃まで夫と一緒にいるかも分からないし、どのみち、一人になる。

そうでなくとも、息子さえ一人前になってくれたら、仁美は離婚するつもりでいる。それはもう何年も前から決心していることだった。だが、もしかすると尚子の言う通り、人生をやり直そうと思うなら、早いほうがいいのかも知れない。まだまだ気力も体力も充実している今のうちの方が。

「でも、そうやって離婚したとして、もしも吉岡くんにもそっぽ向かれたら、どうすんの、そのときは」

「まあ、そのときはそのときよね。まるっきり一人になるっていうのも、身軽かも知れないし、また新しい人を見つければいいんだしさ」

それからしばらく、仁美も、尚子も口を開かなかった。

もしも。

もしも今、一人になったら。

真っ先に問題になるのは生活費だ。息子をどうやって育てるかという問題もある。

だが、それさえクリア出来たら。今だって。

別れるにしても先のことだからと、あまり真剣に考えたことはなかったが、要するにそういうことだと思いが至った。これは、ちょっと考えてみる価値はある問題かも知れない。いや、考えるべきことだ。今のうちから準備しておかなければ、子どもはすぐに大きくなる。いつまでも安穏としている場合ではない。こうなったら、遊び相手ばかり探すのはやめにして、もう少し現実的になるべきかも知れなかった。

「私さあ」

ふいに、尚子が口を開いた。

「仕事でも、探してみようかな」

「——私も同じこと、考えてた」

ついお互いに顔を見合わせて、小さく微笑み合った。

夫が会議中に倒れたという連絡を受けたのは、翌週のことだった。心筋梗塞だった。

第四章

1

その日、喪服姿で出かけていった尚子おばさんは、まだ陽の高いうちに帰ってきた。ダンナさんに浮気されてるっていうのに、この頃何だか妙に若々しくて、髪の色も変わったし、肌だってつやつやして、どうしちゃったんですか、と聞きたくなるほどだったおばさんが、玄関先に立って「ただいま」と呟く姿は、突如として魔法がとけたみたいに、がっくりと老け込んで見えた。そんなに親しい人のお葬式だったのか、よほどショックを受けているのだろうかと、私は思わず気の毒になった。

「お塩、かけてくれる？　これ」

「用意しておきましたけど、お塩」

「いいわよ、これ使えば。どうせ、他に使い道なんかないんだから」

お母さんが死んで、一年が過ぎていた。命日の少し前、お父さんからは、一周忌には帰ってくるかと電話がかかってきたが、私は咄嗟に「帰らない」と返事をした。だって、電話の向こうでは赤ん坊の泣き声が聞こえていたし、テレビの音もして、そこには私とは関係のない、一つの家庭の雰囲気が出来上がっているように思えたからだ。どうせ帰ったって、泊まる場所さえないのに違いない。近くの親戚の家にでも泊まらされて、聞きたくない話を聞かされるくらいなら、東京で、一人でお母さんのために祈る方がずっとましだと思った。弟には会いたかった。話もしたいと思った。けれど、我慢した。お父さんとあの女が幸せそうにしているところなど、死んでも見たくはなかった。

「ちょっと、後ろ向くからさ。背中から、パラパラやって」

「ちょっとしかないですね」

「こんなの形だけだから。気休めだもん、構いやしないわ」

「気休め？」

「そう。迷信、迷信」

葬式帰りに家に入るには、清めの塩が必要だということは、お母さんから教わっていた。近所の誰かが亡くなって、その葬式に行くときなど、お母さんはいつも私に「お塩を用意しておいて」と言い置いて出かけていたからだ。だから今日も予め下駄箱の上に塩入れを用意しておいたのだが、おばさんは黒いハンドバッグから、コンビニの弁当にでもついてくるような、ほんの小さな袋に入った塩を取り出した。そういえば、お母さんのお葬式のときにも「会葬御礼」というものに、こういう塩をつけたことを思い出した。だけど、これっぽっちで本当にお清めなんかになるんだろうか。お母さんは、もっとたっぷり、肩に雪でも降り積もったように見えるくらいに使ったのに。

「ああ、疲れた。何か、嫌ぁね、やっぱり」

パラパラと振りかけてあげたほんの少しの塩を、軽く手で払ってようやく家に入り、二階への階段を上がるときも、やはりおばさんはひどく億劫そうだった。一歩一歩確かめるように、のろのろと階段を上がって二階にたどり着くと、そのままの格好でダイニングに行って、テーブルにバッグを放り出し、自分の席に腰を下ろす。そして、おばさんは「あーあ」と言ったまま、脱力したようにぼんやりと天井を見上げていた。そんなおばさんを一瞥してから、私は洗濯物を取り込むために、ベランダに出てしまった。

「ねえ、未芙由ぅ」

きちんと乾いているか、一つ一つを確かめながら、まずは小物掛けに干してあった洗濯物を取り込んで家の中に戻る。とりあえずリビングのソファの上に洗濯物を置く間も、おばさんはまだダイニングにいて、いかにもだるそうな声を張り上げて私を呼んだ。

「コーヒー、淹れてくれないかな。うんと濃いめのヤツ」

「今すぐですか」

「うーん。今すぐ飲みたいなあ。頭、ハッキリさせたいし。熱々の、濃いヤツ」

まだ洗濯物を取り込み終えていなかったけれど、私はキッチンに戻って湯を沸かし、コーヒーの用意を始めた。こういうときに「後で」などと返事をすると、尚子おばさんは機嫌を悪くする。たかだか五、六分のことなのだが、待たされるのを嫌うというよりも、何か話したいことがあるときや、私に傍にいて欲しいときに、こういう子どもじみた用事の言いつけ方をするのだ。本当は、コーヒーくらい自分で淹れて飲めばいいでしょう、とでも言ってやりたい。けれど、ああ、何か話したいことがあるんだと分かるようになってからは、私は腹の中で悪態をつきながらも、言うことを聞くようにしている。

「ごめーん。ありがとねえ」

この家では、コーヒーはその都度、ペーパーフィルターを使って淹れる。湯も、ホーローのポットで沸かすことに決まっていた。うちのお母さんもコーヒーは好きだった。けれど、いつも飲んでいたのはネスカフェだ。ネスカフェとクリープを同じ量だけマグカップに入れて、そこにポットの湯を注いで「カフェオレだよ」と笑っていた。だから私はこの家に来た初めの頃、缶に入っていたコーヒーをインスタントだとばかり思い込んで、そのままカップに入れて湯を注いでしまったことがある。尚子おばさんはそれを見て、「嫌ぁねえ、この子は」と涙が出るほど笑っていた。ダンナさんも呆れたような、笑いをこらえる顔をしていたし、美緒はあからさまに人を小馬鹿にした、すごく冷ややかな目でこちらを見ていた。そろそろ一年近く前になる、あのときの恥ずかしさと惨めさを、私は今もはっきりと覚えている。そして、この家の人たちを、何て嫌な連中なんだろうと思ったことも。

「何でかなあ、未芙由の淹れてくれるコーヒーって、ホント、美味しいよねえ」

私が注意深く淹れたコーヒーを一口飲み、深々と息を吐いて「さすがあ」などと目を細めるおばさんは、少し可愛い。困った人だとは思うけれど、やっぱりあんまり憎めないことは確かだ。可哀想な尚子おばさん。ダンナさんに浮気をされて、美緒には何も話してもらえなくて。その上──隆平くんのことも何も知らないで。そんなおばさんにコーヒーくらい淹れてあげたって、私の何が失われるわけでもない。それより、前にも増して、この人のことは大切にしなきゃいけないと、この頃の私は思っている。可哀想だから、余計に。

「あんたも座れば、少し」

やっぱり、そうなった。私は言われるままに、おばさんの斜め向かいの席に腰掛けた。

「今日──大変だったんですか、お葬式」

「──そんなことも、ないんだけどね」

尚子おばさんはそれからもまだしばらくの間、小首を傾げた姿勢のままで、ぼんやりと宙を見つめていた。喪服の襟元を飾るパールのネックレスが、目にしみるほど美しく見えた。やっぱり、お母さんのお葬式のことが蘇る。あのとき、泣き疲れた私の横を通り抜けて焼香をする女の人たちは、皆、同じようにパールのネックレスをつけていた。どうして喪服を着るときには必ずパールのネックレスをするんだろう。大人の世界では、そういう決まりごとがあるんだろうか。お母さんが生きていたら、聞けたのに。そういうことが、これからもっと出てくると思うのに。そういえば、お母さんもパールのネックレスを持っていた。イヤリングとセットになっていて、本当はイミテーションなんだよと、お母さんは笑っていたけど、少しピンクがかって見える、とっても綺麗なネックレスだった。あれは、どうなったのだろう。

「あのさあ、未芙由」

こちらもついぼんやりしているとき、おばさんが低い声で私を呼んだ。

「幸ちゃんの——あんたの、お母さんのお葬式のときのことなんだけどね」

思い出していたのと同じことを言われて、どきりとなった。

「あんたの、お父さんは、どうしてた？」

「どう、してたって？」

おばさんは「だからさ」とわずかに姿勢を変え、両手で専用のマグカップを包み込むと、ようやく私と目を合わせた。

「つまり、お母さんの死を、どんなふうに感じてたと思う？」

胸の奥がざわざわとなった。本当は、あんな日のことは、あまり思い出したくないのだ。おばさんが喪服なんか着ているから、否応なく思い出してしまったけれど、あんなに悲しくて、心細くて、それに、凍りつくほど寒かった日のことなど、忘れてしまいたかった。

「ねえ。どう？　泣いたり、してた？」

「——涙を流しては、いなかったとは思うんだけど」

今度は私が視線を外す番だった。

勤め先にだって、作業服とかジャンパーで通っているから、普段、ネクタイを締めることなど滅多にないお父さんが、あの寒い朝は、黒いネクタイを窮屈そうに締めていたのは覚えている。それから手伝いに来ていた親戚のおばさんが、お父さんの喪服の上着にシミを見つけて、きっと昨夜の通夜の席でつけたのだろうと言いながら、濡れタオルでとんとん叩いていたのも。その間、お父さんはどんな顔をしていただろうか。通夜のときには近所の人や親戚たちに囲まれて、慰められて、とにかく誰に対しても頭を下げていた。お葬式のときもそうだ。ぺこぺこ。ぺこぺこ。そして、誰かに声をかけられる度に、へらへらと曖昧に笑っていた。あんたも苦労だったなあ。いやあ、ああ、まあねえ。これからまだまだ大変だなあ。まあ、子どもらが一人前になってくれるまではなあ。だけど、未芙由ちゃんがもうしっかりしてるだろうよ。いやいや、まだまだだ。幸恵さんも、さぞ心残りだったろうねえ。これぱっかりは仕方ないもんでねえ——仕方がない。お父さんは何度もその言葉を口にしていた。

いや、お葬式のときに限ったことではない。お母さんが手術する前から、何かというとお父さんは「仕方がない」と言っていた。実際のところ、お父さんは、もうとっくに諦めていたのだ。一番最初に、お母さんの生命がもう残り少ないと聞かされたときから。

「もちろん、男だからっていうこともあるんだろうけど。だけどさあ、こう言っちゃ何だけど、はっきり言って、そのときお父さんには、もう外につき合ってる女がいたわけじゃない？　ねえ？　それを考えるとさ、どうなのかなあと、思うわけよ」

胸の奥がぎゅっと痛んだ。

そうだ。あのとき、お父さんはもう別の女とつき合っていた。その女と一緒に生きていく決心もしていた。お父さんは、お母さんが死ぬのを待っていたのかも知れない。お母さんが死んで、本当は——嬉しかったのかも知れない。

何も、今になって急に考えついたことではない。本当は、お父さんが再婚したいと言い出したときから、私はずっとそう思ってきたのだ。お母さんに元気になられたりしたら、さぞ困ったんだろうって。お父さんにとっては、お母さんは死ぬ前から、もういないも同然の存在だったのに違いないって。

「そりゃ、長年連れ添った夫婦なんだから、それなりの悲しみはあったとしたって——ねえ、やっぱりさあ、心の底から嘆き悲しんでたのかなあ、どうかなあって。あんた、そういうこと考えたこと、なかった？」

「それは、まあ——そうかも知れないけど」

「でしょう？　そう考えるのが、普通だよねえ？」

尚子おばさんは「そんなもんだわよねえ」と続け、またため息をつく。

「それなのにさあ、泣いてたわけ。さんざん取り乱して。お棺にすがりついて」

おばさんは苦々しげに口元を歪めた。

「みっともないくらいだった。ほとんど気絶せんばかりっていうの？　そんな感じで」

何だ、今日のことを話したかっただけかと、やっと納得がいった。何がどうなって、急にお母さんのことなんか言い出したのか、お父さんのことを聞くのかと思ったら、そういうことだったのか。

「ねえ、クッキーか何か、あったっけ」

おばさんに言われて私は再び席を立ち、おばさんに菓子を出すと共に、ポットに残っていたコーヒーの残りに牛乳をたっぷり注いで、自分用のぬるいミルクコーヒーを作った。話が長くなりそうだと思ったからだ。

「彼女なんてさ、もう年がら年中、言ってたわけよ。早く別れたい。早く自由になりたいって」

「あの――誰のお葬式だったんですか」

するとおばさんは「言ってなかったっけ」と驚いた顔になって、友人の夫が亡くなったのだと言った。心臓麻痺か何かで。五十一歳。

「そりゃあ、若すぎることは確かだし、何しろ突然だったからね、すごいショックだろうっていうのは、分かるわよ。いつもと変わらずに家を出ていったダンナが、次に会ったときには病院で冷たくなってるんだもん」

「そんな、だったんですか」

「みたい。突然死なんて、そんなものよ」

「――気の毒ですねえ」

「気の毒なことは、気の毒。そりゃあね。だけどさあ、それでも、ちょっと大袈裟すぎるんだよなあ。見る人が見たら、芝居がかってるのが、もうバレバレ」

「何で？　お芝居、なんですか」

「そりゃ、そうでしょうよ！」

突然、全身がびくんとなるほどの大きな声だった。私が目を丸くしていると、おばさんは「だってね」と、今度は急に声の調子を落とし、まるで他の誰かに聞かれては困るというように、私の方に身を乗り出してくる。

「未芙由だから言うんだけど。それに、まあ、友だちのことだからね、あんまり言いたくもないんだけど」

「――はい」

「実を言うと、そりゃあ、もう、遊んでた人なわけ。分かる？　出会い系とかをフルに活用して、はっきり言って手当たり次第」

「出会い系って――その、死んだ人が、ですか」

またおばさんはがばっと姿勢を戻して、「ちがう、ちがう！」と激しく首を振る。私は呆気にとられていた。喪服姿で、疲れ切った顔に見えたのは気のせいだったのだろうか。悲しみにうちひしがれていたわけではなかったのかと思うと、馬鹿馬鹿しい気持ちにさえなってきた。だがおばさんは、また声の調子を落として、呟くように話し始めた。今日のおばさんは、変に落ち着きがない。友だちとはいえ、どうして他人のことで、こんなにも顔つきまで変わって見えたり腹を立てたりするんだろうか。それくらい仲のいい友だちのことだから？　だけど、何となく、変な感じがする。いつものおばさんなら、人の噂を面白がるような部分はあっても、そのことで自分まで怒ったりするような人ではない。

「まあ、亡くなったダンナの方もね、それなりに浮気だなんだ、そういうことはしてたらしいわ。

だけど、出会い系の遊びとかっていうのは、違うんだな、これが。女房、つまり、私の友だちの方が、手当たり次第だったわけ」

「友だちが？　だって、あの――その人、いくつなんですか」

「私と同い年」

「おばさんと？　それで、出会い系？」

今度は私の声が大きくなる番だった。一瞬ハッとして、思わず自分の口元に手をあてながらも、私は信じられない思いで尚子おばさんを見つめていた。

「でしょう？　やっぱり未芙由だって、みっともないと思うでしょう」

「みっともないっていうか――だって、その人って、尚子おばさんの友だちなら、何ていうか、普通の人なんじゃないんですか」

「普通も普通。ごくごく普通の、平凡な主婦だわよね」

「子どもとか、いるんですか」

「いるわよ。今度やっと中二になる一人息子が。今日だって、可哀想だったなあ。何度も何度も涙を拭いながらね、それでもあんた、一生懸命に母親を気遣って、必死で立ってるわけよ。いじらしいっていうかねえ」

尚子おばさんは、そのときばかりは悲痛な面持ちになった。だが、次の瞬間にはまたもや憮然とした顔つきに戻り、うんざりしたように頬杖をついて顎を前に突き出した。

「もしも本気で、あんなに嘆き悲しんでたんだとしたら、それはそれで大馬鹿だわね、はっきり言って。あんなに泣くくらいなら、最初っから裏切ったりなんか、しなきゃよかったんだもん。いくらダンナが浮気したからってさ、その仕返しみたいに出会い系なんか使って、男あさりばっかりしなけりゃよかったのよ。ねえ、そう思わない？　そんな人が、もう、すっかり人が変わったみたいになっちゃってさあ」

そういえば、そんな知り合いがいると、以前おばさんから聞いたことがあった。何度も頷きながら、でも、改めて考えてみると、そういうおばさんだってずい分と変わったものだと思った。少なくとも、私にそんな話を聞かせていた当時は、おばさんはまだ、どこへ出かけても夕食の時間までには帰ってくるのが普通だった。美緒の問題もまだ起きてはいなかったし、隆平くんもほとんど帰ってこず、いつでも私と二人だけの夕食だったが、それでも意外に楽しそうで、ずい分と色々な話をしてくれた。今よりは地味だったけれど、実際の年齢よりはずっと若々しく見えたし、歳の離れたお姉さんみたいな感じだった。

「本当、ついこの間のことなんだよ。遊んでるのがダンナにバレそうになって、ある夜、離婚を切り出されて、その晩は一睡も出来ないくらい悩んだとか言ってたの。そのときだって彼女、本当は今すぐにだって別れたいんだけど、息子が一人前になるまでは我慢するんだとか、さんざん言ってたくせに」

尚子おばさんはコーヒーを飲みながら、私の方など見もせずに一人で喋り続けている。

「まあ、要するに良心の呵責？　寝覚めが悪いっていうヤツかも知れないけどね。それにしても、何ていうかなあ、女は怖いっていうか、すごいなと思ったわ。あそこまで取り乱して、人目もはばからずに泣く姿を見るとね。女優だわ、まるっきり」

始めからぬるいミルクコーヒーなど、瞬く間に飲み終えてしまう。私は黙って、空っぽになったカップを覗き込んでいた。

「だって、絶対よ。絶対に、内心はサバサバしてるに決まってるんだから。目障りな相手が、自分から消え去ってくれたんだよ。しかも、保険金は丸ごと入るんだし、今のマンションだってローンは終わってるって言ってたし、息子と二人で生きていくのには、まずまず心配はいらないときてる。そりゃあ、少しは働かなきゃならないかも知れないけど、もともと本人はそのつもりだったんだし、私と同い年なんだから、選り好みさえしなけりゃ、まだ何とかなるじゃない？　要するに、本当、いいときに逝ってくれたと、思わない方がおかしいわけよ」

立ち上がるタイミングを見計らって、私が微かにため息をつくと、尚子おばさんは「私なんかさあ」と、また声の調子を変えた。

「いざとなったら、身一つで出なきゃならないっていうのに」

「え――」

思わず顔を上げると、憂鬱そうに頬杖をついたままのおばさんと、真正面から目が合った。一瞬、「気づいてる？」と思った。いや、そんなはずはない。気づいていながら、黙って見過ごすようなタイプではない。けれど、その目は確かに何か言いたそうに見えた。そんな、友だちの話などでなく、もっと他の、大切な何かを。

2

結局、たっぷり二十分ほどかけて、おばさんがコーヒーを飲み終わるのを待ってから、私はもう一度ベランダに出て、残りの洗濯物を取り込んだ。せっかく時間を見計らっていたのに、もう陽が翳り始めてしまっている。

家の中に戻ってみると、テーブルの上にはマグカップが残されたままで、おばさんの姿はもう見えなくなっていた。私は一抱えもある洗濯物をソファの上に放り投げながら「おばさん？」と声をかけてみた。一度は小さな声で。次には、もう少し大きく、はっきりと。

「今、着替えてる最中！」

奥の方からおばさんの声が聞こえてきた。

「なぁに？　何か、用？　急ぐの？」

「あっ、大丈夫ですから！　何でもありません！」

「あ、そう！」

その声を聞くと、私は大急ぎでリビングを横切り、突き当たりの階段に向かった。足音を忍ばせて階段を下り、そのまま自分の部屋の戸を開ける。ただでさえ陽当たりの良くない部屋にはカーテンが引かれていて、いつもと違う匂いが満ちていた。もそもそと微かな音がしたかと思うと、薄暗い部屋の中央に敷かれた布団の中から隆平くんが顔を出した。私は「今のうち！」と囁くように言った。

「早く。今、尚子おばさん着替えてるから」

「何だよ、もう帰ってきたのか」

「喪服じゃ寄り道も出来ないでしょう。とにかく、今のうちに自分の部屋に戻って」

隆平くんは「うん」と応えると、のろのろとパンツ一枚の身を起こして布団から抜け出し、私が見ている前で素早くTシャツを着込み、ジーパンを穿いた。

「なかなか戻ってこねえから、どうしたのかと思ったよ」

「コーヒー飲みたいとか言われて、それから、お喋りの相手も、させられてたから」

「何かまた、ぐだぐだ言ってたんだ」

「お友だちが、ものすごい勢いで大泣きしてたんだって。本当はダンナさんが死んで喜んでるはずなのに」

「なるほどねえ」

何がなるほどなのか分からないが、隆平くんは、ジーパンのファスナーを上げながら、私のすぐ前に立って、わずかに目を細めると、耳元で「女は怖いねえ」と囁いた。その息がくすぐったくて、私はつい小さく身をよじった。

「怖い？　私も？」

「未芙由は、べ、つ。女狐っていうより、タヌキ顔だしな」

睨む真似をする私に、隆平くんは素早くキスをしようとする。それから、さっと身をかわしたとき、布団の脇に脱ぎ捨ててあるパーカーに気がついた。私は、急いでそれを拾い上げた。

「ちゃんと着てってよ。そんな格好でばったり出くわしたら、勘がいい人だったら絶対、疑われちゃうから」

「おふくろ、勘がいいかな」

本当は、そうは思わない。もっといい勘をしていたら、ダンナさんのことだって、とっくに気がついていていいはずだからだ。でも私は「多分ね」と頷いて見せた。油断大敵。これは、ダンナさんの口癖だ。

「それに、今日のおばさん、ちょっといつもと違う感じだから」

「違うって？　何が」

「よく、分かんない。だけど、何ていうか、あんまり刺激しない方がいいような感じ」

「何だ、それ」

「よく分からないけど。不安定な感じ」

「友だちのダンナが死んで？」

隆平くんは不思議そうに首を傾げながら「わけ、分かんねえ」と呟きながら、パーカーを着込む。それから突然、私をぎゅっと抱き寄せて、ついでにお尻もぎゅっと摑んだ。私は思わず「きゃっ」と小さな悲鳴を上げた。

「すきアリ」

隆平くんは、いつもこうだ。ちょっとした隙を見つけては、私の胸でもお尻でも、すぐに掴んだり触ったりする。それも、わざと乱暴に。ダンナさんは一度だって、そんなことはしないのに。

「嫌らしいんだから」

「いいじゃん。俺のなんだから」

隆平くんはにんまり笑うと、そのまま部屋を出て、音も立てずに階段を上がっていった。しばらくすると二階からごとごとと音がしてきて、おばさんの「あらっ」という声が聞こえた。階段の上のドアが開けっ放しだと、洗面所辺りでの会話はよく聞こえてくる。

「何よ、びっくりした。あんた、いたの？」

「いたよ」

「やだ、そんならそうと言ってくれればいいのに。未芙由ってば、何にも言わないんだから」

「そういえば俺、あいつに会ってないや。帰ってきてそのまんま、すぐ寝たからさ。昨夜、寝てなかったから。ひょっとして、気がついてねえんじゃ、ねえ？」

「あ、そう。あんた、それで、学校は」

「これから行く」

「結構なご身分だこと」

私は、まだ隆平くんの温もりが残っている布団を手早く畳み、それからカーテンを開いて窓も開けた。隆平くんの吸う煙草の匂いと、それとは別の、私たち二人から出たに違いない生ぬるい匂いが、冷たい風と入れ替わっていく。カーテンにも布団にも、空中にも、ファブリーズをシュッシュッと吹きかけて、ついでに自分自身にもシュッシュッとやった。

遊ぶお金が足りないとかで、隆平くんはいつでもアルバイトに精を出している。そして、お金と体力の節約のために、バイト先の事務所や友だちのところに泊まってしまうことが少なくないらしいという話は、前々から尚子おばさんも言っていた。だが、それにしても、あまりにも家に帰ってこないと思っていたら、実は隆平くんはこの一年半ほど、年上の女の人とつき合っていて、半同棲のような格好でその人と暮らしていたのだそうだ。二十五だか六だかの、もうとっくに働いている人だというから、事実上、隆平くんの生活の面倒も見ていたようなものなのだろうと思う。その関係が、少し前に終わった。理由については、隆平くんは言ってくれなかったが、とにかく、その彼女と別れた分だけ、たとえアルバイトが忙しかったとしても、家に帰ってくる回数は格段に増えた。だが最初の頃、隆平くんは相当に戸惑っている様子だった。

「何なんだ、この家は」

初めて私と二人だけで夕食をとることになった晩、隆平くんは家中を見回して、いかにも不満げに眉間に皺を寄せた。

「何だって、俺ら二人だけなわけ。親父はともかくとしたって、おふくろはどこ行ってんの。美緒は？　いつも、こんななのかよ」

私は控えめに、注意深く、ありのままを話した。尚子おばさんが変わってしまったこと。そのきっかけになったのが、おそらく美緒にあること。美緒が妊娠していることが発覚して、家中大騒ぎになって、それ以降、この家はまるっきり以前とは違ってしまったように感じること——。

　隆平くんは、しばらくの間ぽかんと口を開けて私の話を聞いていたが、やがて「あの、馬鹿」と吐き捨てるような口調で呟いた。

「ガキのくせしやがって、そんな真似してたのか。それで、おふくろまでショックを受けたってわけ？」

　私は首を縮めて、自分が話したことは内緒にして欲しいと頼んだ。隆平くんは「当然」と鼻を鳴らした。

「第一、俺からあいつになんて言うわけ？　おまえ、ガキ孕んだのかって？　ヘマしやがってとか？　十年早えんだよ、とか？　どっちみち、言えっこないっしょ、そんなこと」

　その険しい顔を見たときには、私は自分が余計なことを喋ってしまったかと後悔した。やはり、隆平くんには知らせない方がよかったのだ。兄として、妹が心配でないはずがない。だからこそ、そんな言い方をするのだろうと思った。ところが、隆平くんは続けて言った。まあ、関係ないけどな、と。

「あいつだって今どきの高校生だもん、まったく何も知らねえで、一方的にやられちゃったとか、そんなわけでもねえんだろう？　相手が、そんなガキンチョみてえなヤツだっていうんなら、美緒から面白半分に誘い込んだ可能性だって、考えられねえわけでもねえもんな。はっきり言ってさあ、お互い様だからさ、そういうことは」

　そのとき、私の中で何かが動いた。これまで誰にも話せずにいた数々のことが、無理矢理にでも押し込めた心の奥底から、ぷく、ぷく、とあぶくのように浮かび上がってきたみたいに感じた。

私の唇が「まさか」と動いた。

「何も知らないわけ、ないよ」

私は、ちらちらと隆平くんを見ながら、もう止められない感覚を覚えていた。スイッチが入ってしまった。

「尚子おばさんには言えなかったんだけど――本当は私、前から何度か見かけたりしてるし。美緒ちゃんが誰かと一緒にいるところとか。だから今度のことも、もしかすると相手はべつにいるんじゃないかって、そう思ったくらいだから」

「相手って？」

「だから――その、同級生の男の子じゃなくて。べつに」

「あいつって、そんなに取っかえ引っかえなわけ？」

「て、いうか――」

私は以前、渋谷の繁華街で何度か美緒を見かけたときのこと、その都度、違う男と歩いていたこと、ホテルから出てきたところに出くわしたこともあること、さらに、絶対に口外するなと、半ば脅し気味に厳しく言い渡されたことなどを一気に喋ってしまった。その約束を、守ってきたことも。けれど、もともと私が気に入らないらしい美緒は、秘密を握られていると思うせいか、前にも増して打ち解けてくれようとしない。晩ご飯だって、ダイエット中だからとカロリーの低いものを考えたり、しかも予備校の帰りで遅い時間に食べるから、出来るだけ手軽で消化のいいものにしようと努力したり、あれこれとやっているのに、まったく分かってもらえない。そういう話をする間も、隆平くんは旺盛な食欲を見せていた。そして、やがて、諦めたような口ぶりで、まあ仕方がないだろうと言った。

「要するに美緒は、そういうタイプの女だってことだ」

「――自分の妹のことなのに」

「妹だから、分かるのかもよ」

「――そんなもの？」

「俺ねえ、ガキの頃からあいつとは、そんなに性格が合わないんだよな。友だちの中には、妹がいるって言うと羨ましがるヤツとかもいるけど、俺には、そういう気持ちはまるで分かんなかったね。だって、性格は悪いし、クソ生意気だし、どっこも可愛くねえんだもん」

「そんなこと言って」

「ホント、ホント。向こうだって、俺のことなんか、まるっきり何とも思ってねえと思うよ。ガキのころから『お兄ちゃん』とか言いながらなついてきたってことも、ないしさ」

あのとき、私は自分の中に弾むような嬉しさがこみ上げるのをはっきりと感じていた。「うまい」を連発しながら箸を動かす隆平くんが、まるで初めて会った人のように、これまでに感じたこともなかったくらいに好ましく思えた。

「考えてみりゃあ、美緒ならあり得ることだな。むしろ、遅えくらいだったりして。中学生くらいの頃から、そういうこと、やってたかも知んねえや」

「──そんなふうに見えないのに」

隆平くんは料理を頬張ったまま「そこ、そこ」と陽気な声を上げた。

「そこが落とし穴なんだって。大学の連中を見てたって、そんなもんだぜ。いかにも真面目そうだったりする女が、結構、男出入りが激しかったりしてさ。自分だけは気がついてないけど、男たちの間じゃあ、結構みっともねえ噂をまき散らして歩いてるよ」

「──そんなもんなの？」

「まったく、不思議になるよな。誰から教わったってわけじゃなくても、そういうことだけに長けてる女って、いるんだ。愛人に貢がせてたり、二股でも何でもやっちゃったり。まあ、男の方にだって、そういうヤツがいないってわけじゃねえけど。だけど、俺が見てる限りじゃあ、女の方がタチが悪いっていうか、上手っていうかさあ」

私たちは二人だけで向き合いながら、それからしばらく「男って」「女って」などという話をした。隆平くんは、いかに多くの友人が、女の子に振り回され、悩まされて、無駄なエネルギーを浪費しているかという話をしてくれた。それは、生まれて初めて聞く、いかにも東京の大学生らしいものだった。ドラマみたいだ、と私は思った。華やかなキャンパスで、何人もの男女が複雑な人間模様を織りなして、泣いたり笑ったりしながら日々を過ごしている。生活の不安も、食べ物の不安もなくて、いつも綺麗にお洒落をして、帰る家があって、心配してくれる親がいて──なんて、なんて素敵なんだろうって。

私だって、そういう暮らしがしてみたかった。そうする権利くらい、あったはずなのに。

何だかだんだん淋しくなってきた。そのうち、隆平くんの話に相づちを打ちながら、笑っているつもりが、いつしか顔が強張って、気がつけば涙がこみ上げてきていた。

「――どうしたの」

にぎやかに喋っていた隆平くんが、私の変化に気づいた頃には、私は箸をテーブルに置いてしまっていた。口元と眉間が痙攣したみたいに震えて、視界がぼやけていた。

「あれ――何。おい。何で？　ねえ、俺、何かまずいこと言った？」

「違うの――ちがうの」

私は何度も首を振り、顔を覆って泣いた。自分が可哀想で仕方がなかった。人前で泣いたのは、この家に来た最初の頃、ダンナさんに問いただされたとき以来のことだった。一度、溢れ出した涙は、どうやっても止まらなくて、ついに私はテーブルに突っ伏して嗚咽した。

「何だよ。なあ、どうしたの。あの――未芙由ちゃんって」

そのときが、名前を呼ばれた最初かも知れなかった。私が泣いている理由を何度も問いただし、そのうちに、やっと少しずつ話せるようになった私に、隆平くんは「苦労してるんだな」と言ってくれた。

「ごめんな、俺、あんまり深く考えてなかったんだ。ただの居候っていう程度にしか」

隆平くんの声は温かかった。そして、テーブルを回り込んでくると、私を抱きしめてくれた。私は彼にもたれかかり、思い切り泣いた。泣いて、泣いて、頭がぼうっとしてきた頃、隆平くんの唇が、私の火照った頰に触れた。そうなるのが当たり前みたいな雰囲気だった。その晩、私たちは今のような関係になった。

「まわりに素敵な人、一杯いるんでしょう？」

私の部屋で、隆平くんに抱かれながら、私は新たな涙を流しながら言ったものだ。隆平くんは
「いるよ」と応えた。

「だけど俺、好きじゃないんだ。プライドだけ高くって、見栄っ張りな女なんて、いくら綺麗にしてたって全然、魅力なんかない。未芙由ちゃんは、偉いよ。こんなに一生懸命、家のこともやってくれてるしさ。色々、我慢してることもあったんだろうに」

隆平くんは、ダンナさんと似ていない。外見も、性格も、何よりも肌の質が違っていた。その晩、私は、この人のことは離さないことにしようと決めた。何があっても、絶対に。

3

夜更けのバンケットルームは、がらんとして静まりかえっている。ほんの数時間前までは人の声と音楽と、食器の触れ合う音などが溢れかえっていたのに、宴の残骸も既にすべて片づいて、人々が歩き回り、ときとして汚したカーペットも巨大なクリーナーがきれいに清掃し終えた。ある人にとっては生涯、忘れられない夜だったかも知れないのに、終わってしまえばすべてははか

ない幻のようだ。

そして今、岡部研輔はまた明日この空間を使って、人生の一ページに忘れがたい思い出を刻む人々を迎え入れる準備に取りかかっていた。既に零時を回っている。

まずは、清掃を終えた室内に、改めて大きな丸テーブルと椅子を運び込む。マネージャーの指示に従って配置したテーブルは、全部で三十卓。そのうちのいくつかは、スタッフがサービスの際に使用するにしても、通常は一つの卓を八人で利用することになっているから、ざっと二百人からの招待客がいることは、まず間違いない。つまり、この空間で開かれる明日の結婚披露宴は、かなり大きな規模になるようだ。

テーブルの設置が終わると、マネージャーは他のスタッフを引きつれて、すぐに別のバンケットルームに行ってしまった。明日は土曜日の大安吉日。すべてのバンケットルームが予約で埋まっている。それだけに、宴会部門のスタッフは総出で準備にあたらなければならなかった。ここに残された研輔に与えられた仕事は、ひとまず三十卓のテーブルすべてにテーブルクロスをかけることだった。これが終わらなければ帰れない。

「はい、いくよ」

かけ声をかけて、糊のきいた純白のテーブルクロスを勢いよく広げると、テーブルを挟んで立っているアルバイトが、クロスの端を引っ張る。その単純な作業を繰り返しているうち、白い布越しに、アルバイトが小さく舌打ちをしたのが聞こえた。

「何だよ」

すると、主に女性のスタッフから「かっしー」と呼ばれている鹿島田隆平は、意味不明の薄笑いを口元に浮かべながら、まるで欧米人のように、微かに肩を上下させる。

「何か文句、あんの」

「いや、べつに、いいんスけど」

「だったら舌打ちなんか、するなよ。感じ悪いな」

「ああ、いや、だったら、ねえ、先輩」

テーブルと椅子を運ぶ作業から、ずっと身体を動かし続けているせいで、既にかなり汗をかいている。汗の滴がクロスに落ちてはいけないと思うから、制服の袖で額を拭いながら、研輔は「だから何だって」と苛立った声を出した。

「早く、言えよ」

「先輩ってさあ、あれですか」

純白のテーブルクロスの上には、今度は小ぶりのテーブルセンターを重ねて広げることになっている。こちらは対角線の寸法とテーブルの直径がぴったり合ったサイズのもので、宴会の趣旨やお客様の好みによって、色も何種類か用意されている。今回は、テーブルの中央に飾るアレンジメント・フラワーとの兼ね合いを考えてか、渋めのオリーブグリーンのものが選ばれていた。大人っぽくて、なかなか良い趣味だ。

「何で、このホテルに就職したんスか」

何をいきなり、と言いかけて、そういえば、このアルバイトもそろそろ就職について真剣に考える頃なのだということを思い出した。研輔はわずかに背筋を伸ばして「そうだなあ」と考える表情を作った。

「まあ、元々興味があったっていうか」

「こういうことに？　こんな、誰でも出来るような」

その言いぐさに、カチンときた。研輔は、すっと横を向いて隣のテーブルに移った。かれこれ三カ月ほどのつき合いになるから、さほど悪いヤツではないということは分かっている。だが、どうも「かっしー」は、口の利き方を知らないところがある。また新しいテーブルクロスを広げながら研輔は隆平を軽く睨んだ。

「誰だって最初は、こういう仕事から始まるんだよ。悪いかよ」

「悪くなんかないスよ、まるっきり。だけどさあ、何ていうか、よく我慢できるなあと思って。せっかく大学まで出て、これじゃあさあ」

「当たり前だろう？　駆け出しなんだから。まずはホテルという現場の、すべての仕事を体験しておくことが必要なんだ」

「そんなこと言うけどさあ、ハッキリ言って、専門学校出の連中だって山ほどいるわけじゃないスか。こんな、テーブルに布をかけるだけなんていう――」

研輔は咄嗟に顔を上げて「あっ」と隆平を指さした。制服を貸与されているから、たとえばお客様などがぱっと見ただけでは、研輔と同じ立場の「ホテルマン」にしか見えないアルバイトは、「へ」というように小首を傾げる。

「おまえ、そういう差別的な言い方って、しない方がいいよ」

動きを止めると、途端に汗が額や首筋を伝う。再び制服の袖で額を押さえながら、研輔はぐるりと周囲を見回した。今このバンケットルームにいるのは自分たち二人だけだと分かってはいるが、こういう無責任な発言が、誰の耳に入って、回り回ってどういう噂になるか、分かったものではないと思うからだ。

「おまえはそういう言い方をするけどさ、専門学校から入ってきてる連中っていうのは、最初から目的意識があって、ホテルマンになるための専門の訓練を受けてきてるんだから。何となく大学に行ってた俺らなんかより、ずっとハードなカリキュラムをこなしてきてるんだぜ。資格だって取ってる連中が多いし、英語だって達者だったりするしさ。あなどれないんだよ」

誰かに聞いていて欲しいくらいの台詞を口にしながら、ちらりとバイトを見る。隆平は、いかにも面倒臭そうな表情で口の端を歪めたり、耳の辺りを掻いたりしているばかりだ。まったく。ちょっといい大学に行ってると思いやがって。

ホテルという職場は女性が多い。華やかだし、賑やかだし、彼女たちの制服姿を眺めるだけでもいいものだとは思うのだが、何しろ女性たちは噂話が好きだった。彼女たちの間には年がら年中、様々な噂が飛び交っている。ベルにはベル、フロントにはフロント、厨房には厨房、ハウスキーピングにはハウスキーピングで。そして、それらの噂の大半は、目に見えないウィルスか何かのように、瞬く間に職場全体に広がって、人々の好奇心を刺激するのだ。
○○さんと○○さんがアヤシイ。

○○さんは○○さんを嫌ってる。
○○さんの恋人らしい人が泊まってるそうだ。
○○さん、離婚したって本当かしら——。
管理職の人たちのことまでは分からないが、少なくとも現場レベルでは、ごく自然に研輔の耳にだって入ってくる。この、四百人近くいる職場で、顔もろくろく知らないのに、名前だけ知っている人の何と多いことか。

だが研輔は常日頃から、自分だけはそういう噂の渦に巻き込まれないようにしようと、かなり緊張感を持って過ごしているつもりだった。もともと用心深い性格の上に、就職して半年もたたない頃、噂のタネにされた挙げ句、悲劇的な末路をたどることになった同僚を目の当たりにしたからだ。

それは、研輔と同期で入社した十二人の中で、もっとも優秀と言われていた大卒男子だった。研輔の目から見れば、彼はむしろ被害者だったのではないかと思えて仕方がないのだが、とにかく彼は研修で世話になった女性の上司との不倫を噂されることになった。まずいことに、女性上司の夫もまた、このホテルの管理部門にいる人物だった。誰の思惑や、どういう力が働いたのかは分からない。だが、結局は彼一人だけがこの職場から去ることになった。同期入社の研輔たちに対してさえ、別れの挨拶の一つもなく、ある日忽然と、彼はこのホテルから消えてしまった。

以来、研輔は日々、自分に言い聞かせている。人の噂に気をつけろ。どんなときにも誰かに見られていると思え。わずかな気の迷いが、人生さえ狂わせる。三流か、ことによると四流くらいにしか評価されない大学を、しかも大して良くもない成績で出た研輔にしてみれば、やっとのことで入れた憧れの職場なのだ。ここで失敗しては、もう後はないと思っておいた方が良いと、田舎のおふくろも言っていた。

「何でですかぁ。本当のことじゃないスか。まじ、何のために大学まで行ったのかなあ、とかって、思わないんスか。こんな——」

「いいから、ストップ」

なおも不満そうな顔をしている隆平を、さらに指をさす仕草で制し、研輔はまた隣のテーブルに移動しながら「いいか」と口を開いた。

「これは、ホテルマンとして誰もが経験しなきゃならない第一歩なんだ」

「そりゃ、分からないじゃないけど、こんな、女子どもでも出来るようなことを経験したからって、何の役に立つっていうんスか。いじめじゃないのかなあ、こういうの」

「そんなわけ、ないじゃないか」

「まあね、先輩にとっては、そうなんでしょう。さっきから見てるけど、楽しそうだもんなあ、すげえ。実は、こういう単純労働が向いてるんだったりして」

偉そうに。だが、そんなふうにふんぞり返って、人を見下すようなことを言ってられるのも学生のうちだけだ。研輔は、ふっと力を抜いて口元に笑みを浮かべた。

「まっ、呑気な学生さんには、怖いもんはないよな。何とでも言えばいいよ。だけど、おまえだって、社会人になったら嫌っていうほど感じることになるんだから」

「何を、スか」

「だから、世間のキビシサってもの」

「キビシサ、ねえ」

「いいか？　この世の中は、辛抱することの方が多いんだ。辛抱して、我慢して、それでも諦めずに、少しずつ、少しずつ、階段を上がっていくんだ。まだ、分かんねえだろう？　そういう悲哀と努力ってもん」

勢いよくテーブルクロスを広げながら、研輔はなおも「こういうことを」と言葉を続けた。

「何ごとも嫌がらず、無駄だとか思わずに、一つ一つ丁寧にこなしていくことこそが、大切なんだから」

広げたテーブルクロスを向こうから引っ張りながら、隆平が「駄目だ」と顔を歪めた。

「俺は、駄目ですね、そういうの。まるっきり、向いてねえわ」

「向いてるとか向いてないとかの問題じゃないんだって。世の中っていうものが、そういうふうになってんだから。大体、おまえだってそろそろ真剣に就職のこととか考えなきゃ、ヤバイんじゃねえの？」

二人で両方からテーブルクロスを引っ張って、テーブルのほぼ中央にクロスの畳みじわが来るように調整し、クロスとテーブルの隙間の空気を追い出すように中央から外に向かってテーブルを撫でて、それからオリーブグリーンのテーブルセンターを広げる。

「どう考えてんだよ、そういうこと」

「どうって言われても、ねえ」

「まさか、フリーターになるとか、そういうんでも、ないんだろう？」

「そりゃ、ないっスね、今んとこ。俺なりに、こう——色々と考えなきゃならないこととかも、あるし。やっぱ、ある程度はね、ちゃんとしないとヤバイかなあって感じは、持ってるんで」

白いクロスの畳みじわがテーブルセンターの対角線と重なるように、さらに、テーブルセンターの四隅がきちんとテーブルの縁に重なるように気をつけて置きながら、研輔はまた隆平を見た。

「ここ来る気とか、あんのか」

すると隆平は、ひどくびっくりした顔になって「ここって？」と言った。

「だから、うちのホテルさ」

「まさか！」

質問したこちらが驚くほどの、間髪を容れない反応だった。研輔は思わず「なんで」と聞いてしまった。せっかくアルバイトしているのだ。多少なりとも目立って、よい評価を受けておけば、就職試験でだって優遇されることは間違いないのに。

「だから、言ってんじゃないスか。俺は、こういう下働きみたいな、アホでも出来るような雑用からコツコツチマチマとっていうヤツには向いてないって」

「アホでもって、おまえ——」

「いいっスか、先輩。人生は短いんです。こんなことに無駄な時間なんか、使っちゃあ、いらんないんスよ。先輩には悪いけど、俺はね、人生が辛抱辛抱、コツコツ、チマチマなんて、考えてないし」

「だから、そりゃあ、おまえだまだ甘ちゃんだからだ。要は、本当の世間を知らない呑気な学生さんだからさ」

「そんならそれで、いいっスよ。だけど、先輩みたいな考え方で生きてたら、人生なんか楽しくも何ともなくなるじゃないスか。俺はね、嫌なの、そういうの。俺にとっての人生は、楽しむためにあるって思ってるからさ。楽しむためには金だって必要だから、まあ、少しは我慢して働くけどってとこっスね」

嫌なことを言うと思った。確かに研輔だって、このホテルを利用する多くの客たちを見ていると、割り切れない思いを抱くことが少なくないのだ。ことに、平日の昼間からきれいなお姉ちゃんを連れて歩き回っている男や、どう見ても学生のくせに高い部屋を予約して、クソ生意気な態度で研輔たちに接してくるカップルなどを見ると、あいつらの人生とは、果たしてどんなものなのだろうかと考えずにいられない。もてなす側ともてなされる側。この違いは何なのだろうと。

「だけど――まあ――俺は、そういうふうには生きられないわけだしな」

つい、弱気になった。すると、隆平は「そうなんだよなあ」としたり顔に頷く。

「先輩って、そうなんだよ。まあ、俺から見れば、ですよ、文句も言わないで、こーんな仕事で遅くまで居残って、汗流してる先輩っていうのは、何ていうかなあ」

「――何だよ」

「まあ、ひと言で言ったら、相当――」

苛々してきた。どうして、たかがアルバイトの学生にこんなことまで言われなければならないのだ。研輔は、思わず顎を突き出すようにして「相当、何なんだ」と相手を睨みつけた。すると隆平は、うふふ、というような笑い方をして「可愛い」と言った。

「いいヤツっていうかさ、もう、可愛いっスよ、まじ」

自然に顔が赤くなるのが分かった。もちろん、照れているわけではない。嬉しいのとも違った。要するに屈辱だった。こんな年下のヤツに、しかも男に「可愛い」などと言われるとは。

「純粋で、実直？　生真面目で——ねえ。もう、言うことないじゃないスかねえ」

次のテーブルに移り、また同じ作業を繰り返す。本当のことを言えば研輔だって、どうして来る日も来る日も、こんなことをしなければならないのだろうかと思う。嫌というほど、繰り返し思っている。大体、研輔はホテルの管理・運営部門を希望して入社したのだ。またはマーケティングか営業でもいいと思っていた。だが、このホテルでは、ゆくゆくはどの分野に進むにしても、新入社員は必ずサービスの最前線を、しかも基本中の基本から学ばなければならないと決められていた。飲食・宴会・宿泊の各部門について、まず基本中の基本から、すべてを学んでいく。現場の苦労を知り、仕事の流れを知り、徹底的にサービス精神を叩き込むためだそうだ。

「——悪いかよ。こういうことをコツコツやってちゃあ」

隆平は再び「まさか！」と首を振る。

「悪いなんて、言ってないっスよ、まるっきり。ただ、俺には無理っていうだけで。俺はさ、そりゃあ、人生を楽しむためには働くけど、まあ、それでも俺にしかできないこととか、世間の歯車みたいなのとは違うね、そういう仕事が向いてるんスよね。そうすりゃあ常に注目を浴びるし、ハッピーな状態でいられるし。そういうんじゃなきゃあ、つまんないじゃないっスか」

この、苦労知らずの学生が。

屈辱と悔しさと、何ともいえない不快感で顔を歪めそうになったとき、かなり離れたところから「やってるな」という声がした。周囲を見回すと、いくつもあるドアの一つが開いていて、小さく人の姿が見える。

「そろそろ、終わりそうか」

声から、西嶋先輩だと分かった。研輔より四歳上の、平社員の間ではいわばリーダー格の存在だ。研輔は慌てて「もうすぐです！」と声を出した。無駄話していたと思われただろうか。いつからあそこに立っていたのだろう。焦って次のテーブルクロスを広げている間に、西嶋先輩は広々としたバンケットルームを軽快な足取りで進んできた。

「あ、何だ、かっしーだったのか」

大分、近づいてきたところでアルバイトの正体が分かると、先輩は気軽に声をかける。隆平は「お疲れっス」と、軽い調子でにやにやと笑っている。ヤツが正社員だったら、こんな挨拶をしたらどやしつけられるに違いないのに。

「なあ、早く終わらせてさ、飯食って帰ろうよ。何なら、おまえも一緒に」

「まじっスか。西嶋さんのおごりっスかね」

研輔が「はい」と頷きかけている間に、隆平の方が調子のいい声を上げる。西嶋先輩は「ビール一杯くらいならな」と笑った。

「俺だって、大した給料もらってるわけじゃねえんだからさ。そうそうおまえらにおごってばっかりも、いられねえって」

そう言いながらも、先輩はいつもおごってくれる人だった。思わず恐縮して見せながら、研輔は内心で「チャンスだ」と手を叩いていた。べつに、おごって欲しいというわけではない。この小生意気なアルバイトに、がつんと言ってやって欲しいと思ったのだ。西嶋先輩なら適役だった。考えが甘い、少しはしっかりしろとでも言ってもらって、こいつがしょげかえる顔を見せたら、さぞかしすっきりするに違いない。そうと決まれば、残りの作業など、とっとと終わらせるに限ると、研輔は自分に気合を入れた。

4

寮に帰る途中の、午前二時半までやっているラーメン屋に落ち着くと、研輔たちは早速、生ビールで乾杯をした。

「そういえばさ」

まず喉を潤したところで口を開いたのは西嶋先輩だ。

「おまえ、別れたんだって？」

口元の泡を拭いながら、何の話かと先輩を見たとき、隆平が「とっくスよ」と答えた。

「いつよ」

「二カ月、かな」

「まじかよ、おい。だって、結構本気モードだったんじゃねえの？」

「どうなんスかねえ。分かんねえけど」

「原因は何よ、おまえか」

運ばれてきた餃子に伸ばしかけていた箸を振りながら、隆平は「ちがいますって」と言う。

「向こうからさ、いきなり言われたわけっスよ。終わりにしたいとか何とか」

西嶋先輩は「まじかよ！」と声を張り上げ、それから「げーっ」などと言っている。きょとんとしていた研輔は、ようやく、どうやら女の話らしいと理解した。しかも西嶋先輩とこのアルバイトとは、研輔が知らないところで、既にある程度まで親しくなっているらしい。

何だよ。そんなこと、知らなかった。

この分では、先輩に説教してもらおうという研輔の目論見は失敗に終わるかも知れないではないか。どうも、面白くない。研輔は、一人で黙々と箸を動かしながら、二人の会話を聞いているより他なかった。

「それで、おまえ、簡単に引き下がっちゃったわけ？」

「だって、向こうからそう言われちゃあ、しょうがないじゃないスか」

「じゃあ、向こうがそう言い出した、理由は何なわけよ。まさか、新しい男が出来たとか？」

「スルドイ。さすが先輩」

するとと西嶋先輩は再び「げーっ！」と声を張り上げる。どうして、こんなアルバイトの彼女のことでいちいち声を張り上げなければならないのかと思っていたら、研輔の視線に気がついたのか、先輩はようやく「こいつさ」と言いながらこちらを向いた。

「一緒に住んでる彼女がいたんだけどな」

ふんふんと頷きながら、内心では穏やかではなかった。研輔は、ちらちらと隆平の様子を窺いながら、先輩が「どれくらいの間だっけ」と言うのを聞いた。

「完璧に同棲ってわけじゃ、ないっスよ」

「いいから。似たようなもんじゃないか」

「一年ちょっと、かな」

「そんなにか。よく続いてたよなあ——で、そのつき合ってた女っていうのがさ。俺の同期だったわけ」

「——え」

「知らねえ？　今村ゆき」

今度は声も出なかった。研輔は、ジョッキを傾けてビールを流し込んでいる隆平を、信じられない思いで見つめるしかなかった。知らないはずがないではないか。あの、今村さんと。密かに憧れていた、彼女と、こともあろうに、この馬鹿が——。

「な？　ちょっと、信じらんねえだろ」

「でも――確か、今村さんって転勤したんじゃなかったですか。まさか、それって、こいつのせいだとか？」

研輔が横目で睨むと、口の中に食い物を詰め込んだまま、隆平が「冗談でしょ」と言う。

「向こうに、好きな男が出来たから、別れて欲しいって言われたんスから。で、俺としては一応は、まじだったわけだし、別れたくないって言ったんだけど、向こうの気持ちは変わんない、と。ゆきとしては、そいつについて行こうと思ってるとか何とか言って」

「ええ？　だけど、おまえがうちにバイトに来て、まだ何カ月もたたないじゃないか。それなのに、そんな前から今村さんとつき合ってたって。それ、どういう――」

空きっ腹にビールを流し込んだせいか、まるで頭が働かない。それどころか、早くも酔っ払いそうな気分だった。今村さん。いかにも落ち着いた雰囲気の、大人の魅力を感じさせる人だった。派手ではなかったけれど、笑った顔は意外に幼くて、スタイルも相当に良かった。直に話したことはなかったが、研輔は、いつか言葉を交わせる日が来ればいいと密かに願っていたのだ。それが、こともあろうにこんな野郎とつき合ってただなんて。しかも、同棲までしてたなんて。一体、何歳違うのだ。こんな、ガキ。

「だから、順番が逆なんだよ。もともと今村さんが、こいつを紹介したわけ」

「あ――そういう――」

「ま、いいじゃないスか。もう終わった話なんだから」

普段にやけている隆平にしては珍しく、自分から話題を変えようとしていやがる。さすがに今村さんに棄てられたことが心の傷になっているのかも知れなかった。そう思うと、少し落ち着いてきた気持ちに、今度は意地の悪い企みが蘇ってきた。

「まあ、おまえみたいに先のことなんか何も考えてないヤツとつき合ってたら、だんだん不安になるのも、無理もないよな。だってねえ、西嶋さん」

餃子を頰張り、ビールを飲んで、研輔は改めて身を乗り出し、さっきの隆平との会話を持ち出した。ホテルマンとして基礎から学んでいる研輔を、こいつは鼻で嗤ったのだと言うと、さすがの西嶋先輩も、わずかに眉をひそめた。

「言ってやってくださいよ。こっちは汗水たらして、何ごとに関しても真剣に、身体で覚えようとしてるんだから」

「確かにそうだな。おい、そりゃあ、まずいよ、かっしー」

隆平はつまらなそうな顔になる。研輔はさらに勢い込んだ。

「所詮は学生のアルバイトなんて、甘いに決まってるんですよね。それを自覚しておいた方がいいって、そう思うんですよ」

うん、うん、と頷いていた西嶋先輩は、再び隆平の方を見て「なあ」と口を開いた。それから一瞬、視線を落とし、何か考える顔になっている。さあ、お手並み拝見だ。どんな言葉で、このバイト野郎にがつんとやってくれるのかと、研輔も思わず膝に手を置いた。

「おまえ、今、どうしてんの」

「どうって?」

「俺んとことか、ホテルの仮眠室に泊まり込んでるとき以外さ」

「帰ってますよ」

西嶋先輩は「帰ってる?」と聞き返し、それから「ああ」と大きく頷いた。

「そういえば、おまえ、地元なんだもんな。自宅にさえ帰りゃあ、どうってことないわけだ。なあんだ、俺はまた、一人淋しくボロアパートでも借りたのかと思ってた」

そう言って、二人で声を揃えて笑っている。

「だけどさあ、かっしー。この、岡部の言うこともっともなんだぞ。やっぱり生きてくってことは、そう楽なもんじゃねえからさ。おまえが思ってるほど、世間はおまえのことなんか、評価はしないもんなんだ」

肩透かしを食わされたかと思ったら、さすがは先輩だった。なるほど、言うことが格好いい。

すると、隆平は突然「あっ」と声を上げた。

「忘れてた」

「何だよ、せっかくいい話してやってるときに」

「そんなことより、ねえ、先輩」

隆平は口の中のものをビールで飲み下すと、突然、うちのレストランの従業員採用について聞いてきた。経験の有無。学歴。資格。他に制約はあるのかどうか。

「厨房か。うちは皆、ある程度のキャリアのある人たちしか採ってないんじゃないか? 今は総料理長の関係で採用される人が多いとかいう話は聞いてるけど」

「未経験じゃ、駄目ですかね、やっぱ」

勢いよくラーメンをすすっているうちに、また汗が出てきた。今日は本当によく汗をかいた。寝る前にシャワーを浴びなければ、気持ちが悪くてたまらない。ジーパンのポケットからハンカチを取り出しながら、研輔は先輩と隆平の会話を聞いていた。

「まるっきりの未経験？　そいつ、いくつ」

「十九ですけど」

「何してるヤツ、今は」

「一応——料理の道に進みたいとか言ってるんだけど、専門学校に行くのにも結構、金がかかるみたいで、悩んでるんスよね」

「東京のヤツ？」

「田舎は、長野。今はこっちに住んでますけど」

「何してんの」

「バイトとか、色々」

「飲食店かどっかで？」

「全然、関係ないっスね。わりと最近のことみたいなんで、進路を決めたのが」

「じゃあ、まるっきり経験ないのかよ」

研輔も汗を拭いながら「そりゃ、難しいよ」と口を挟んだ。

「さすが、おまえの周りは甘ちゃんが多いなあ。包丁も握ったことのないようなヤツが、いきなりホテルの厨房なんかで、役に立つはずないじゃないか」

　すると隆平は澄ました表情になってこちらを見る。

「包丁ぐらい、握ってますよ、毎日」

「どこで」

「家で。ほとんど毎日、うちの飯を作ってますから」

「うちで、ねえ。十九だろう？　おまえの弟か何か？」

「俺、弟なんかいないっスよ。それに、そいつは女だし」

　一瞬、もぐもぐと口を動かす西嶋先輩と目が合った。お互いに同じことを考えていると、すぐに分かった。先輩が、にやりと笑った。

「妹でもないんだな」

「妹もいますけど、あいつはまだ高校生ですから」

「じゃあ、誰なんだよ、その子は」

「まあ、親戚筋っていうか——」

「親戚筋ねえ。おまえん家《ち》にいるんだ」

「他に行くとこ、ないらしいんスよね」

「で、毎日おまえの飯、作ってくれるんだ」

「ですね。おふくろからは、バイト料みたいなのも、もらってるみたいですけど」

西嶋先輩は「ふうん」と頷いてから、大きくにんまり笑った。

「道理で。それでおまえ、最近は俺んところに泊まらなくなったんだな」

「先輩んところに泊まってたんですか、こいつ」

さっきも気になった発言だった。一体、この二人はどういう関係なのだろう。いつの間に、泊めてやるほど親しくなったのだろうか。

「だから、最初は今村さんに頼まれたんだって。心配だからってさ。それより、なあ、そうだろ、かっしー。言えよ。その子って、新しい彼女なんだろう」

すると隆平は、いかにも当たり前だと言わんばかりの表情で、実にさらりと「そうっスよ」と頷いた。

「田舎っぽいけど、いいんスよね、新鮮で。それに、何たって飯が美味いんだよな。家庭的だし、俺のおふくろとかも、気に入ってるし」

「おふくろ？　おまえ、もう先々のことまで、考えちゃってるわけ？」

「まあ——て、いうか、俺、意外に子どもとか好きだし。家庭を持つんなら、ああいう子との方がいいかなあとか、思わなくもないっていう程度で、なんスけどね」

研輔は、この男が嫌いだと思った。憧れの先輩とつき合っていたかと思ったら、振られたのはいい気味だとしたって、別れて何カ月もたたないうちに、もう新しい彼女を作るなんて。結婚まで意識しているなんて。こんな、能天気な極楽野郎が。

世の中は一体、どうなっているんだろう。研輔など、ハッキリ言って高校二年のときに失恋して以来、彼女なんか出来ないままだというのに。それに、あのときだって単に片思いの子に彼氏がいると分かっただけという程度で、告白するチャンスさえありはしなかった。それなのに、こいつは。

「やるねえ、若造。なあ、羨ましいよなあ、岡部！」

どん、と背中を叩かれて、思わずむせ返りそうになった。研輔は、澄ました表情の隆平を、ただ睨み続けていた。

5

ダンナさんの様子が変わった。

ベッドの中で私の肩を抱いたまま、身じろぎ一つせずに天井を見上げて、ずっと何か考えごとをしている。少し前までなら、考えごとをしているような場合でも、ダンナさんは手だけは動かしていた。澄ました顔をしていながら、当たり前のように私の肩や、胸や、腰の辺りを撫でさすったり、髪をいじったりしていた。まるで、嫌らしいことなんか何一つ考えていないような顔をして。それがダンナさんという人だ。

なのに最近、こうして一緒にいても、私と目が合ったときだけは笑顔を見せるものの、ふと気がつくとダンナさんはいつも遠くを見るような目つきで、何か考えている。私のことなんか忘れて、隣に誰がいようと、まるで関係ないみたいな顔をしている。

ダンナさんの肩に顔をのせたまま、私はダンナさんの横顔を見つめる。こちらの視線を感じていないはずがない。けれどダンナさんは、わざとらしいくらいに表情を動かさない。私の方をちらりとも見ようとしないのだ。ふいに、心の中を風が吹き抜けるような感じがした。べつに淋しいわけではない。ダンナさんとの関係がどうなったって、今の私は困らない。もちろん、お金をもらえなくなるのは残念だとは思うけど、そんなこと、べつにいいや、という気持ちの方が、ずっと強い。それなのに、何だか突き放されたような感じが、やはり不安を呼び起こすのだ。急に、しばらく忘れていた心細さがこみ上げてくる。

バレてる?

何よりも先に考えたのは、そのことだ。もちろん隆平くんとのことに決まっている。でも、バレたとしたら、どうして? どんなことから?

あり得ない。

一つ屋根の下に住んでいるといったって、ダンナさんと隆平くんとは普段ほとんど接点がない。生活のリズムがまるで違うから、顔を合わせること自体がないのだ。二人の間に立つのは、常に尚子おばさんということになるが、尚子おばさんがダンナさんに何か言いつけることもまたあり得ない、と私は結論を下した。

今、あの家では尚子おばさんとダンナさんとの接点そのものが、ものすごく少なくなっているからだ。尚子おばさんと隆平くんの方は、一緒にいればまだ普通に会話もしているけれど、それも大概の場合は、隆平くんからは小遣いが欲しいとか、捜し物が見つからないとか、そんな程度のことだし、尚子おばさんの方からも決まり切った話題しか出てこない。まずは就職のことだ。ちゃんとしなさいよ。考えてるんでしょうね。頼むわよ。お母さんを安心させてよ。

それだけだって、隆平くんは相当にうるさがっているのに、おばさんの持ち出す話題ときたら、他も全部、隆平くんを苛立たせるものばかりらしい。私なら我慢できても、たとえば階下に住むお祖母ちゃんの悪口だったり、近所の何とかいう家の人の噂だったり、芸能人の話題だったり、そんなの、確かに男の子には面倒臭い話に決まっている。それから尚子おばさんは、「若い人たち」についての情報も、やたらと知りたがる。

最近の若い人たちって、そういうのが好きなの？

今どきの若い男の子って、そんな言葉を使ったりするわけ？　学生じゃなくても？

今の流行りって、そんなもの？　ああいう感じの女の子を、若い男の子は可愛いと思うわけ？

私と二人だけになったとき、隆平くんはため息混じりにボヤいていたことがある。そんなの、どうだっていいじゃねえかなあ、と。彼の目から見て、最近の尚子おばさんは、何となく無理矢理、若く見せているように感じるらしい。まるで、若い女と張り合おうとでもしているような感じがすると言っていた。

それは私も、日々感じていることだ。おばさんの視線を、ときどきすごく嫌らしく感じることがある。私の身体を隅から隅まで点検しているような、なめ回すような目つきになっていることがある。以前は絶対に、そんなことはなかった。要するにおばさんは、何かヘンなのだ。美緒のことがあって、友だちのダンナさんが死んで、その頃から本当に変わってしまった。はっきり言って、気持ちが悪くなった。

けれど私は、隆平くんにそんなことを言ったりはしない。死んだお母さんが言っていたからだ。どんな相手に対しても、その人の親の悪口を聞かせてはいけないよ、と。もともと、お母さんとお父さんとの仲がうまくいかなくなったのも、お母さんが、お祖母ちゃんにいびられることを、お父さんに愚痴るようになったせいだと、お母さんは言っていた。つまり、もとはといえば、お祖母ちゃんがお母さんに意地悪をしたのが原因なのだ。私には優しいお祖母ちゃんだったけど、特にお母さんがお嫁にきたばかりの頃は、お祖母ちゃんは、お母さんが作った料理を捨ててしまったり、お母さんの服だけを洗濯物から除《よ》けてあったり、お母さんのタンスの中を覗いて引っかき回したりも、していたらしい。

そんなことをされたら、誰だって頭に来るに決まっている。夫に言いつけると思う。私だって絶対に言いたくなる。だけど、お母さんが何か言う度に、お父さんは不機嫌になった。そのうちに癇癪を起こして、怒鳴り声を上げるようになったのだそうだ。

未芙由、覚えておいて損はないから、あんたに言っておくからね。どんなにひどいことをする、最低の人間だと思っても、その人の子どもに向かって、その人の悪口を言っちゃ駄目なの。本当の親子で、子どもが親の悪口を言うのは構わないんだけど、たとえ同じことでも、それを他人に言われると、人は絶対に許さないもんなんだよ。それが自分の結婚した相手であっても、どんなに本当のことを言われてるんだとしてもね。
馬鹿　カバ　ちんどん屋
おまえの母ちゃん　出べそ
電車にひかれて　ぺっちゃんこ
小さい頃、近所でそんな歌が流行ったことがある。私も面白くて、よく一緒に歌った。誰か標的になる子どもがいて、からかい半分に歌ったのだが、中には囃したてられて本気で怒っている子もいたような気がする。うちの母さんは出べそじゃない、とか、電車になんかひかれないとか、半べそをかきながら猛烈に抗議していた。それがおかしいから、やっぱり私たちは歌っていた。
今は、お母さんの言っていたことがよく分かる。お父さんのことを悪く言われると、やっぱり私も愉快ではないからだ。金輪際、もう関係ない人だとは思っているけれど、それでも尚子おばさんなどから「あんたのお父さんは」と言われるときには、嫌な気分になる。その通りだし、言い訳もしないけど、あなたには関係ないでしょう、と言いたくなる。
だから、私はお母さんの言いつけを守ろうと思う。がっかりしたくない。居場所を失いたくない。だから隆平くんには、余計なことは聞かせない。
「未芙由」
突然、ダンナさんに名前を呼ばれた。

いつの間にか、毛布から出ているダンナさんの肩や胸はひんやりと冷たくなっている。私はその胸に手を置いて、微かに顔を動かした。

「僕がいなくなったら、どうする」

「――いなくなるって?」

ダンナさんの横顔は、真っ直ぐ天井を見上げたままだ。私はわずかに混乱した。いなくなる。どういう意味で言っているのだろうか。文字通り、目の前からいなくなるということなのか。それとも私と別れたいということなのだろうか。

「どういうこと」

すると、ダンナさんの胸が大きく膨らんで、長いため息が洩れた。私は思いきって身体を起こし、ダンナさんの顔を覗き込んだ。

「ねえ、どっか、病気なの?」

ダンナさんの顔が、ゆっくりとこちらを向いた。いつもの静かな顔だ。何度見ても忘れてしまいそうな気がする顔。不細工でもないけれど、取り立てて特徴があるとも思えない顔。見飽きるということもないけれど、ずっと見ていたいとも思わない。本当に隆平くんのお父さんなのかなと思うけど、よく見れば、口元が似ていなくもない。その顔を見つめているうち、ここはちょっと、泣いてみた方がよさそうだと思いついた。

「――ねえ」

こういうときは、少し呼吸を浅く切れ切れにして、頭の後ろの首のつけ根のあたりに力を入れ、相手のことをじっと見て、泣け、と自分に命じる。すると、何となく涙がこみ上げてくるのだ。その上で、一人で泣かなければならないときの気分になって、何か悲しかったことを思い出しさえすれば、あとは簡単だ。手っ取り早いのは、やっぱりお母さんのことに限る。

息を吸い込んだまま、しばらくお母さん、お母さん、と念じていたら、すぐに鼻の奥が、つんとしてきた。息を吐く。息を吸う。息を止めて、お母さんと念じる。

ダンナさんの表情がわずかに動いた。私はダンナさんの目を見つめたまま、浅い呼吸を繰り返した。だんだん目の奥が熱くなってくる。視界が、少しぼやけてきた。

「おい——何だい。どうしたの」

ようやく一滴、涙がこぼれた。

「——どっか、悪いの？　病気？」

繰り返し尋ねた。ダンナさんは初めて目元を和ませると、「馬鹿だな」と私の頭を抱き寄せる。せっかくもう少しちゃんと泣こうと思っていたのに、今日はあまり上手に悲しい気分になれなかったようだ。涙はぴたりと止まってしまった。それでも私はすん、すん、と鼻をすする真似を続けていた。

「何で、僕がどこか悪くならなきゃいけないんだ」

「病気、なんじゃ、ないの？」

「まさか」

「だって、いなくなるって——」

「そんなんじゃあ、なくてさ」

ダンナさんの手のひらが私の肩を包み込む。私は毛布の縁を口元まで引き上げた。そして、くぐもった声で「だったら」と呟いた。

「じゃあ、何で、いなくなるの」

ダンナさんの胸が、また大きく膨らんだ。ふうう、と長い息を吐いた後で、ダンナさんは「まったくな」と呻くような声を出した。

「なんでって思うよ、僕だって。まさか今さら転勤になろうとは。この歳になって」

「――転勤?」

ベッドサイドのスタンドの明かりが浮かび上がらせているホテルの室内を、私は目玉だけ動かしてぐるりと見回した。ここは、初めて連れてきてもらったホテルだ。泊まらずに帰るなんて、すごくもったいないくらいに高いホテルだろう。隆平くんに聞けば、きっと知ってるだろうと思う。隆平くんもホテルでアルバイトをしているからだ。

ダンナさんは転勤するという。つまり、どこか遠くへ行くということだろうか。そうしたら、もうこんなホテルにも来られなくなるかも知れない。

「あの――どこへ?」

「未芙由」

ふいにダンナさんが姿勢を変えて、私の方に身体を向けた。私はダンナさんにしがみついた。涙が完璧に乾いている顔を見られたくない。

「一緒に来るか？」

「――ダンナさんと？　私が？」

思わず身体を離しそうになったとき、ダンナさんはまた身体の向きを変えて、ふふん、と小さく笑った。私はそっとダンナさんの横顔を見上げた。

「冗談、冗談。未芙由はこれから東京で、頑張っていかなきゃな」

「ねえ――どこに行くの。外国？」

外国なら、ついていってもいいかなと一瞬、思った。隆平くんには悪いけど。けれど、ダンナさんは「ちがう、ちがう」と微かに鼻で笑うような顔になった。

「じゃあ、どこ？」

「鹿児島」

「鹿児島？　九州の？」

そんな遠くに、と呟きながら、私は何だかお腹の底から小さなツブツブが湧き出てくるような感覚を味わっていた。ダンナさんは遠くに行っちゃう。そうなれば、私は自由の身だ。自然に。

「そうだよなあ。そんな遠くに行かなきゃならんとはなあ。はるばると」

ダンナさんは明らかに転勤を喜んでいない様子だ。私は、ダンナさんがどういう仕事をしているのか、まるっきり知らない。ダンナさんは家にいるときも、私とこうしているときも、仕事に関係する話は一切口にしたことがない。正直なところ、私はダンナさんの勤め先が都内のどこにあるのかも知らないくらいだ。とにかく、いわゆる株式会社ではない。財団法人とかいう呼び方のところだとは教わった。それが、どういう意味を持つのかは、分からない。

「――いつ、転勤になるの？」

「来月」

「来月って――あと二週間しかないよ」

「そうさ。あと二週間だ。まったく。どこがどうなって、こんなに急に整理統廃合なんて言い出したんだか。いや、統廃合そのものに関してはべつに構わないとしても、だ。よりによって、どうして僕なんだ」

「――尚子おばさんも一緒？」

ダンナさんはもう一度、大きくため息をついて「どうかな」と言った。

「まだ話してないから」

さっきと違うツブツブが、また湧き出てきた。おばさんよりも早く、ダンナさんの転勤を知った。尚子おばさんに、勝っている。

「行くとは言わないだろう、多分。美緒のことだってあるし」

「そうしたら――」

「まあ、単身赴任さ」

ダンナさんは、またため息をついた。私は寝返りを打って、ダンナさんに背を向けた。ベッドサイドのデジタル時計は、もう十時を回ったことを告げている。いつもなら、そろそろ帰ろうと言われる時間だ。

「どのくらいの間?」

「今のところ、最低、三年か」

「そんなに長く?　一人で、鹿児島に」

だが今夜はもう一度、ダンナさんの腕が私を抱きすくめた。その手に自分の手を重ねながら、私は、こんなときはどうするべきなのだろうかと考えていた。淋しい、としがみつくべきか。行ってらっしゃい、と笑いかけるべきか。

「——どうしよう」

思わず小さく呟くと、ダンナさんの腕に力がこもった。すぐ耳元で「心配いらない」という囁きが聞こえた。

「未芙由には未来があるんだから。自分の夢に向かって、しっかり歩みなさい」

「——一人で?」

「一人なんかじゃ、ないさ。第一、若いんだ。未芙由にはこれからいくらでも、どんなチャンスでもある」

私の中のツブツブはもっと大きな泡になって、私の中で弾けそうだ。

「それより、気になってることがある」

私はじっとしていた。

「これから新しい学校なり、修業できる店なりが決まったら、家を出るつもり?」

実は私自身も、そのことでは少しばかり悩んでいた。調理師になると決めたばかりのときと今とでは状況が違う。調理師への道を歩む以外に、もっとずっと、自分に向いてる生き方があるんじゃないかと思い始めている。

「もちろん未芙由の都合もあることだから、勝手なことは言えないんだけどね――出来れば、僕は、家に残って欲しいと思ってる」

ダンナさんの腕に力がこもって、私はもう一度、ダンナさんの方を向かせられた。私は黙ってダンナさんを見ていた。私の中でいくつものツブツブが弾けそうになっていることを悟られないようにするには、それなりの努力が必要だ。下手をすると、こうしてベッドの中にいたって、手でも足でも、バタバタと動かしたくなるくらいなのに。

「僕がいなくなって、未芙由までいなくなったら、家はきっと淋しくなるだろう」

「――でも、隆平くんも、美緒ちゃんだっているし」

「隆平は、今度の春には就職だ――ああ、そっちのことも、ちゃんとしてやらなきゃいけないんだよな――とにかく、ヤツだってまた新社会人として、色んな環境が変わる。それに美緒の方は、ああいう子だが、おそらく口には出さなくても、頼りにしてるはずなんだ。だって、最近は家のことの一切合切、未芙由がやってるんだろう？」

「――一切合切っていうことは――」

「つまり、誰よりも尚子自身が今、未芙由に出て行かれたら一番、困るんじゃないのか――多分、僕の転勤より、そっちの方が」

奇妙に口元を歪めて笑うダンナさんの顔を、私はまともに見ていられなかった。あなただって同じでしょうと、喉元まで出かかったからだ。

ダンナさんのことだ、一人で知らない土地に行ったら、すぐにそこで新しい女を見つけるに決まっている。この人は、そういう人に違いないと、私は肌で感じてきた。

「もちろん、無理にとは言わない。だが、出来ることなら、そうして欲しいんだ」

顔を覗き込まれそうになって、私は反射的にダンナさんの首にしがみついた。

「そんな――急に、そんなこと言われたって――まだ何も考えられない」

ダンナさんの手が私の腰の辺りを撫で始めた。

「心配いらないから。どっちみち、少しまとまったものを用意してあげるつもりだしね。まあ、大した額じゃないけど、多少なりとも進路の足しになるような。家に残ってくれるんなら、それを学費の足しにでも何にでもすればいい。今度は尚子ともちゃんと相談して、それなりのアルバイト料をもらうようにするといいし」

抱きすくめられたまま、私は黙って何度も頷いていた。バイバイ、ダンナさん。万歳、単身赴任。鹿児島へでも、どこへでも、行ってらっしゃい。

「未芙由は、いい子だから。大丈夫、きっと幸せになる」

ダンナさんは「いい子だ」と繰り返しながら、私にキスをした。隆平くんとはまるで違う、ただの生温かい、柔らかい唇が押しつけられてくるだけの感触を味わいながら、私は、ダンナさんはいくらくれるんだろう、尚子おばさんはアルバイト料の値上げに応じてくれるだろうか、などと考えていた。

ところが、尚子おばさんとアルバイト料の交渉は出来なくなった。その晩から、おばさんが家に帰ってこなくなったからだ。

6

翌日の夜、鹿島田家は私が来て以来、初めて経験する異様な雰囲気に包まれることになった。二階のリビングに、ダンナさんと隆平くん、そして美緒が揃っている。こんな早い時間から三人が家にいること自体が不自然だというのに、しかも三人とも、さっきからひと言も口をきかないというのもまた異様だ。私は、ちらちらと彼らの様子を窺いながら、一人でキッチンに立ち、夕食の支度をしていた。

隆平くんはお肉が好き。だけど、美緒は低カロリー。ダンナさんは、いつも外で美味しいものばかり食べているから、下手な味つけは出来ない。そんな三人を同時に満足させられるものなんか、作れっこない。こんなことになるんなら、お寿司でもとりましょうとか、頼んでみるんだった。だけど、お寿司って、やっぱり何となくおめでたいときとか、特別なときっていう感じがする。それを、こういう理由で家族が揃うときに言い出すのは、さすがに私だって気がひけた。

とりあえず冷蔵庫を覗きながら、豚しゃぶサラダを作ろうと決めた。そこに豆腐も加えたら、ダンナさんは喜ぶだろうか。トマトは？　などと考えているとき、リビングから携帯電話の音が聞こえてきた。美緒の携帯にメールが入った音だ。ダンナさんと隆平くんが見ている前で、美緒は自分の携帯を開き、「お母さんからだ」と呟いた。

「ごめんね、だって」

携帯を持ったまま、美緒が男性たちを見る。ダンナさんが手を伸ばして、その携帯電話を受け取った。さらに、隆平くんに回す。

「これだけじゃ、分からねえじゃん」

隆平くんが表情を険しくした。

「何が、わがままを許してね、なんだよ。どういうことなんだよ、ったく」

「すぐに電話してみなさい」

ダンナさんに言われて、美緒は一巡して戻ってきた携帯電話を手に、いつもの膨れっ面になっている。

「今日一日、学校からもずっと電話してるけど、出ないんだよ」

「いいから。もう一回」

ダンナさんの声は、あくまでも静かなままだ。私からは、その後ろ姿しか見えない。だけど、背中が怒ってる。私にはそう見えた。

昨夜、私と時間をずらして家に帰ってきたダンナさんに、尚子おばさんがいないことを告げたのは美緒だった。私たちが戻る少し前に、尚子おばさんからメールが入ったというのだ。今夜は帰れないから、と。理由も何も書かれていなかったという。

「やっぱり出ない」

美緒が携帯電話を閉じながら言う。

「じゃあ、メールしなさい」

「何て？」

「家族が心配してるんだから、メールなんかじゃなく、ちゃんと電話をして欲しいって」

「さっきもそう書いたってば」

「逃げるなって書けよ。どういうつもりなんだって」

隆平くんが、さらに苛立った声を上げた。

「だったら自分でそうメールすればいいでしょう。何で私ばっかりなわけ」

「美緒の携帯にメールが来てるんだから、しょうがねえだろうがっ」

「どっちに来てたって、いいじゃん！」

美緒が負けじと声を張り上げた。私はまた流しに向かった。美緒のキンキン声が、本当に嫌いだ。あの声を聞くと、こちらもついつい感情的になる。うるさいっ、この馬鹿女、などと怒鳴りつけたくなる。

「誰がメールしたって同じだから。隆平からも入れてくれ。とにかく連絡が取れないんじゃあ、どうしようもない」

「電話してこいって？　すぐ帰ってこいって？　それとも、帰ってくるなって？」

「――どういうつもりなんだって」

隆平くんが、面白くもなさそうな表情で自分の携帯を取り出している。ダンナさんも同様に、携帯電話を見ている様子だった。家族が揃って、それぞれ自分たちの携帯電話に見入っている様子は、見ていても何だか妙だ。

「美緒は、何か思い当たることはないのか」

しばらくして、またダンナさんの声が聞こえた。即座に「ないよ」という返事。

「誰と一緒なのかとか、そういうことも？」

「知らない」

「もともと、ここんとこ馬鹿に帰りが遅かったり、酔っ払って帰ったり、してたじゃん。おかしいなとは思ってたんだよな、俺」

「おかしい？」

「親父、思わなかった？　変に若作りしてさあ、不気味な感じ」

「不気味って――」

「アレ、なんじゃ、ねえの？　ひょっとして」

「ちょっと、変なこと言わないでよ、お兄ちゃん。うちのお母さんに限って、そんなことあるわけないじゃん」

「何で言い切れるんだよ」

「つまり、アレか――母さんは、誰かと一緒にいるんじゃないかって」

「だって、一人で出かけるのに、何も黙って消える理由なんか、ねえじゃん。うちは何やったたって自由なんだしさ、たとえば旅行したいって言って親父が反対するっていうこともないんだし」

そのことは、私も昨夜から考えていた。もともとこの家は、一晩や二晩くらい尚子おばさんがいなくたって大丈夫だ。何しろ、家のことはほとんど私がしているんだし、隆平くんも美緒も、それぞれが自分のペースで暮らしている。ダンナさんだって、着替えのことだけ分かっていれば、尚子おばさんを家に縛りつけておくような人ではない。

「それをさあ――」

隆平くんが続けて言いかけたとき、今度はダンナさんの携帯電話が鳴った。こちらもメールの着信音だ。

「――明日には、帰るそうだ」

「まじ？　今、どこだって？」

「いや――帰るとしか、書いてない」

三人の雰囲気が、また変わった。ガスにかけていた鍋の湯が煮立った。私は豚の薄切り肉を一枚ずつ湯にくぐらせ、完全に色が変わったところでボールに張った氷水に浸していった。大きな皿にレタスとプチトマト、さいの目に切った豆腐を並べる。後は、この上に豚肉をのせて出来上がりだ。

「要するに、単なるプチ家出だったってことかよ。ちょっと、まじ、やめてくんねえかな、人騒がせな」

「それは、明日になって話を聞いてみないことには、分からないだろうけど」

「プチ家出じゃなかったら、何だっていうわけ？　愛の逃避行とか？　ちょっと私、もう一度メールする」

「何て」

「まさか、不倫してるとかいうこと、ないんだろうねって」

豚肉を全部茹で上げ、サラダが出来上がったところで、今度は買ってきたチキンのガーリックソテーを皿にのせて、一つずつレンジでチンする。本当は隆平くんのためにトンカツにしようかと思ったのに、美緒のことを考えてチキンでおさえておいた。これで嫌な顔をされたって、もう関係ない。食べたくなければ残せばいいのだ。そして温まった順に、一皿ずつ茹でたジャガイモとクレソンを添える。

「なあ、君」

今日はゴボウとニンジンとタマネギの味噌汁にするつもりだ。もうダシ汁でさっと煮てあるから、あとは三人の相談が終わりそうな頃合いを見計らって、味噌を溶けばいい。

「君、ねえ、ちょっと」

ご飯は一応、三合炊いてみた。

「未芙由！」

ふいに名前を呼ばれて、私は驚いて顔を上げた。隆平くんとダンナさんが、揃ってこちらを見ていた。

「呼んでる、親父が」

隆平くんが他にも何か言いたげな顔つきで言った。私は驚いてダンナさんの方を見た。さっきから「君」と呼ばれていたのは私のことだったのかと、ようやく気がついた。ダンナさんが私をそんなふうに呼ぶことなど、これまでほとんどなかったことだ。二人きりでいるときはもちろん、この家でも。

「ちょっと、いいかな」

改めて呼ばれて、私はおずおずとキッチンを出て、リビングの方に行った。美緒一人が、自分の携帯電話をいじり続けている。

「おそらく、家の中では君が一番、尚子と顔を合わせてる時間が多かったと思うから、それで一つ、聞きたいんだが」

ダンナさんは、まず私をソファに座るようにすすめた上で、硬い表情で口を開いた。私はジーパンの膝の上に手を揃えて、わずかに唇を嚙んだ。

「近ごろの尚子のことで、何か、気がついたことはなかったかな」

私は小さく首を振った。

「じゃあ――今度のことについて、何か聞いてたとか」

やはり、私は首を振った。推測をつなぎ合わせることは出来るけれど、一切、何も言うまいと決めている。尚子おばさんについて何か言うことは、私自身まで不利になる可能性につながる。そんなことはしたくない。絶対に。私は顔を上げることもしなかった。ダンナさんと目を合わせたくない。この場で隆平くんと目が合うのも、まずいような気がした。

「とにかく、明日になってみないことには、どうしようもないよな。本人がいないところで、俺らだけこうやってても」

「まあ、それはそうなんだが」

「私さあ、お母さんに頼もうと思ってたこと、あったのに」

「俺も、親父に就職のこと、ちゃんと頼もうと思ってたんだ」

「あの——ご飯の支度、出来てますけど」

思い切って顔を上げると、三人は揃って驚いたような、現実にかえった表情になり、それから全員が頷いた。

「じゃあ、飯にするか」

ダンナさんが言って、私たちは一斉に立ち上がった。

尚子おばさんの席だけが空いているけれど、それでも、いつもよりずっと賑やかに感じられる夕食になった。ダンナさんと隆平くんは二人でビールを飲んだ。美緒は思ったような文句も言わずに、黙々とチキンを切り、口に運ぶ。私もできたての味噌汁の湯気を吹き、豚しゃぶサラダを食べた。

隆平くんは、就職のことをダンナさんに頼んでいるらしかった。ダンナさんが何かを質問する。隆平くんが短い言葉で応える。ダンナさんは、うん、うん、と真剣な表情で頷いている。今度は隆平くんが何か尋ねる。ダンナさんは静かな表情のまま「そうだな」とか「それについては」など言い、極めて静かな声で、淡々と話をしていた。その間、隆平くんの方も、いつになく真剣な表情で、やはり、うん、うん、と頷いていた。私は父親と息子の関係というものを、初めて見たような気がした。

「お母さんに相談できるか分からないから、お父さんでいいや」

ダンナさんたちの会話がちょうど途切れたとき、今度は美緒が珍しく自分から口を開いた。テーブルの上には携帯電話が置かれたままになっている。だがさっきから、もう誰の携帯電話も鳴らなかった。尚子おばさんは今頃、どこで誰と過ごしているのだろうか。

「あのさ、留学したいんだけど、私」

美緒は半分ふて腐れたような顔のまま、ぽつりと言った。

「どこへ」

「ニュージーランド。うちの学校から毎年、交換留学で行ってるんだ」

ふうん、と頷くダンナさんと一瞬、目が合った。そのとき、そういえばダンナさんの転勤の話を、二人の子どもたちはまだ知らないのだということを思い出した。

「いつから」

「二学期。希望者は今月中に申し出ることになってるの」

「希望者全員が、行けるのか」

「希望者が多かったら、成績順か、テストか何かあるのかも知れないけど」

「大丈夫なのか、美緒は」

「決まってんでしょ。それに毎年、希望する子はそんなに多くはないって言ってた。一年間って結構、長いし、費用も費用だから」

ダンナさんが少し考える顔になった。

「お母さんは、そのことは知ってるのかな」

「だから、これから相談しようと思ってたんだってば」

ダンナさんの眉間に皺が寄った。ビールグラスを持ったまま、鼻からふうう、と大きく息を吐き出す。

「まあ――明日、帰ってきたら、ちゃんと相談すればいいだろうけど――でも、もしも――」

「お母さんがどうなったって、私とは関係ないから。私が、そのことでとばっちり受けるのなんて、すげえ迷惑なんだけど」

私は黙々と箸を動かしていた。この分だと明日の夕食も、私が用意することになりそうだ。今日が肉だったから、明日は少し違ったものを考えなければいけないだろうか。私自身は、何日か前からオムライスが食べたいと思っている。テレビで見て、食べてみたくなったのだ。上手に作れるかどうか分からないが、本屋で立ち読みでもして、作り方を覚えるつもりだった。けれど、明日もダンナさんまで早く帰ってくるとなると、普通のご飯に焼魚か何かにした方が無難かも知れなかった。オムライスに焼魚は合わない。かといって、私が食べたかったからとオムライスを優先させるわけにはいかないし、第一、ダンナさんにはオムライスなんて、似合わない。

「ねえ、申し込みだけでも明日、出してもいいでしょう?」

「まだ日があるんだろう」

「早くしちゃいたいの！　私、どんなことがあっても行きたいの、ニュージーランド！」

ああ、このキンキン声。私も心から美緒の留学を祈りたい。ダンナさんの単身赴任。美緒の留学。尚子おばさんの——？　何て素敵なんだろう！

「ねえ、今、申込書持ってくるから、お父さん、保護者の欄に署名と印鑑だけ押して」

言うなり美緒は席を立ち、バタバタと自分の部屋に駆け戻っていく。隆平くんとダンナさんは何も言わずに、ただ互いのグラスにビールを注ぎ合っていた。

食卓に戻ってきた美緒から一枚のプリントを手渡されたダンナさんは、しばらくの間、黙ってそれに目を通していた。それからまた、ふうう、とため息をついて「一年か」と呟いた。

「結構するじゃないか。費用だって」

「そりゃ、一年間だもん。だけどホームステイにするか寮生活にするか、そういうところの選び方によっても違ってくるみたいだよ」

「それだけの金額を出して、ちゃんと身につくんだろうな。英語が」

「当たり前じゃない。普通に生活してれば身につくに決まってんだから。ねえ、私、ホームステイがいいからね」

「おまえみたいな子が、よその家で暮らしていかれるのか」

するると美緒は、どこか勝ち誇ったような顔つきで「当然」と胸を張る。それから、つん、と顎を突き出すようにして、私の方を見た。

「その人が出来てるんだから、私に出来ないはず、ないじゃない」

額のあたりがかっと熱くなった。その人。私のことだ。私は思わず、あんたねえ、と言いたくなった。私と同じことが出来ると、本気で思っているのかと。そのときダンナさんが、ちらりとこちらを見た。その目に一瞬、背筋がぞくりとなった。最初に、この家に来た頃の印象が蘇ってきた。そう。ダンナさんはいつだって、ひどく冷たい目で私を見ていた。美緒にそっくりな。今だって、基本的には何も変わっていないのかも知れない。ダンナさんだって、実は私とすんなり別れられることを内心で喜んでいるのかも知れないということに、初めて考えがいった。もう、飽きていても不思議ではない頃だ。

「一年もの間だぞ。わがままを言わないで、ちゃんとその家庭に溶け込んで、向こうの言うことも素直に聞いて暮らせる自信はあるのか?」

ダンナさんは、そのまますっと美緒の方に顔を戻す。そっくりな目つきの父と娘とは、それからもしばらく、留学のことについて話し合っていた。美緒の顔が、次第に焦れったそうな表情に変わっていく。すると、二人はますます似てくる。気持ちの悪い親子。

私は、救いを求めるように隆平くんの方を見た。肉を頬張りながら、隆平くんは私にしか分からないように、わずかに目を細めて微笑んでくれた。ああ、よかった。この人が尚子おばさんに似ていて。

今のところ、二人のことは家族の誰にも知られないように気をつけようと、私たちはしつこいくらいに互いに念を押し合っている。隆平くんがどういう理由からそう言うのかは、私には分からなかったが、私としてはもちろん、そうしてもらわなければ色々と困ることもあるから、こういう場面では一番、気を使っているつもりだ。

「ねえ、いいでしょうってば。行かせて！」

「本気なんだな」

「だから、本気！　私、大学だって外国の大学に行きたいんだからね」

「で、そのうち、今度は金髪の彼氏でも連れてくるんじゃねえの」

それまで黙っていた隆平くんが、にやりと笑って口を開いた。私は慌てて目配せをして見せた。美緒の男関係や妊娠のことなどは、隆平くんは知らないことになっているのだ。

「う、る、さ、い。余計なお世話でしょ」

美緒の方は、兄が何も知らないと思っているせいか、実に落ち着いたものだ。やがて、ダンナさんは「一年か」ともう一度呟きながら、ゆっくりと立ち上がった。さっきまで家族会議を開いていたリビングに行き、そこで美緒の持ってきた用紙にサインと捺印をしているらしい。美緒は珍しくダンナさんの後を追うように席を立って、父親のすることをじっと見つめていた。

「こういうとき、何て言うんだ」

「ありがとう！」

「頑張んなさい」

捺印されたプリントを受け取ると、美緒は、かつてないほどの笑顔になって大きく頷き、そのまま「ごちそうさま」と言い残して、さっさと自分の部屋に戻っていってしまった。チキンソテーは半分以上食べ残してある。豚しゃぶサラダも皿に取り分けたきり、箸をつけた様子はなかった。こんなにわがままで偏食ばかりする子が、しかも中学生のような体つきのままで、ニュージーランドなんかに行って一年間も暮らしていかれるのだろうかと思う。まあ、私には関係のないことだけれど。そのまま三年でも五年でも、帰ってこないでほしいけど。

「おまえ、明日も早く帰れるんだろう？」

食卓に戻ってきたダンナさんが、ぼそりと口を開いた。隆平くんは「俺？」と顔を上げ、私の方を見ながら、一瞬、迷うような顔つきになった。

「だって、いないと、まずいんだろう？」

「母さんが、何を言い出すかによるな」

「嫌だなあ。俺さあ、息子としてさあ、母親のあんまり生臭い話とか、聞きたくねえよ」

ダンナさんは、さっきよりもさらに眉間の皺を深くしていた。私と二人でいるときには決して見せることのない、不機嫌極まりない顔。苛々して、ピリピリして。

「それは分かるけど。だけど、ここは、おまえに、しっかりしてもらわないと」

「俺？　何で、俺なのさ」

「――当分の間、この家のことはおまえに任せなきゃならないわけだから」

ダンナさんは難しい顔のまま、来月から鹿児島への転勤が決まったのだと言った。隆平くんはひどく驚いた顔で「転勤？」と素っ頓狂な声を上げた。

「嘘だろう？　親父の仕事で転勤なんて、あり？　そんなの、これまで一度だって聞いたこともなかったじゃん」

「――色々あって、今度、うちの財団と、他のいくつかの財団が整理統廃合されることになったんだ。三年後を目処ということで。その準備に行くことになった」

「まじ？　そんなこと、あるわけ？　整理統廃合なんて――ねえ、俺の就職の件は大丈夫なんだろうね」

「そっちとは関係ないから、心配するな。役所の方の関係に、ちゃんと頼んであるから」

「まじ？　じゃあ、親父の財団とは関係ないわけ？　だったら、統廃合のこととか心配いらないわけね？　安心してていいわけなんだよね？」

頷くダンナさんの、どこか疲れて見える苦々しい顔つきと、大きく目を見開いている隆平くんの顔の対比が面白かった。それからも二人は、尚子おばさんのことや美緒のことなどを、ぽつり、ぽつりと話し合っていた。母親が不安定だから、美緒も家にはいたくないのだろう、とダンナさんは言った。美緒の高校受験までに、あまりに一生懸命になりすぎたのが原因ではないか、と隆平くんは応えた。

「いずれにせよ、下にだって、いつまでも黙っておくわけにいかんしな」

「何でさ。明日帰ってきて、それで元通りの生活に戻るんなら、べつに祖母ちゃんたちに聞かせる必要なんか、ないじゃん」

「無論、そうだが――じゃあ隆平は、明日お母さんが帰ってきて、それで、普通の生活に戻ると思うか？」

「思うかって、戻ってもらわなきゃ、困るじゃんよ！　親父こそ、どう考えてるのさ。明日、おふくろが何て言い出すかって」

「――分からん」

「なあ、親父さあ、おふくろが『ごめん』って言ったら、許すんだよね？　ねえ、許してやるんでしょう？」

「――向こうの出方次第だろうな、それは」

私は彼らの会話にひと言も口を挟まず、黙って食事を済ませると、美緒の分と自分の分の食器を片づけ、あとはジュースを飲んでいた。本当は自分の部屋に戻っていた方が私としても気が楽なのだが、二人の会話に興味があったことは確かだし、私のいないところで、変に私の話題が出るのは困るとも思った。何よりもダンナさんと隆平くんが、つまみが欲しいなどと言い出したから、結局、ずっと一緒にいることになった。

いつの間にか、隆平くんと二人で相当な量のビールを空けていたダンナさんは、それでも飲み足りないらしく、焼酎を飲みたいと言い出した。

「お湯割りで、いいですか」

ダンナさんは外でもよく焼酎を飲む。店によっては、焼酎のボトルとポットが運ばれてきて、私がお湯割りを作ることもある。だからつい、当たり前みたいに聞いてしまい、それから私はハッとなった。

「あの――でも、お湯割りって、どんなグラスで作ればいいいんですか」

慌てて取り繕うように言うと、隆平くんが身軽に立ち上がって、食器棚の中をごそごそと覗き、大きめの湯飲み茶碗のような器を取り出した。

「お湯割りっていうのはね、こんな感じのヤツがいいんだ」

隆平くんはにっこりと笑いながら、「作り方は分かる？」と言った。私は自分も笑顔になりながら、ほっと胸を撫で下ろしていた。よかった。彼は何も気づいていない。私がお湯割りを作れることも。それどころか、一杯くらいなら飲めることも。

その晩、ダンナさんは見たこともないくらいに酔っ払うまでお酒を飲んだ。最後には、目つきがとろんとなって、ろれつが回らなくなって、身体がぐらぐらと揺れていた。相手をしている隆平くんの方も、顔が真っ赤になって、声も大きくなり、「ちがうよ」とか「あのさ」を連発するようになっていた。二人の話題は、尚子おばさんからすっかり離れて、政治のことになったり、官庁のシステムのことになったり、男としての生き方とか、人生のことにもなった。そして最後に、二人はヨタヨタとそれぞれの部屋に戻っていった。

一人残った私は、二人のうちのどちらかが戻ってきて、私をベッドに誘うのではないかと半分期待し、半分怯えながら、かなり遅い時間まで汚れた食器を洗ったり、明日の米を研いだりしていたが、結局どちらも戻っては来なかった。最後にキッチンの電気を消すと、この家の、がらん、とした広さを妙にひしひしと感じた。

7

長い研修期間が何とか無事に終了した後、岡部研輔は正式に飲料部の宴会課に配属されることになった。研輔から提出していた希望は入社当初から変わらない総務部だったから、内示があったときには少なからずショックを受けたが、すぐに諦めた。上の人たちが宴会に適していると判断したのならば、文句を言っても仕方がない。世の中など、そんなものだと思っている。

もともと研輔の人生において、最初の希望が通ったことなど、かつて一度もなかった。小学校のときのクラスの係決めから始まって、高校や大学受験でも、アルバイト探しでも、そして就職でも。商店街の福引きやスピードくじ、大学の人気講義で抽選によって選ばれるものでさえ、相当に気合を入れたつもりでも、当たったためしがない。そういう運命なのだとつくづく思う。けれど、それでは「外れ」ばかりの人生かというと、そうでもなかった。いつもビリとかビリから二番目ではあるのだが、ギリギリのところで何とか引っかかる。

「これも強運の一つだと思った方がいい。世の中には、最後の望みさえ叶わない人だって、山ほどいるんだ」

二次募集の補欠でやっと大学に合格し、浪人だけは免れそうだと分かったときだった。このチャンスを捨てて、浪人してまで新たにチャレンジするつもりはあるかどうかと聞いてきた父は、そんなことを言った。研輔は、ほとんど迷うことなく、浪人はしないと答えた。家の経済状態のことも気がかりだったことは確かだが、何より、一年も費やした挙げ句、来年になったら今度はどこにも受からないかも知れない、そのことを考えると、妥協する方が断然リスクが小さくて済むように思えたからだ。

分不相応な高望みさえせずに、この辺りが妥当かなと思う程度のところで満足すれば、満更でもない人生が送れる。堅実に、地味に生きていけば、ドラマチックでもない代わりに大きな波に巻き込まれることもなく、平穏無事に暮らせるに違いない。父もそういう人生を歩んできたし、おそらく世の中の大半が、そういう人たちなのだ。だからこそ日本は平和なのだ。

「おまえも一度は経験したからよく分かってると思うけど、ここは人間ドラマの詰め合わせセットみたいなところだ。まあ多少、身体はしんどいかも知れないけど、その分、やりがいもある。後々まで引きずるタイプの仕事じゃないから、そういう意味でのストレスはないし、とにかく退屈しねえよ。それに、バイトの子とかコンパニオンと知り合うチャンスだって、いくらでもあるしさ。まあ、楽しくやろうな」

内示が下りたとき、真っ先に乾杯しようと言ってくれたのは西嶋先輩だった。研修中、各部門を回って、それぞれの部署に魅力的な上司や先輩がいることは十分に承知していたけれど、研輔はやはり何と言っても西嶋先輩に親しみを感じていたから、その言葉は嬉しかった。それだけで総務部への未練も断ち切れるというものだった。

何しろ宿泊部と並んで、ホテルの収入を支える大きな柱だ。飲料部は、研輔の配属された宴会課の他、レストラン課、飲料課、フィットネスクラブ課などに分かれており、宴会課はさらにブライダル予約、一般宴会予約、サービス、クロークおよび各コーディネートなどの係に分かれる。研輔に与えられた仕事は、サービス係でのヘッドウェイターというものだ。要するに現場最前線。動員される人数が最も多く、従ってチームワークが最も必要とされ、アクシデントやトラブルも最も多く発生する代わりに、感動的な場面に立ち会うことも、数々のドラマを経験することもやはり最も多いというポジションだ。

目の回るような忙しい毎日が始まった。サービス係の大半は、契約社員やアルバイト、派遣スタッフが占めている。中にはベテランもいるが、右も左も分からない新人や素人も少なくない。現場監督に当たるキャプテンの下に位置するヘッドウェイターは、自分も彼らと一緒になって身体を動かしつつ、配膳やサービスの流れをつかみ、料理を出すタイミングや空いた食器を片づけるタイミングを計る立場にある。さらに、宴会場全体に目を配り、お客様が立ち上がったり、何かの用事がありそうな場合には、いち早く傍に行って対処するのも重要な仕事だった。

宴会は、あらゆるアクシデントの集合体と言ってよい。たとえ立食パーティーでなくとも、お客様は決して、ただじっとテーブルに向かっているわけではない。スプーンやナイフを落とすのは当たり前。ビールやワインをこぼしたり、テーブルクロスを引っ張ってしまって、その結果、一輪挿しを倒したり、もっと悲惨なテーブル状況になることもある。途中で化粧室に行きたくなり、赤ん坊のオムツを交換しなければならなくなり、中には中座して慌ただしく帰らなければならない人もいる。そういう変化をいち早く察知して、先頭に立って動くことが、ヘッドウェイターには要求された。研修期間中は、ただ先輩や上司に尻を叩かれながら動き回るばかりで、周囲を見回す余裕などほとんどないのが正直なところだったが、今度はそれでは許されない。背筋を伸ばし、遠くまで見渡すような心持ちが必要とされた。

宴会はほとんど毎日開かれる。無論、ホテルとしては有り難いことだし、何よりも営業や予約係が頑張っているからこそ、そういう結果が生まれるのだが、それにしても研輔の目には、浮かれきり、騒ぎまくる人ばかりが溢れているように見えてならなかった。来る日も来る日も着飾った人々と酔っ払いを見ていると、何だかこの世の中そのものが、これまで知っていたものとは違ったものに感じられてくる。

やがて、世の中には実に様々な職種や業種、団体などというものが存在するものだと分かってきた。さらに、こういうホテルや華々しい宴会、パーティーの席というものに慣れているお客様と不慣れなお客様の見分けがつくようにもなった。いくらお洒落をしていても、どうも着こなせていない。身のこなしに無理がある。不安げに、きょろきょろと辺りを見回してばかりいる。この見極めは大切だ。なぜなら、そういう人が多い宴会ほど、アクシデントの発生する可能性が高いのである。せっかく華やかな席に呼ばれながら、緊張しているせいか、通常では考えられないような失敗をする人がいる。さらに、どういうわけか何かしらのアクシデントの起きる日は集中するらしいことも学んだ。しかも、宴会予約が多い日とくれば大安吉日が多い。ホテルマンにとっての大安吉日は、ただおめでたいと喜んでいられる日ではなく、かえって仏滅なのではないかと思うほどのトラブルが起こり得る、要注意日だった。

「今日は大変だったんだって？」

「そうそう。『老松』で一人、お客様がぶっ倒れたんだよ。脳貧血か何かで。そのときに、つい隣の女性に掴まろうとしたらしいんだけど、そのお蔭で今度は掴まられた女性のドレスが破れちゃって、悲鳴」

「その頃、『瑞雲』では、女性のお客様の一人が写真を撮るのに夢中になって、どんな格好をしたんだか知らないけど、センターテーブルでパチパチしてた花火で髪の毛を焦がして、大騒ぎ」

「で、『ソレイユ』では今まさにケーキ入刀っていうところで、新郎の元カノっていうのが乗り込んできて、血の雨が降るかと思うようなドラマでさ」

「『花橘』では食器にヒビが入ってたっていうクレームがあって、いくら謝っても許してくださらなくて、ついに支配人を呼べとか言い出す騒ぎさ」

てんやわんやだった日の夜は、重苦しい気分を早く忘れたくて、皆で飲んで騒ぐ。いくら「おもてなしの心」とか「ホスピタリティ」と言われていたって、こっちも人間だ。我慢にも限界があるし、思わず声を荒らげたくなることだって、ないわけがなかった。

「そこまでやらしといて、最後に『ありがとう』もないんだもんな。そのひと言さえ聞ければ、ああ、よかったと思うんだけど、『当たり前だろう』みたいな言い方されるとなあ」

「まあ、言わないよね。特に今日みたいな連中は」

「何だか特に人相の悪いのが多かったね。ヤクザでもないみたいだし、身なりだって悪くないいんだけど」

「金の匂いがプンプンしてた」

「してた、してた」

不慣れな人々ばかりの集まる宴会も緊張するものだが、かといって、あまりにも場慣れしている感じの人たちばかりが集まる宴会だって、これもまたあまり愉快とは言い難い。アクシデントが少ないのは結構なことだし、大抵の場合は中高年以上の男性ばかりが集まる宴会だったが、何しろ場慣れしすぎている。せっかく用意した料理は大半を残すし、食器を灰皿代わりに使ったりと意外なほどマナーが悪く、第一、従業員に対する態度が、ひどく横柄な場合が少なくない。こちらはお客様だと思うから、ひたすら耐えるしかない。どんなことを言われても口答えしてはならないと教育されている。だが、それだけ世慣れているのなら、もう少し人の気持ちを考えろよと言いたくなるような言葉遣いをする「紳士」が、あまりにも多かった。そういう宴会のあった日も、やはり研輔は先輩や仲間たちと連れだって、酒を飲んで憂さを晴らした。

「何で、あんな野郎に頭を下げなきゃならないんだって、思いますよ。ったく」

「あれで、寺の坊さんの集まりだっていうんだから、呆れるよなあ」

「コンパニオンの子だって言ってましたよ。うちみたいなホテルの宴会で、手を握ってくるとか、尻を触ろうとするお客様がいるとは思わなかったって。しかも坊さんたちだって聞いて、たまげてました」

「あんな坊さんにお経あげてもらったって、成仏も何も、あったもんじゃないと思うけどなあ」

「知らねえんだよ、真実の姿ってヤツをさ。ひたすらありがたがってる連中は」

結局、何かと理由をつけては、西嶋先輩や数人の仲間たちとテーブルを囲み、酔っておだをあげる日が重なるうちに、学生時代はビール一杯で真っ赤になったはずなのに、酒も強くなっていった。その分、思ったほど金は貯まらなかったが、制服を脱いで、常に一定以上に保ち続けている姿勢とスマイルをかなぐり捨て、思い切り声を張り上げられるときが、研輔には何より楽しかった。

季節が瞬く間に過ぎていく。時折、学生時代のことが頭を過《よぎ》ったが、思い出に浸っている余裕もありはしなかった。世間の人々が遊べる時期は、ホテルマンにとっては忙しいと相場が決まっている。ゴールデンウィークも夏休みも、そして正月も、世間が連休だレジャーだと浮かれる頃には、研輔は決まってホテルの制服に袖を通し、何時間でも立ちっぱなしの歩きっぱなしで汗を流さなければならなかった。季節が変わるたびに、故郷からは果物などが届いたが、両親と電話で話すことさえ、滅多になかった。

そんな、ホテルと寮との往復の日々の中でも、研輔の胸が微かにときめいた時期があった。一度だけ、アルバイトの女の子と親しくなりかけたことがあったのだ。小柄で色白の、あまり目立たない女の子だったが、ちょっと上目遣いに笑うところが意外に大人っぽくて、研輔の目には、そこが隠れた色気のように見えなくもなかった。目が合うと、互いに笑みを交わす。研輔が話しかけると、恥ずかしそうな表情になるのが印象的だった。だが、今度こそ食事にでも誘おうか、休みの日を聞いてみようかと思っているうちに、どうもタイミングが合わず、顔を合わせる機会もなくて、何となく時間が過ぎてしまった。そして、気がつけばもう、その子はいなくなっていた。アルバイトをやめることさえ言ってくれなかったと、研輔は後になって西嶋先輩に愚痴をこぼした。「惚れてたのか」と、先輩は目を丸くした。

「駄目だなあ、おまえは。俺、そういうことには意外と敏感な方だけど、まるっきり気がつかなかったよ」

「――いいんですよ、どうせ俺なんか、そんな程度ですから」

「よかあ、ねえって。そういうときはさ、もっとズバッと態度に出さなきゃ。いいか？　向こうにしてみりゃあ、こっちは正社員なんだし、何となく使われてる立場っていうかさ、俺らとは違うって感覚を持ってるんだから、どうしたって遠慮するだろうが」

「そんなもんですかねえ」

「当たり前だっつうの。おまえは本当に、そういうとこが不器用なんだなあ。今度、ちょっとでも気になる子を見つけたら、まず俺に言え。俺がチャンスを作ってやるから」

その言葉は有り難かったけれど、そんなふうに積極的なら、西嶋先輩にだって彼女の一人や二人いて当然のはずなのに、何と、先輩にも、もう何年も彼女がいないという。

「いいんだよ、俺のことは。こっちから蹴ってるんだから」

本当はゲイなのではないか、以前の失恋の痛手から立ち直っていないのではないかなどと周りから冷やかされると、先輩はいつも涼しい顔で、そう言い返した。実際のところは研輔にも分からなかったが、休みの日には風俗店などに行っているらしいし、今、取り立てて本気で彼女を欲しがっている様子でもないから、それ以上には聞かないことにしていた。他人のプライバシーに必要以上に首を突っ込まないのも、研輔には大切な処世術の一つだった。

一年があっという間に過ぎていった。

「鹿島田隆平さんって、知ってる？」

社員食堂で予約係の里見さんから声をかけられたのは、社会人になって三度目の春を迎えた頃だ。ホテルのロビーには本物の桜の枝が巨大な花器に活けられて、重厚な内装の中に一際軽やかで優しい雰囲気をかもし出していた。研輔は「鹿島田？」と首を傾げた。聞いたことがある名前だとは思ったが、すぐには思い出せなかった。

「鹿島田っていったら、かっしーのことじゃねえか？ほら、去年か一昨年あたりか、ちょっとの間だけバイトで来てた」

隣の席でランチをかき込んでいた西嶋先輩が口を挟んできた。

「ほら、俺と同期の女子とつき合ってたっていうヤツさ。結構、誰に対してもなれなれしい態度で、おまえ、嫌ってたじゃん」

「嫌ってなんて——」

慌てて言い返しながら、思い出していた。そういえば、そんなヤツがいた。どことなく人のことを小馬鹿にしたような態度で、大卒でテーブルセッティングなどするのは馬鹿馬鹿しいとか、そんなことを言っていたヤツだ。せっかくアルバイトでもうちのホテルにもぐり込めたのだから、このまま就職するつもりなのかと思っていたら、いとも簡単に「まさか」と言いやがった。人生は楽しむためにあるとか何とか、いかにも学生風の小生意気なことばかり言って、そのうちにすっとやめていった。

「そういえば、あいつ、バイトやめるときにも挨拶一つしていかなかったですからね」

「まじ？　俺には挨拶してったよ」

西嶋先輩は、にやにやと笑いながら研輔の顔を見る。どうせ、大方そんなことだろうと思っていた。研輔はつい小さく鼻を鳴らした。向かいで二人のやり取りを眺めていた里見さんが苦笑気味に「つまり」とこちらを見た。

「西嶋さんはともかく、研輔くんは、あんまり快く思ってない人なわけね？」

日替わりメニューの酢豚を口に運びながら、研輔は、今度は曖昧に口元を歪めた。職場で露骨な感情表現は慎もうと思っている。それが、誰にどんなふうに受け取られるか分からないからだ。西嶋先輩さえ余計なことを言わなければ、里見さんに自分の感情を知られることもなかったのにと、つい恨めしい気分にもなってくる。

「でも、あちらはすごく懐かしそうにしてたわよ。真っ先に出たのが研輔くんの名前だったんだもん」

「――鹿島田隆平の口から？　あいつ、来たんですか？　うちのホテルに？」

「予約にいらしたのよ。つまり、お客様」

「予約って――」

「ブライダル」

「ええっ！　まじ、まじ、まじ？」

　またもや西嶋先輩の方が身を乗り出した。研輔は、すっかり忘れていた不快感が蘇るのを感じた。そうだ、あの野郎は、研輔が密かに憧れていた今村ゆき先輩と同棲までしていたという話だった。その上、先輩に捨てられたのはいい気味だったにしても、すぐにまた違う子とつき合っているような口ぶりだった。それで、もう結婚だって？　こっちが夜も昼もなく、ホテルの中でばかり駆けずり回って過ごしているうちに。彼女一人出来るわけでもなく、ただひたすら何百、何千人というお客様たちに頭を下げて、サービスを続けてきた、その間に。

「本当は、そういう堅苦しいことは気が進まないんだけど、お祖母様のたっての希望だそうよ。だったら、どうせならアルバイトでお世話になったこのホテルでって思ったんですって。研輔くんが今サービス係にいるって話したら、すごく嬉しそうでね。『じゃあ、僕らのときにも、サービスをお願いできるんでしょうか』って」

「へえ、かっしーってお祖母ちゃん子だったのか」

「――あいつ、今、何やってるんですか」

「サラリーマンだって」

「どんな会社の」

「会社っていうか、国交省だかの外郭団体に勤めてるって言ってた」

「国交省？　外郭団体って、じゃあ、団体職員ですか」

　思わず隣を見た。食事を終えて頰杖をついていた西嶋先輩も、意外そうな表情で「すげえ」と口を尖らせている。

「思いっ切り手堅いとこ、選んでるじゃねえか、なあ。あいつなんかフリーターのまんまで、適当に遊んで暮らす気なのかと思ってたのに」

「公務員みたいなもんでしょう？　二日で終わる仕事を一週間かけるみたいな。やっぱりあいつは、楽して生きてく道を選んでるんですよ。ちゃっかり」

 つい、思ったままを口にした。

「意外だなあ。研輔くんが、そんな言い方するところなんて、初めて見た」

里見さんがまた困ったような笑みを浮かべる。ちょっと優しそうな、お母さんぽい笑顔を向けられて、研輔は思わず「そんなわけじゃあ」と口ごもりそうになりながら、微かに胸が弾むのを感じていた。だが、駄目だ。彼女は要注意人物だという噂を耳にしたことがある。確か、女同士でいるときと男性の前に出たときとでは態度が大きく違うという話だった。こう見えて彼氏が出来ると意外に嫉妬深くて、人が変わったようになるとも聞いている。それで実際ひどい目にあった男が、たしか宿泊部にいるはずだと。

「確かに、ちょっと生意気そうに見えないことも、なかったわね。学生時代だったら、もっとそうだったかも」

だけど里見さんは、「お客様なんだから」などとたしなめるよりも、研輔をかばうような言い方をしてくれた。それだけで研輔は「いい人だ」と思った。噂なんか、あんまり気にしない方がいいんじゃないだろうか、と。

「でも、向こうは研輔くんのことが好きだったんじゃない？　だから、ちゃんと覚えてたんでしょう」

「――そうですかね」

「自分にないものを持ってると思って、意外と尊敬してたんじゃないかなあ。研輔くんは、黙々と働くから」

　里見さんは、目の下の部分がふっくらとしている。黒目がよく動く。笑うと目尻にほんの少し皺が寄る。それが素敵に見える。

「とりあえず、お引き受けするからには、精一杯のサービスをして差し上げないとね」

「――そうですよね」

　彼女はそろそろ三十歳に近いはずだった。いや、待て、それくらいの方がいいのかも知れない。研輔の頭の中には「年上の彼女」への妄想が、むくむくと頭をもたげ始めていた。

「でも実はね、披露宴っていっても、本当に小さな、内々だけのものにしたいらしいのよね」

「小さいって、二、三十人くらい？」

　里見さんは軽く小首を傾げる仕草をして、二十人も集まらないようだ、と言った。鹿島田のことだから、よほど派手にいくつもりなのかと思ったのに、そんなに小さな披露宴ならば、むしろ、レストランでも借りる方が今っぽくていいように思う。

「だから、とにかくお祖母様の、たってのご希望なんですって。何でもご病気をされて、車椅子らしいんだけど、そういうお身体でも比較的楽に移動が出来るっていうと、やっぱり場所を選ぶでしょう？」

やはり、車椅子の祖母の話題なんていうものが、あの鹿島田隆平の口から出ること自体、何だか奇妙な感じだった。だが、所詮は他人の話だ。そんなことよりも、研輔は「へえ」と頷いたまま、ただ里見さんを見ていた。気のせいか、彼女のよく動く黒目が、しっかりと自分を捉えているような気がする。ふいに二の腕を突かれて、ふと隣を見ると、西嶋先輩がまたもやにやにやと笑っていた。

8

その日は朝から雨になった。

「物事の始まりの日は、雨がいいの。『雨降って地固まる』っていうんだから」

出かける支度をする前に、階下に様子を見に行くと、お祖母ちゃんは私を手招きして、その乾いた手を私の手に重ねながら、少し聞き取りにくい言葉で「心配しなさんな」と言った。

「今日は、あなたにとっては一生に一度の日なんだから。私のことは心配しないで、きれいにしてもらいなさい」

私は車椅子の前にかがみ込んで、お祖母ちゃんの顔を覗き込んだ。前はもう少しふっくらしていたのだが、倒れてからは顔が小さくなって、お祖母ちゃんの顔には以前のような生気がない。だけど、少しは言葉を言いにくかったり、手と足にも軽い麻痺が残ってはいるものの、頭の方はまったく問題はなかった。つまり、お祖母ちゃんは今もまったく変わっていない。

「ホテルに行ってからも、何かあったら私が手伝いますから、言ってください」

お祖母ちゃんは、肌の色が抜け落ちてしまったような真っ白い顔に弱々しい笑みを浮かべる。

「何を言ってるの。花嫁さんに、そんなことをさせられるものですか」

「そんなの、関係ないですから」

「大丈夫。朋子も、もうすぐ来るはずだし、着替えや何かはね、あの子にやってもらうから。向こうには直美も来るはずでしょう」

「でも、慣れてないかも知れないし――」

「自分たちの母親の世話ですよ。普段は見舞い一つ来ようとしないんだから、こういうときくらい、当然でしょう」

そのとき、お祖父ちゃんが新聞を片手にリビングに入ってきて、私に気がつくと「何だい」と驚いた顔になった。痩せて長身のお祖父ちゃんは、毎朝、ずい分長い時間をトイレで過ごす。最初の頃は気分でも悪くなったのかと心配したが、単にトイレで新聞を読むのが好きなだけらしい。

「今日は早く行って、色々と支度があるんじゃないのかい」

「そうなんだけど――ちょっと気になって」

ゆっくりと立ち上がろうとする私の手に、再びお祖母ちゃんの乾いた手が触れる。

「本当に優しい子。こんな子が隆平のお嫁さんになるなんて、神仏様のお蔭だわ。私たち、どれだけ救われたか分からない」

私は改めて、お祖母ちゃんの顔を覗き込んだ。

「私こそ――こんな私なんかのために、結婚式まで挙げさせてもらえるなんて」

ゆっくりと首を振るお祖母ちゃんの瞳が潤み始めていた。私は素早くテーブルのティッシュを抜き取って、お祖母ちゃんの目元を優しく押さえた。病気をして以来、本当に涙もろくなった。その涙を見ていると、私まで簡単に泣けてくる。つい、つられるだけのことだけど。

「私、一生懸命やりますから。これからも、よろしくお願いします」

お祖母ちゃんは細かく何度も頷いた。その目から溢れ出る涙を、こまめにティッシュに吸わせていると、今度は隆平くんが顔を出した。

「迎えの車が来たよ」

お祖母ちゃんが倒れたのは、昨年の夏のことだ。軽い脳梗塞だった。入院中、私はほとんどずっと病院に行きっぱなしでお祖母ちゃんに付き添っていた。お母さんの看病で慣れていたし、お祖父ちゃんじゃあ、ほとんど役に立ちそうになく、隆平くんにはもちろん仕事があったからだ。そして、この家には、もう他に誰もいなくなっていた。後になって、お祖母ちゃんの二人の娘や、単身赴任中のダンナさんが鹿児島から駆けつけてきたりしたけれど、結局みんな、お祖母ちゃんの生命に別状がないと分かった途端、そそくさと帰っていった。ベッドに横たわったまま、お祖母ちゃんは小さな声で「あーあ」と呟いた。赤の他人でさえ、こんなに世話をしてくれる子もいるっていうのに、と。

お祖母ちゃんの入院中に、家には大工さんが入った。お祖母ちゃんが退院してきたときのために廊下の幅を広げて、家中に手すりをつけたり段差をなくしたり、お祖母ちゃんの寝室に介護用のベッドを入れられるようにするためだ。トイレやお風呂場もリフォームすることになって、そのときに私は、私たちの住まいとお祖母ちゃんたちのスペースとを隔てていた壁を取り除いてもらい、奥の階段部分には家庭用の小さなエレベーターを取りつけてもらうことを提案した。そうすれば一階が広くなるばかりでなく、車椅子でも二階と行き来できるようになる。お祖父ちゃんとお祖母ちゃんが、その提案を喜ばないはずがなかった。最初から気に入らなかった壁が、ようやく取り払われて、お祖母ちゃんの心からも壁が消えたのかも知れない。お祖母ちゃんの、私への信頼は揺るぎないものになった。

「じゃあ、お祖母ちゃん、私、先に行ってます。向こうで、待ってますね」

隆平くんに「ほら」と急かされて、もう一度、お祖母ちゃんの顔を覗き込む。お祖母ちゃんは私の手からティッシュを受け取りながら、やはり何度も頷いていた。

「すっかり甘えちゃって」

二階へ戻ると、隆平くんは困ったような笑顔になってため息をつく。私がそっともたれかかると、隆平くんの腕が背中に回された。

「ごめんな。何だか――」

「何だか、なに?」

隆平くんの胸に顔をつけたまま、私は囁くように言った。

「何ていうか――思ってもみない展開ってヤツばっかりでさ。まさか、こんなことまで、未芙由に押しつけることになって」

「よくないよ、押しつけるなんて言い方」

「――そうかも知れないけど」

「それに、お祖母ちゃん、私に感謝してくれてる。だから今度だって、ちゃんと式を挙げろって言ってくれたんだもん」

「当然っていえば当然だよ。実際、未芙由がいてくれなかったら、どうしようもなかったんだもんな。誰も彼もいなくなってさ。もともとは祖母ちゃんがあんまりキツいから、皆が敬遠してたっていうのもあるけど、まさか、うちのおふくろまでいなくなるとは、さすがの祖母ちゃんだって、思ってやしなかっただろうし」

確かにそれは、その通りだった。私は隆平くんの腕の中で、思わず大きくため息をついた。私だって、まさかこの歳で老人介護を始めるなんて、考えてもみなかった。

「波瀾万丈、だね」

「だな」

だけど、とにかく私は今ここで、こうしている。隆平くんに抱かれて、安心して暮らしている。正真正銘の、この家の主婦として。鹿島田未芙由になって。

「ねえ――今日、本当にみんな来てくれるかな」

「未芙由の方は？　確認の電話してみたか」

私に小さくかぶりを振った。

「――うちは、来ても来なくても、べつにいいんだ。どうせ、私を捨てた親なんだから」

「だけど、祖母ちゃんだって一度は挨拶したいって言ってるんだし、これもけじめってヤツだからさ。俺だって、女房の親父さんの顔も知らないっていうんじゃあ、やっぱ、まずいっしょ」

女房っていう響きが妙にくすぐったくて、嬉しかった。半月ほど前に確かめたところでは、父は今日、弟を連れて新幹線で上京することになっている。そうして今日のうちに、もう帰って行くはずだ。弟はべつとして、私は父にこの家を見せたくなかった。理由は二つある。一つは、あまりに立派な家だから。もう一つは、あまりにひどい家族だから。うちだって人の家のことはいえないけれど、この家ほどじゃない。何を聞かれても、説明に困ることばかりだ。

「それより、私は尚子おばさんたちの方が気がかりだな。ダンナさんも、美緒ちゃんも」

私は私の夫から身体を離して、改めて彼の顔を見つめた。憂鬱な宿題でも思い出したみたいな顔つきで、隆平くんは口を尖らせた。

「美緒は、まじ、帰ってこないかも知れないよ。この前の電話でだって、気乗りのしない声出してたしさ。今、特別なワークショップに参加してる最中だとか何だとか言ってたし。金がないとか何とかも」

「お金はダンナさんが送ってあげてるんじゃないの？」

隆平くんは「さあ」というように軽く肩をすくめ、それから思い出したように「なあ」と私を見る。

「その呼び方、何とかしないと、好い加減、変だよ」

「呼び方——ああ、ダンナさんって?」

そう。ダンナさんは、もう私の義父になった。けれど、たとえばお義父さんと呼ばれて、あの人は、それをすんなり受け容れてくれるだろうか。まさか、これから先も私を求めるようなことになるのではないだろうか——そのことだけが、この結婚の唯一の不安材料だ。だけど、今のところは安心している。ダンナさんは、もう私には興味はないと分かっているからだ。

「とにかく、何とか修羅場にさえならなきゃ、いいんだけどなあ」

私は「そうだねえ」と、深々とため息をついて見せながら、内心では、それならそれで良いじゃないかと思っていた。確かに、自分の結婚式の日に家族の醜い争いなんか見たくないような気もするけれど、それと同じくらいに、見てみたい気もするのだ。どうせ、この家はもう元には戻らない。すべてはもう出ていった人たちのことだ。今、この家の主は事実上、隆平くんなのだし、私は正式に彼の妻になった。それを後押ししてくれたのは、他ならぬお祖母ちゃんだ。けじめをつけなさい、と隆平くんに言ってくれた。お祖母ちゃんが退院して間もなくのことだ。お祖母ちゃんの後ろ盾がある限り、私は絶対に大丈夫だという自信がある。だからお祖母ちゃんのことは大切にする。お祖母ちゃんがこの家にいる間に、誰からも追い出されないように、しっかりと根を張ってみせる。お医者さんは、今度大きな発作に見舞われたら、二度目は深刻になる可能性が高いと言っていた。そうなったら、病院か施設に入れるしか、しようがない。遅かれ早かれ、お別れは来る。

「とにかくさ、車が待ってるから。もう行った方がいいよ」

「一人で行くのって、やっぱり何だか――それに私、ホテルなんていうところ、ほとんど行ったことないんだし」

　すると隆平くんは「何言ってんだよ」と朗らかに笑った。

「大丈夫だって。そんなに怖い場所なんかじゃないって。第一、打ち合わせのときにも行ってるんだから」

「でも、あのときは隆平くんと一緒だったもん」

　すると隆平くんは「怖がりだなあ」と私の肩に手を置く。温かくて頼りがいのある、夫の手だ。

「心配すんなよ。向こうの人にも、ちゃんと頼んであるから。介添えのおばちゃんみたいなのがぴったりくっついて、何から何までやってくれるはずだから」

「――その人が見つからなかったら？」

「もう――だからさ、ちゃんと頼んであるって。ホテルの入り口のところで、俺のバイト時代の知り合いが待っててくれてることになってるから。岡部っていう、オッサンみたいな顔した野暮ったい男が」

「岡部、さん。岡部――なに？　オッサンなの？」

「岡部研輔。歳は、俺の一つか二つ上っていうだけだけど、ホント、気の小さい、使えねえ野郎でさ。けど、とりあえずは真面目なだけが取り柄みたいなヤツだから、アイツに任せておけば安心なんだ」

「本当？」

しっかりと頷く夫を見て、私は「ああ」と思った。やっぱり、この人を選んだのは正解だった。この人には「勝ち組」の匂いがする。よくつき合ってみると、さすがに親子だけあってダンナさん似の計算高いところがあるが、そんなことよりも、何より頼りになる。要領がよくて、上手に立ち回れる感じがする。つまり、夫にするにはぴったりだ。

「じゃあ——行くね」

「うんと、綺麗にしてもらうんだぞ」

言いながら、彼は私のお尻をぎゅっと鷲掴みにする。この癖だけは、何度言っても直してくれない。私は「また」と顔をしかめて隆平くんの顔を軽く睨みつけ、それから軽くキスをして、ばたばたと階段を下りた。家族が少なくなってから、靴脱ぎはいつもすっきり片づいている。お祖母ちゃんの住居部分とつながっているドアの前に積み上げられていた段ボール箱もすべて取り払ったから、広々として気持ちがいい。私は最後にもう一度、そのドアを開け、奥まで聞こえるかどうか分からないけれど、大きな声で「行ってきます」と挨拶をした。

門の外には黒塗りのハイヤーが停まっていた。私の姿を見つけると、きちんとした背広姿の運転手が素早く出てきて、後ろの席のドアを開けてくれる。そして、私がどこへ行くとも言わないうちに、車は滑るように走り出した。

今や、すっかり自分の町として馴染んだ感のある住宅街の風景が、雨粒の向こうに流れていく。

ふと、東京へ来て間もない頃のことを思い出した。ダンナさんと尚子おばさんとで、私を羽田に連れて行ってくれたときのことだ。生まれて初めてベンツに乗って、私は夢でも見ているような気分だった。飛行場で、たくさんの飛行機を眺めながら、私もいつかこんな場所から飛び立てる日が来るのだろうかと考えたことを覚えている。あの頃は、淋しくて、不安で、毎日怯えて暮らしていた。心の中で、お母さんのことばかり呼んでいた。あれから、ずい分遠くへ来たような気がする。いや、私自身はちっとも変わっていないと思うのだ。住む場所さえ変わっていない。それなのに、私の周りばかりが大きく変わった。

尚子おばさんとは、あれきり一度も会っていない。おばさんは結局、帰ると言った日にも帰ってはこなかったのだ。電話やメールでならば連絡はつくのに、どうして帰ってこないのかと思っていたら、一週間ほどして、ダンナさん宛に離婚届と結婚指輪が送られてきた。ダンナさんは一人で単身赴任の準備をしている最中だった。

「そんな勝手なことが、許されると思うのかっ！」

部屋中を苛々と歩き回りながら、ダンナさんが携帯電話に向かって震える声を張り上げているところを、私はキッチンから眺めていた。ダンナさんは、とにかく一度、家に帰ってきて話し合うべきだと何度も繰り返していたが、それでも結局、尚子おばさんは帰ってこなかった。

「男がいるんだ。そいつが、おふくろを束縛してるらしい」

二人だけのときに、隆平くんが苦々しい表情で言ったのは、それから間もなくのことだ。尚子おばさんから隆平くんの携帯電話に連絡があって、その日、隆平くんは一人で尚子おばさんに会ってきたと言っていた。隆平くんにしては珍しいほど、ひどく疲れ切った顔つきをして、そして彼は、惚けたように宙を見つめていた。

「まじ、信じられねえっつうの。おふくろが突然、女に戻るなんてさ」

尚子おばさんは、隆平くんに会うなり「好きな人がいる」と言ったのだそうだ。今は、その男のマンションに転がり込む形で、一緒に暮らしている。尚子おばさん自身、その男ともう一度、人生をやり直したいと思っているし、男の方でも、尚子おばさんがいなければ生きていけないと言っているらしい。男は、尚子おばさんが一度でも家に戻って家族の顔を見てしまったら、やはり心がぐらついて、考え直して自分のことを捨てるのではないかと言う。そんな彼を苦しめるわけにいかないと語るおばさんを見ていて、隆平くんの中には、怒りも悲しみも通り越して、呆れた思いしか生まれなかったということだった。

「だって、『ごめん』でもなけりゃあ、『元気にしてるの』とも聞かねえんだぞ。そんな母親って、あると思うか？　『だって彼が』とか言いやがって。駄目だよ、もう。完全に狂ったんだ。色狂いの、恋狂いだな。しかも、その相手っていうのがさ、親父より、俺の方に歳が近いような若造だってさ」

　それを聞かされて、隆平くんの中では何かすとん、と納得のいくものがあったそうだ。このところの尚子おばさんの若作りも、やたらと若い連中の流行などを知りたがっていたのも、すべてはその男のためだったと気がついた。すると、昨日や今日、始まった関係ではないということになる。自分たち家族は、ずっと前から母親に裏切られていたのだと気がついたと、隆平くんは言った。

「だから、まあ、俺としてはお手上げだな」

いくら家族全体の問題とはいっても、元をただせば所詮は男女の問題だ。後は親父とおふくろとで、納得のいくまで話し合ってもらうよりほかしようがない、と隆平くんは諦めきったような笑みを浮かべていた。

あっさりしてる、と私は思った。本当にそれで良いのだろうか、そんなものなんだろうか、と。もちろん私としては、こんなにも意外な展開が待っているとは思わなかったから、お腹の中では万歳三唱していた。

田舎にいられなくなった私を救ってくれたおばさん。東京で暮らせるようにしてくれたおばさん。そんな尚子おばさんから、何しろ私は、あまりにも多くのものを奪った。夫。息子。この家。いや、ダンナさんに関しては、ちょっと借りただけのことだけれど、それでも尚子おばさんが気づいたら、絶対に許してくれるはずがない。そうなれば、隆平くんにだってバレるだろう。だから、やっぱり尚子おばさんはいない方がいいのだ。

さらに、そんな隆平くんよりも、もっとあっさりしていたのが美緒だった。おばさんが二日も三日も帰ってこなかった最初の頃こそ感情を高ぶらせて、その場にいない尚子おばさんを口汚く罵り、ダンナさんを責めたてて、珍しく涙まで浮かべていたのに、その後は開き直ったかのように不敵な顔つきになって、それなら自分は短期留学でなく、本格的に海外の高校に転校したいと言い出した。

「どうせ大学からは海外に行きたいと思ってたんだもん。お母さんもお父さんも、お兄ちゃんだって、みんな自分たちの好きなように生きてるんじゃない。だったら私も、好きなようにさせてもらうから」

美緒は、疲れ果てた表情のダンナさんと、ぽかんとしている隆平くん、さらに、尚子おばさんの家出に気づいてからは頻繁に二階に上がってくるようになっていたお祖母ちゃんたちまでも見回した上で、「こんな家、前から出たくてしょうがなかったんだから」と傲然と言ってのけた。

あのときは、それまで常に厳しい表情を崩さなかったお祖母ちゃんも、さすがに力が抜けたらしく、ただおろおろしていた。

「一体、どうなってるの、この家は。ねえ、雄太郎。あなたの家族は、いつの間にこんなことになってたの」

お祖母ちゃんの声は震えていた。だが何を言われても、ダンナさん自身、返事をする気力さえすっかり失った様子だった。実際、尚子おばさんが帰ってこなくなった日から、私を呼び出すことも一切なくなったし、それどころか、私の進路についての話なども、すっかり立ち消えになった。要するに私は、ダンナさんの暇つぶしの一つだったのだ。こんな状態になって、ダンナさんの意識からは、私のことは見事なくらい、きれいさっぱりこぼれ落ちた。

ずっと前から、笑い声の響くことなどない家だった。それが、人の声が聞こえるとすれば、それは必ず怒号や怒鳴り合いになり、やがて、家はどんどん広くなっていった。まず、ダンナさんが鹿児島に旅立ち、それから間もなく、美緒もニュージーランドに行ってしまった。二人とも、何だかずい分と淋しい旅立ちだった。その姿は、私自身が長野の家を出てきたときのものと重なった。私は、彼らを少しだけ気の毒だと思った。

あれから一年以上が過ぎた。

ダンナさんは数カ月に一度帰ってくるが、二階には泊まらず、階下で休むようになった。美緒はクリスマスの休みに帰ってきて、荷物だけを家に放り込むと、あとはほとんど友だちの家を泊まり歩いて過ごしたらしかった。尚子おばさんは、隆平くんにはときどきメールを送ってくるらしく、そのメールに従って、彼は何度か、尚子おばさんの荷物を段ボールに詰めて、どこかに送っていた。そして、残った服やバッグ、アクセサリー類などは、すべて一まとめにしていつでも捨てられるようにしてある。

私は、とにかくよく働いたと思う。尚子おばさんがいた当時は、互いに顔を合わせてもほとんど無視するだけだったお祖母ちゃんたちにも、まず自分から挨拶をするところから始めて、一生懸命に気に入られるように努力した。いつ二階に上がってこられても良いように、常に家中を綺麗にして、花を飾った。お祖父ちゃんが庭いじりをしているときには私も飛び出していって、水まきでも草むしりでも手伝った。それでも、お祖母ちゃんはずい分長い間、頑なだった。私の顔を見る度に、一体いつ出ていくのだと言った。

「考えてもごらんなさい。広い家に、年頃の娘が、若い男と二人だけで暮らしてるわけでしょう？　どんなふうに誤解されたって、申し開きの出来ない状況なのよ。あなた、それでも平気なの？　どういう育ち方をしてるの。大体、あなたの大切なおばさんは、あなたどころか家族全員を裏切って、とっくに出て行ってるじゃないの」

お祖母ちゃんは私の顔を見ると、何度でも同じ台詞を繰り返した。それでも私はひたすら耐えていた。お母さんだったらきっと「我慢しなさい」と言う場面に違いないと思ったし、隆平くんとも相談して、とにかくもう少し状況が落ち着くまでは、二人の関係については誰にも話さずに、このままにしておこうということになっていたからだ。

もちろん、そんな隆平くんに対してだって、不安がなかったわけではない。就職して、彼の生活は激変した。また新しい出会いがあるに違いない。綺麗な人と知り合って、すぐにその人とつき合いたいと思うかも知れない。そのときのために、私をいつでも捨てられる状態にしておきたいのかも知れない、とも思った。だけど、私は決めていた。意地でもこのチャンスを逃さない。何が何でも、この家に住み続ける。ここを私の住処にする、と。

だから私は努力した。毎日、彼のためにテレビや本やニンテンドーDSで新しい料理を覚えては、一生懸命に作ったし、洗濯物にもアイロンをあて、家の中を少しずつ自分の好みに変えていった。尚子おばさんがいた頃よりも家の中が綺麗になったと、隆平くんは嬉しそうだった。

新社会人になった隆平くんの話を、私は毎日熱心に聞いた。分からないなりに「それで？」「それから？」と先を促した。仕事そのものはきつくはないが、人間関係が面倒臭そうだとか、やたらと人に頭を下げなければならないとか、隆平くんの話は気弱な愚痴が多かったけれど、私は隆平くんのスーツ姿を褒め、給料日にはケーキを用意し、どんなに酔って帰っても、決して文句を言わなかった。すべて、お母さんが入院中に語っていたことをしたまでだ。あの頃、お母さんはお父さんとの結婚生活をしきりに悔いて、お祖母ちゃんのことも含めて、ああすればよかった、こうすればよかったというようなことばかり話していた。

そうこうするうちに、お祖母ちゃんが倒れたのだ。私は、今度はお祖母ちゃんに付きっきりになった。そしてある日、病院のベッドに横たわるお祖母ちゃんの傍で、ひとしきり涙を流して見せた。本当はずっと前から隆平くんとつき合っていること。けれど、次から次へと色々なことが起こって、そのことを打ち明けられずにきたことを、しゃくり上げながら訴えた。そのとき、お祖母ちゃんは初めて私の手を握り、それから、髪を撫でてくれた。話をしている途中から、私は本気で悲しくなってしまって、お祖母ちゃんの乾いた手を握ったまま、しばらくの間、声を震わせて泣いた。お母さんが死んでから今までのことが順番に思い出されて、後から後から、涙が出て止まらなかった。

「今どき、あなたみたいな子がいたとはねえ」

お祖母ちゃんは天井を見上げたまま、静かに呟いていた。その目尻からも、涙が伝っていたのを、私はよく覚えている。そして私は変わった。鹿島田家の居候どころか、住み込み家政婦のような立場だったのが、晴れて長男の嫁として、この家の最高権力者であるお祖母ちゃんに、真っ先に認められたのだ。

そこから先は、笑っちゃうくらい面白いことばかりだった。

お祖母ちゃんは、まず転勤先から帰ってきたダンナさんに、私と隆平くんの結婚を認めるようにと切り出したらしい。そのときの様子を見ていないから、私には何とも言いようがないけれど、久しぶりに二階へ上がってきたときのダンナさんは、明らかに動揺している様子だった。そして、やっぱり私のことは徹底的に無視して、まず隆平くんを呼び、本当のところを問いただしていた。隆平くんは、まったくためらう素振りも見せずに、既に私たちは夫婦同然の暮らしをしているのだと言った。

「おふくろが、色々と助けてもらっているそうで——いや、どうも、ありがとう」

ダンナさんが、ようやく私のいるキッチンまでやって来て、まず最初に言ったのは、そのことだった。決して私の目を見ようとせずに、何度かため息を繰り返した上で、「それから」と話を続けるダンナさんの顔は、単身赴任してから少し太ったようだった。それに、着ている服の趣味も、何となく変わっている。誰かいる、と私は直感した。ダンナさんはもう、新しい誰かを見つけたのに違いない。

「隆平とのことは——そのう——」

「私を『いい子だ』って言ってくれましたよね。きっと幸せになれるって。私、嬉しくて、あれで自分に少し自信が持てたんです。隆平くんは、私を幸せにするって言ってくれました。私のことを大切にしてくれます。私は、色んな人のために料理を作るより、大切な人のためだけに料理する方が、きっと向いてると思います」

ダンナさんが何か言うよりも先に私は一気にそう言うと、「よろしくお願いします」と身体を九十度に折り曲げて頭を下げた。ダンナさんはそれきりもう何も言わなくなった。そして翌日には、また鹿児島へ帰っていった。

尚子おばさんへは、隆平くんがメールで報告したらしい。ある日、私が一人で家にいる時間に電話が鳴ると、まず受話器の向こうから聞こえてきた声が「ああ、未芙由」と言った。何だか低くて、少しかすれているような、変な声に聞こえた。それが尚子おばさんの声だと分かるまでに、少し時間がかかったくらいだ。

「驚いた。あんた、まだそこにいるわけ？」

私がやっと尚子おばさんだと分かると、次におばさんはそう言った。だから私は言ってやった。おばさんが勝手にいなくなって、この家の人たちの食事や洗濯の世話を、一体誰がやってたと思うんですか、と。その上、お祖母ちゃんは車椅子になったことも。すると尚子おばさんは「まじ、ラッキーだったわ」と言ったものだ。

「ギリギリセーフで介護地獄から逃れたってとこよね。あんただってさあ、そんなの何も背負い込むことなんか、ないじゃないのよ。いつまでも田舎から出てきたばっかりの小娘ってわけじゃないんだからさあ。この東京で、もっと羽ばたけばいいじゃない？　何も、あんたの家族じゃないんだから、その家のことだってお祖母ちゃんのことだって、放っとけばいいのに。で、その挙げ句に結婚？　ちょっと、安易過ぎるんじゃないの？　あんたも、隆平も」

「おばさんほどじゃないと思うけど」

もう私は負けていなかった。少しの沈黙の後、尚子おばさんは「それもそうか」と言って、「じゃあね」と電話を切ってしまった。結局、ダンナさんも、尚子おばさんも、もちろん美緒だって、ついにひと言も「おめでとう」とは言ってくれなかった。

だけど、もう私には敵はいない。誰が来ようと、この家を壊そうとしようと、私は負けない。やっと摑んだこの生活を、私は、何が何でも守り抜いてみせる。そう決めたのだ。

ハイヤーの窓の外を、都会の、しかも東京でも一等地の景色が流れていく。私はこの街で、若い主婦として生きていくのだと、何度も自分に言い聞かせた。

エピローグ

これほど異様な披露宴というものを、研輔は初めて経験した。

ホテルの中でも一番小さな『野薔薇』という部屋に集まったのは、新郎新婦を含めて総勢十六人のお客様方だった。本当に身内だけのささやかな披露宴だということは分かったが、そんなことよりも、何しろ最初から最後まで、談笑というものが一度として聞かれない宴だったのだ。小さな部屋に響くのは、ひたすら食器の触れ合う音ばかり。その中央に白いタキシード姿の鹿島田と、やはり白いシンプルなワンピース姿の花嫁がいたが、彼らさえもほとんど無表情のまま、ただ黙々と料理を口に運んでいるばかりだった。

「何だか、おかしくないですか、この部屋」

研輔と共にサービスについている若いウェイトレスの一人が、最初の料理を運び終えた後、部屋から出るなり怯えたような顔つきで話しかけてきた。

「ここ、間違いなく結婚披露宴なんですよね」

研輔は、もちろん、というように頷いた。

「お料理だって、お祝いのメニューだろう？」

「それで、何でこんなにしーんとしてるんですか」

「まだ皆さん、緊張なさってるんじゃないのかな」

とぼけてはみたけれど、研輔だって不思議で仕方がなかった。彼女の言う通り、とても宴席とは思えないくらいに、室内の空気がピリピリしているのだ。

「そうかなあ。変ですよ、何だか」

「――まあ、いいじゃない。色んなお客様がおいでになるんだから」

「だけど、ヘッドのお友だちなんじゃないんですか」

「友だちっていうほどでもないよ。ただ昔、ちょっとうちでアルバイトしてたっていうだけ」

ドアの向こうをちらりと見やり、研輔も密かにため息をついた。実際、あの鹿島田隆平個人の雰囲気からは想像も出来なかった、何とも奇妙な披露宴だ。

第一、彼の選んだ嫁さんからして、ちょっと意外だった。ヤツのことだから、それなりに気取って鼻につくタイプの女でもやってくるのかと思っていたら、現れたのは化粧気のまるでない、ひどく地味な女の子だったのだ。予約係からも言われていたし、鹿島田本人にも頼まれたから、ホテルのエントランスまで出迎えてやったのだが、肩から斜めにポシェットをかけて、今日のために必要な荷物を突っ込んであるらしい紙袋を両手に提げたその姿は、昨日か今日やっと東京へ出てきたばかりの垢抜けない田舎の娘そのものといった感じだった。こちらから声をかけると、彼女は怯えたような表情でぴょこんと頭を下げ、「よろしくお願いします」と蚊の鳴くような声で言った。

それだけでも十分に驚きだったのに、ホテル内のチャペルに現れたのは新郎である鹿島田隆平ただ一人だったし、それに続く披露宴が、このざまだ。乾杯もなく、おめでとうもなかった。ただ、車椅子で現れた鹿島田の祖母とおぼしき老女が「いただきましょうか」と言ったから、自然に食事が始まったといった感じだ。

シャンパンをサービスして回りながら、それぞれの料理の進み具合を確かめる。やはり、身体が少し不自由なせいか、隆平の祖母の前の器が、どうしても残りがちだ。彼女を挟む形で、中年の女が二人いて、交互に世話をしている様子だが、女たちの表情も変わらなければ、老女の表情もまったく動かず、ただ口だけをもぐもぐと動かしている。美味しそうでもなければ、楽しそうでもなかった。試しに「お口に合いませんか」とでも言ってみたい衝動に駆られたが、そんな口を挟む余地さえもない、異様に重苦しい雰囲気ばかりが辺りに満ちていた。

「はい、バッシングいきますよ。次のポワソン、大丈夫ですね」

タイミングを見計らって指示を出す。お客様の人数が少ないから、こちらも数人でのサービスだ。ただでさえ静まりかえっている部屋で、一人一人に「お下げしてよろしいですか」と声をかけるのは、何だか自分の声だけが響くようで、ひどく気詰まりだった。

「ああ、もう、いい。もう、いい！」

そのとき、ふいに苛立った声が上がった。隆平の祖母が顔をしかめて首を振っている。よだれかけのように襟元につけたナプキンに、大きなシミが広がっていた。

「あーあ。だって、お母さんがちゃんと口を開けてくれないから」

その途端に、今日の主役である新婦が、さっと腰を上げた。研輔は慌てて足早に彼女の背後に回り、椅子を引いた。馬子にも衣装とはよく言ったものだ。シンプルながらも純白の清楚なワンピースに着替え、ホテルの美容室でヘアメイクもしてもらったせいで、彼女は朝に会ったときからは、ちょっと想像もつかないくらいに可愛らしく見えた。その彼女が、急いで少し離れた車椅子の方に歩み寄ろうとしている。

「私、やりますから」

すると、老女を挟むように座っている二人の中年女は、揃ってあからさまに不愉快そうな顔になった。

「今日はいいって言ってるじゃないの。あなたが主役なんだから。ほら、もう。お母さんが変な声出すから」

すると難しい表情のまま、もう老女は目をつぶってしまっている。室内の空気が余計に険悪になった。

「席に戻んなさいよ。あなたのために、こうして皆、集まってるんだから」

新婦は困った顔で立ちつくしている。こんなときには、どう取り繕ったらいいものかと、パーティーのプロである研輔も、思わずおろおろとするばかりだった。一体、何だというのだろう、この雰囲気は。

「いいよ、未芙由。朋子叔母ちゃんがそう言ってるんだから」

ようやく隆平が口を開いた。すると、未芙由と呼ばれた花嫁は、わずかに困惑したような、所在なげな様子で、のろのろと自分の席に戻った。

「もうすぐ次のお料理が出てまいりますので」

彼女のために椅子を引き、出来るだけ控えめに、柔らかく話しかける。鼻先にふんわりと漂う化粧品の匂いが、何だか妙に哀れを誘う。

「雄太郎は、何時頃、着いたんだ」

今度は、老女の夫らしい男性の声が辺りに響いた。隆平の祖父であることは、どことなく風貌が似ているので明らかだ。

「十一時半くらいかな、十時の便で来たから」

「鹿児島からの便は、それが一番早いのか」

「いや、もう一本、朝一番の便があるけど。そっちはもう予約が一杯で取れなかった」

「今日のことは、前々から決まってたのにねえ」

今度は老女が呟く。そして、また静寂。テーブルを回りながら、さり気なく観察する。鹿児島から来たというのが、隆平の親父さんだと思う。車椅子の老女と似ている。その隣にいる、派手な色に髪を染めて、やたらと大きなピアスをした少女が、隆平の妹だろうか。さっきからひと言も口をきかないどころか、顔を上げることもせずに、ただ黙って料理を頬張っている。すると、その隣が母親か。こちらもまた、ずい分と派手な髪型で、しかも服装もカジュアルというか、新郎の母親らしからぬ雰囲気だ。しかも、さっきからやたらと酒を飲む。最初のシャンパンのときから、ちょっと目を離すともうグラスが空になっているといった具合だ。

ウェイトレスたちが次々に現れて、お客様の前にポワソンの皿を置いていく。研輔も白ワインの用意をした。それぞれのグラスに満たす間も、押し寄せる静寂に背中を押しつぶされそうな気がする。どうも、やりにくくて仕方がない。こちらの意識が過剰なせいかもしれないが、皆の視線が自分に集まるような気がしてならなかった。

「あのさ」

再び食器の音ばかりになったと思ったら、ようやく他のお客様が口を開いた。

「それで、雄太郎さんたちは、もうはっきりさせたの？」

視線はテーブルに向けたまま、つい耳だけをそばだてていた。だが、返事は聞こえない。

「それよりも、未芙由さんのお父さんは。長野はいかがですか」

「はあ——今年は暑いです」

「暑いですか、今年は」

「暑いです、今年は」

そして、また静寂。まったく駄目だ。普通なら、どんなに格式張った宴席でも、そろそろ空気が和んできていいはずなのに、ほとんど身内だけのはずの、こんな程度の人数でこれでは、ここから先も空気がほぐれるとは思えない。

せっかくの結婚披露宴だが、どうやらこの家には何かありそうだと気がついた。そうでなければ、こんな、通夜か葬式のような宴などあり得ない。

「今日は、どちらにお泊まりで」

「はあ——今日、もう帰ります」

「あ、帰られるんですか。もう、今日」

「明日、朝が早いもんですから」

「そうでしたか。それはそれは」

ちらちらと隆平を見てみた。花嫁の隣にいて、彼もしごく淡々とした顔つきのまま、ただ料理を口に運んでいる。花嫁と話すことさえせずに、まるでタキシードを着て口を動かすのが仕事のような雰囲気だ。

「あれじゃあ、花嫁さんが可哀想ですよ」

部屋の外に出ると、さっきのウェイトレスが、また憮然とした表情で話しかけてきた。

「私だったら、泣いちゃうかも」

気持ちは分かるが、研輔たちに出来ることはない。願わくは、せめてこれ以上は険悪な雰囲気にならないように、何とか一触即発のようなことだけは免れるように、それを祈るより他になかった。

「一体、何だっていうのかしら」

この職場にいると、どうしたって野次馬根性が刺激される。だが、あからさまに好奇心丸出しの態度を示すことは慎むべきだと指導されているし、研輔自身も自分のことは棚に上げて、いかにも興味本位のことを言いたがる相手には軽い嫌悪感を覚えた。どうも以前から、このウェイトレスは必要のないことにばかり興味を抱いては、何かというと研輔に話しかけてくる。ひょっとして俺に気があるのかと思う。だが、いくら何年も彼女のいない研輔にだって、やはり好みというものがあった。少なくとも彼女は、眼中にない。今、気になっているのは、やはり予約係の里見さんだ。

室内に戻っては料理の減り具合を確かめ、飲み物を注ぎ、空気を探って、また部屋を出る。それを何度か繰り返していくうち、研輔の方が、とにかくもう早くお開きにしてくれないかという気分になった。サービスしているだけで、気が滅入って仕方がない。本当に、こんな披露宴は初めてだ。ようやく二時間ほどが経過して、デザートのサービスを終える頃には、こちらの方が、がっくり疲れてしまっていた。食後のコーヒーを飲みながらも、彼らはまだ相変わらず押し黙っている。研輔は部屋の片隅に立ち、彼らがいつ腰を浮かしてもいいように備えていた。

「さて」

車椅子の老女が再び一点を見つめたままで口を開いた。

「今日でもう二度と会わない人もいると思うけれども、私はあえて何も言わない。お父さんにもそう念を押されたし、何より今日は、若い二人にとって大切な門出の日だから」

小さく、またわずかに不明瞭な声だったが、室内が静まりかえっている分、その声は過不足なく広がった。

「ただし、一つだけね。ここしばらくのことを、皆それぞれ自分の胸に手をあてて、ようく考えてごらんなさい。私はねえ、この歳になって、こんなにも身内の色んな姿を見させられるとは思わなかった。それについて今日、いちいち言わないけれど、だから許したと思ってもらっては困るのよ。誰とは言わないけれども、金輪際もう二度と会いたくないし、話もしないと決めていますから。

それから、私はもう遺言書を書き換えてあるの。お父さんともよく相談して、二人揃って、そうしたから。だからね、よくよく考えてみて、だったらもうここにいる意味はないなと思う人は、どうぞ、お先に帰ってちょうだい。私はお父さんと、花嫁と花婿と、四人で帰りますから。どうぞ、お構いなく」

研輔は呆気にとられたまま、相変わらず表情を変えずに一点を見つめている老女を眺めていた。これが結婚披露宴の締めくくりの挨拶かと思ったら、さすがに隆平までが可哀想に思えてきた。

「んじゃ。ここで」

一瞬、凍りついたような室内で、真っ先に動いたのは隆平の母親らしい人だった。シャンパンから始まって白ワイン、赤ワイン、さらに食後酒にいたるまで、相当なピッチで飲んでいた彼女は、遠目にも相当に酔っていると分かった。研輔は急いで彼女の椅子を引いた。

「一番お邪魔なのは、何てったって私でしょうからね。はいはい。ここで、帰ります。隆平、おめでとね。未芙由もさ、こんな人と一つ屋根の下に暮らすんだから、さぞかし大変だとは思うけど、まあ、せいぜい頑張んなさいよね」

ふらつき気味の足で彼女はテーブルから離れかけ、それから「あ」と言いながら、隣にいた少女の肩を叩いた。

「あんた、どうする。美緒。ちょっと話でもしようか」

すると、淡いピンク色のチュニックドレスを着た少女の表情が一瞬にして険しくなり、その口から英語のような言葉が洩れた。ノーウェイ。少なくとも、研輔の耳にはそう聞こえた。

「私、友だちと約束があるから」

少女はそれだけ言うと、ひらりと身体をかわすようにして、真っ先に部屋を出ていった。「ちょっと待ちなさい」と言いながら、今度は父親の方がその後を追う。一人、取り残された格好の母親と、何となく目が合ってしまった。頭から水でもぶっかけられたような顔つきで、彼女はしばらく呆然としている様子だったが、やがて思い直したように片方の頬だけで、ふん、と笑うと、そのまま大股で、部屋を出ていった。

その後、長野から来たと言っていたグレーのスーツ姿の男が、小学生くらいの少年と共に、とぼとぼと帰っていった。続いて他の親戚らしい人々。中には新郎新婦や車椅子の老女に笑顔で声をかけてから帰っていくものもあったが、車椅子の老女の隣にいた女性の一人などは、もう部屋から出ようというところまで来てから、くるりと振り返り、まるで捨て台詞のように「うまいことやったわね」と呟いていた。

そうして結局、最後に残ったのは老人夫婦と新郎新婦の四人だった。そのとき、純白のワンピース姿の花嫁が、今日初めて見せる実に晴れやかな笑顔になった。そして、隆平と顔を見合わせ、「終わった！」と声を上げた。

「ああ、本当、本当。終わった終わった！」

鹿島田隆平までが、タキシードのままで大きく伸びをしている。

「すげえ、やばい雰囲気だったよなあ」

うーん、と伸びをしながら、隆平は、ずっと黙っているのも疲れるものだと言った。すると花嫁も隣でうん、うん、と頷いている。

「俺たちの左側にいた奴らなんて、俺、会ったこともなかったもんなあ」

「でもねえ、いざというときにはしゃしゃり出てくる人たちなの。あれだけの人たちに見せておけば、もう誰も文句は言えないはずだから。後になって何を言ってきても、もう無駄だって分かったでしょう」

疲れ切った顔に見える老婆が低い声で呟く。共に残った夫らしい老人が、「まあ、これでよかったんだろう」と言いながら、ゆっくりと煙草を吸い始めた。

「下手な腹の探り合いをするばかりが親戚なら、今のうちに整理するのが、あたしらの役目だろうって、そういうことになったんだ」

「若いあなた方に、ああいう人たちの相手までさせるのは、気の毒だからね。いいね。必要ない人は、切りなさい。プラスにならないと思ったら、関わんなさんな。それが、私たちからあなた方への一番の贈り物ですよ」

それからわずかな間、四人はそれぞれの感慨にふけるように、弛緩した表情でときを過ごしていた。窓ガラスには無数の水滴が当たり、雨足が強くなったことを知らせる。

「さあ、帰ろうか、祖母ちゃん」

老人が煙草を吸い終える頃、隆平が気を取り直したように声をかけた。そして四人は、ゆっくりと小さな宴会場を後にした。車椅子に寄り添う老人と、車椅子を押す新郎。その腕にからみついている新婦の後ろ姿に、研輔は「ありがとうございました」と頭を下げた。

本書は「小説推理」二〇〇六年六月号から二〇〇七年九月号に連載された同名作品に、加筆、修正を加えたものです。

ウツボカズラの夢《ゆめ》
二〇〇八年三月二十五日　第一刷発行
著者　乃南《のなみ》アサ
発行者　佐藤俊行
発行所　株式会社双葉社
〒162-8540
東京都新宿区東五軒町3番28号
電話　03-5261-4818（営業）
03-5261-4840（編集）
振替　00180-6-117299
CTP　株式会社ビーワークス
印刷所　大日本印刷株式会社
製本所　株式会社若林製本工場

ISBN978-4-575-23609-5　C0093